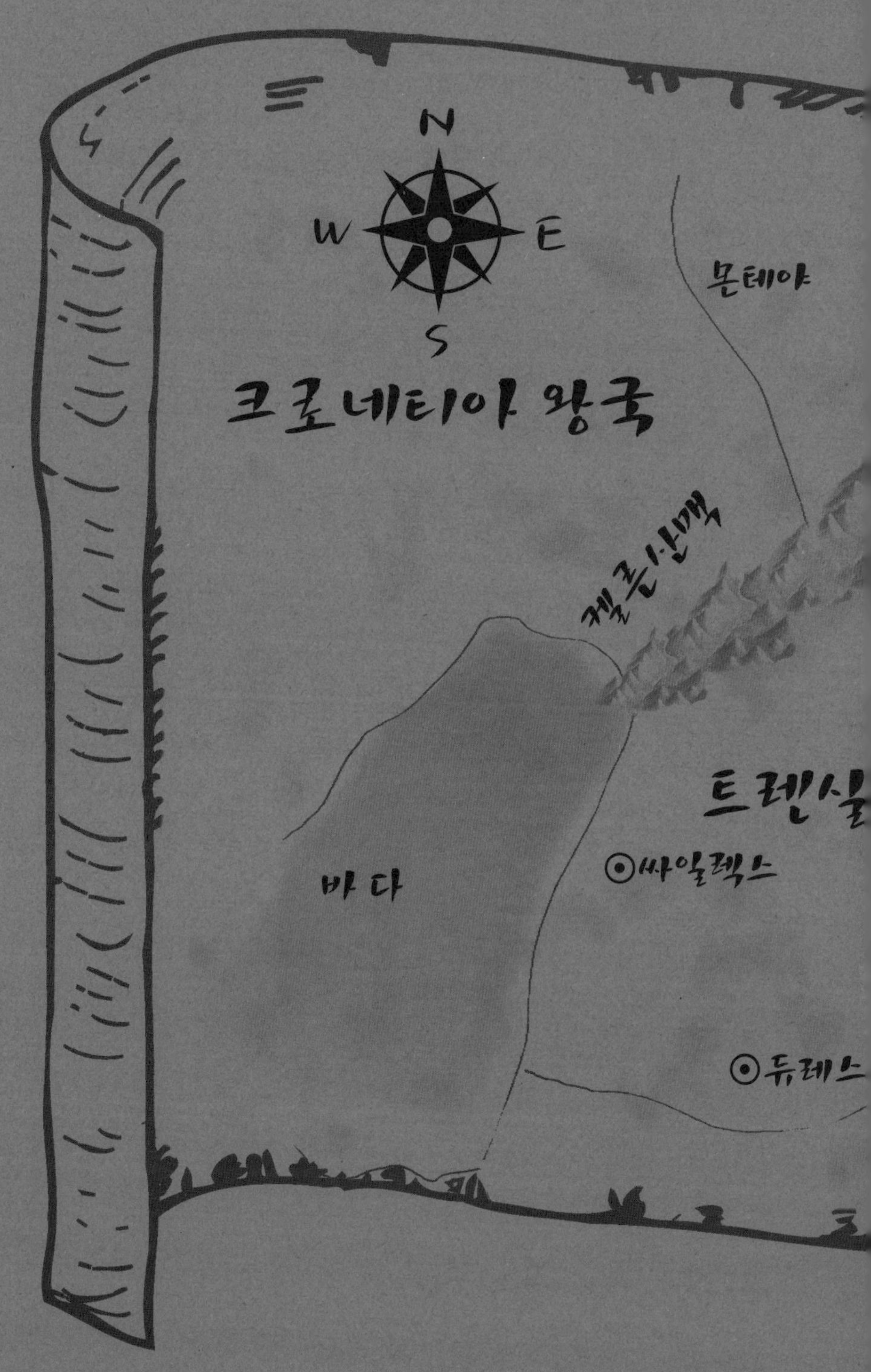

N
W
E
S
크로네티아 왕국
몬테아
켈론산맥
트렌실
바다
⊙싸일렉스
⊙듀레스

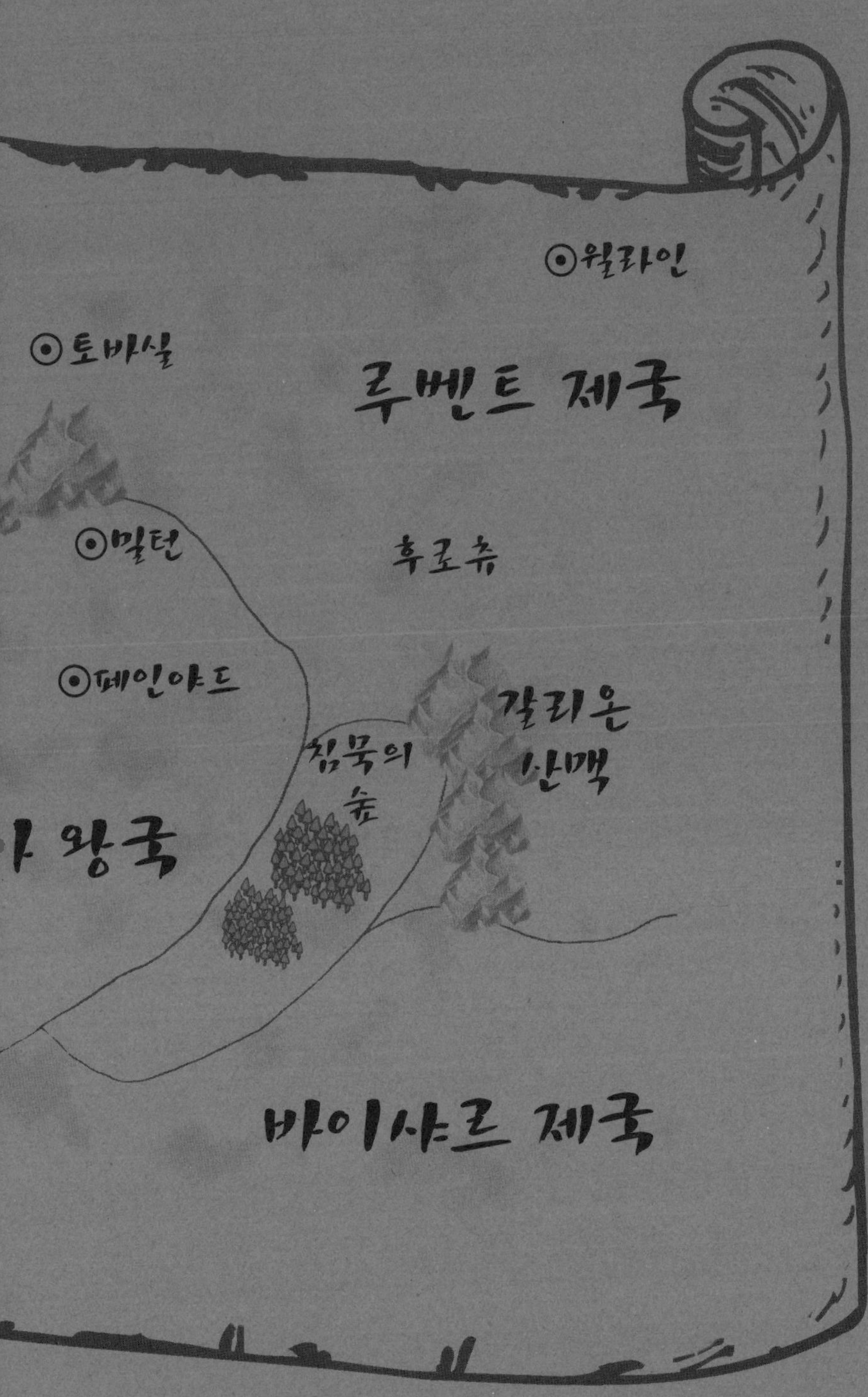
◉윌라인
◉토바실
루벤트 제국
◉밀턴
후로슈
◉페인야드
갈리온
산맥
침묵의
숲
가 왕국
바이샤르 제국

드래곤 체이서

11

드래곤 체이서 11
최영채 판타지 장편 소설

초판 1쇄 찍은 날 § 2002년 2월 15일
초판 1쇄 펴낸 날 § 2001년 2월 25일

지은이 § 최영채
펴낸이 § 서경석
펴낸곳 § 도서출판 청어람
편집 § 문혜영 · 장상수 · 박영주 · 김희정 · 권민정
마케팅 § 정필 · 강양원 · 김규진

등록번호 § 제1081-1-89호
등록일자 § 1999. 5. 31
어람번호 § 제1-0211호

주소 § 경기도 부천시 원미구 심곡1동 350-1 남성B/D 3F (우) 420-011
전화 § 032-656-4452   팩스 § 032-656-4453

© 최영채, 2000

값 7,500원

※ 잘못된 책은 바꿔드립니다.
※ 저자와 협의하여 인지를 붙이지 않습니다.

ISBN 89-88818-93-8 (SET) / ISBN 89-5505-298-7 04810

최영채 판타지 장편 소설

드래곤 체이서

2부

11

완결

대단원(大團圓)

도서출판
청어람

목차

제41장
데미안, 선더버드를 만나다

　데미안의 중얼거림을 들은 사람들은 어리둥절한 표정을 짓지 않을 수 없었다.

　선더버드라면 천둥과 번개, 그리고 정의의 신이 아닌가? 하지만 조금 전 데미안의 중얼거림에는 그에게 대항하는 듯한 감정이 실려 있는 것을 분명히 느낄 수 있었다.

　대체 무슨 이유로 데미안은 그런 말을 중얼거린 것일까? 혹시 선더버드에게 죽임을 당하는 꿈이라도 꾸었단 말인가?

　다시 입을 열기를 기다렸지만 데미안의 입은 좀처럼 열리지 않았다. 더 이상 기다리지 못한 폴라이너스가 그에게 손을 뻗어 깨우려고 할 때 데미안이 눈을 떴다.

　겨울 호수보다 더 차갑게 가라앉아 있는 눈.

　그 눈을 발견한 사람과 엘프들은 등에서 소름이 오싹 끼치는 것을 느꼈다. 지금 데미안의 모습에서는 살아 있는 생명이라면 누구에게서든 느낄 수 있는 생기(生氣)를 조금도 느낄 수 없었다. 마치 솜씨 좋은 드워프가 심혈을 기울여서 만든 차가운 대리석 조각 같다는 느낌이 들었다.

자신이 알고 있던 건방질 정도로 당당했던 데미안의 모습은 어디에서도 찾아볼 수 없었다.

"정신이 드나?"

"괜찮으십니까?"

"데미안님, 저 하크입니다. 절 알아보시겠습니까?"

사람들의 질문에도 데미안은 꼼짝하지 않았다. 그런 그의 입이 열린 것은 한참 후의 일이었다.

"미안하지만 잠시 혼자 있게 해주겠소?"

데미안의 말에 하크가 다시 입을 열려고 했지만 폴라이너스가 그의 귀를 잡고 방을 빠져나갔고, 곧 이어 파프와 그린리버도 방을 나갔다.

천장을 뚫어져라 바라보던 데미안은 자신이 키기모카를 상대했던 때를 떠올렸다.

심각한 부상을 입고 미처 치료할 시간도 없이 키기모카의 계속된 무차별 공격에 당한 데미안은 생명이 경각에 달했다는 것을 직감적으로 느낄 수 있었다. 그 상황에서 데미안은 거의 본능적으로 지옥 재림의 구결대로 마나를 움직였고, 폭발할 듯 끓어오르던 마나는 미디아를 통해 블러드 라이트닝의 형태로 키기모카에게 쏟아졌다.

정신을 잃기 전 데미안은 키기모카가 자신의 공격을 피한 것을 느꼈기에 연이어 헬 버스트를 펼쳤다. 그리고는 정신을 잃었다. 하지만 문제는 그것으로 끝난 것이 아니었다.

곧 이어 데미안은 자신이 빛으로 가득한 곳에 서 있음을 느끼게 되었다.

이름 모를 풀과 꽃과 나무들이 가득한 곳.

하늘을 날아다니는 새들도, 나뭇가지에 앉아 있는 작은 동물들도, 또 크지 않은 연못에서 헤엄을 치고 있는 물고기조차 자신을 이상한 눈으로 바라보는 것 같았다.

고개를 돌리던 데미안의 눈에 커다란 바위 위에 날개를 접고 위엄 서린 눈으로 자신을 바라보는 짙푸른 색의 독수리처럼 생긴 새가 보였다.

선더버드였다.

분명 키기모카와 싸우다가 정신을 잃은 것으로 기억하는데 갑자기 자신이 엉뚱한 곳에 와 있다는 것에 데미안은 어리둥절한 표정을 감추지 못했다.

—그대는 내가 누군지 아는가?

머리 속으로 파고드는 부드럽지만 은근한 위압감이 서린 음성. 아마도 선더버드의 음성이리라.

"혹시 정의와 단죄의 신인 선더버드가 아니신지요?"

—그렇다. 내가 인간을 대한 것이 과거 수천 년 전 악마들과 싸울 때이니 인간들의 시간으로 벌써 1만 년 가까운 시간이 흘렀군.

데미안은 자신의 몸이 멀쩡한 것도 잘 이해가 가지 않았지만 무엇보다도 자신이 왜 선더버드 앞에 있는 것인지 이해가 가지 않았다.

"제가 왜 이곳에 있는 겁니까?"

—내가 그대에게 할 말이 있어 그대의 영혼을 불렀다.

선더버드의 사념(思念)에 데미안은 그가 무슨 이유로 자신을 불렀는지 쉽게 이해하지 못했다.

—내가 비록 그대에게 나의 힘이 깃든 미디아를 주었다고는 하지만 그대는 여태껏 내가 예상한 것보다 훨씬 잘해주었다. 그리고 그대와 그대의 동료들 역시 앞으로 더욱 강해질 것이다. 우리는 그대들이 우리를 대신해서…….

"잠깐, 우리가 대신했다고요? 다시 말하자면 우리가 당신과 다른 신들께서 하셔야 할 일을 대신했다는 말이십니까?"

—너희는 우리가 할 일을 대신해서…….

"무슨 소리를 하시는 겁니까? 우리가 왜 당신과 다른 신들의 일을 대신한다는 겁니까?"

데미안은 선더버드의 말을 듣는 순간 가슴 깊은 곳에서 뭔가 뜨거운 것이 울컥하며 치밀어 오르는 것을 느꼈다.

자신은 결코 신들을 대신해서 지하르트를 막으려는 것이 아니었다. 자신의 가족, 동료, 국민, 제국을 지키려다 보니 어쩔 수 없는 상황이었기에 나서게 된 것이다.

악마가 나오게 된 결정적인 이유가 자신도 알지 못하는 사이에

얻게 된 신의 무기 때문이라는 것을 후일 알게 되었기 때문이다. 그런데 지금 선더버드의 말을 듣다 보면 자신도 모르는 사이 신들의 뜻대로 움직인 꼭두각시에 불과했다는 생각이 들어 치미는 분노를 참을 수 없었다.

여태껏 자신의 의지로 움직였다고 생각했던 모든 일들이 모두 신의 뜻대로 움직였다니…… 만약 이 일이 자신 혼자만의 일이라면 상관이 없을지도 몰랐다. 하지만 지금 자신의 곁에는 여러 명의 동료들이 있지 않은가? 자신 때문에 일행들까지 신의 꼭두각시가 되어버렸다는 것을 데미안은 도저히 인정할 수 없었다.

데미안이 굳은 표정을 풀지 못하고 있을 때 다시 선더버드의 사념이 밀려들었다.

─그대가 지금까지 얻었던 힘들이 모두 그대가 노력해서 얻었다고 생각하는가?

"그렇습니다."

─한낱 인간이 신의 오묘한 뜻을 어찌 짐작할 수 있겠는가?

"그렇다면 지금까지 제가 얻은 이 힘이 모두 당신께서 주신 힘이란 말씀이십니까?"

─모두는 아니지만 대부분은 나의 안배로 그대가 얻은 것이다. 그대는 나의 말을 믿지 못하겠는가? 트로니우스의 신전에서도, 그대가 이스턴의 검술을 얻었을 때도, 네로브를 통해 미디아를 얻은 것도 모두 나의 안배였다. 이

모든 것이 그대와 그대의 동료들이 우리를 대신하기를……."

"그만, 그만 하십시오!"

데미안의 외침에 선더버드의 사념이 끊겼다. 고개를 숙이고 있는 데미안의 주먹은 불끈 쥐어져 있었다.

"결코 난 당신을 위해서 지금의 이 일을 하는 것이 아니란 말입니다. 왜 당신을 대신해 나와 동료들이 이 일을 해야 된다는 말입니까? 당신이 이 힘을 주셨다고 말씀하셨습니까? 난 그것을 도저히 인정할 수 없습니다."

선더버드가 막 다시 자신의 생각을 데미안에게 전하려는 순간 선더버드 곁에 한 여인의 모습이 갑자기 나타났다.

전신은 엷디엷은 천으로 감싸고 있었고, 그녀의 손에는 막 싹을 틔운 나뭇가지가 들려 있었다.

인간으로 따지면 30대 초반으로 보이는 여인은 부드러운 미소를 짓고 있었지만 그녀의 전신에는 너무도 성스럽고 부드러운 기운이 후광처럼 어려 있었다. 하지만 데미안을 바라보는 그녀의 눈에는 안타까움과 연민의 빛이 가득했다.

데미안을 향해 손을 뻗은 그녀의 손에서는 엷은 보라색의 기운이 어려 있었고, 그 기운은 마치 상처받은 데미안의 영혼을 위로라도 하듯 데미안이 알지 못하는 사이에 데미안의 몸을 휘감았다.

—스스로를 희생하면서 우리의 일을 대신해 준 당신과 당신의 동료들에게 정말 고맙다는 생각을 하고 있어요. 우리가 지상으로 내려가 모든 일을 처리하려면 아직도 인간들의 시간으로 몇백 년은 지나야 가능해요. 이유야 어찌되었든 나와 우리 모두가 당신과 당신 동료들에게 미안하고 감사하게 생각

하고 있다는 것을 알아주었으면 고맙겠어요.

 데미안의 귀에 여신의 음성이 분명히 들렸지만 데미안은 조금 전 선더버드의 사념이 머리 속에서 사라지지 않았다.
 "선더버드여—! 결코 당신을 위해서 이 일을 하는 것이 아닙니다, 나는!"

 데미안이 그 말을 계속해서 중얼거리는 순간 데미안은 오랜 가사 상태에서 깨어났다. 하지만 지금도 자신에 눈앞에 펼쳐졌던 광경이 손에 잡힐 듯 생생했고, 또 선더버드와 여신—아레네스가 아닌가 생각되었다—의 음성이 아직 귓전에 생생했다.
 대체 자신은 누구 때문에 여행을 시작한 것일까?
 마브렌시아?
 카르메이안?
 트레디날 제국?
 그도 아니면 마신 지하르트 때문에?

 한 가지 분명하게 말할 수 있는 것은 자신이 원해서 시작한 여행은 아니지만 자신들 때문에 일어난 일을 책임지기 위해 자신과 동료들은 목숨을 담보로 한 여행을 하는 것이다.
 신의 의지가 아닌 스스로의 의지 때문에.
 굳어진 데미안의 표정은 좀처럼 풀릴 줄 몰랐다.

*　　　*　　　*

"또 어딜 가는 거야?"

"타아르카스, 제발 잠시라도 입 좀 닥치고 있으면 안 되겠니? 어? 잠깐만이라도."

"어딜 가는데?"

"휴우, 레고니아 산에 간다."

"레고니아 산? 거기가 어딘데?"

치밀어 오르는 분노를 억지로 참으며 카르메이안은 타아르카스와 함께 레고니아 산의 정상으로 워프를 했다.

자신의 발 밑으로 보이는 산의 모습에 타아르카스는 입맛을 다셨다. 산의 모습이 그의 마음에 꼭 들었기 때문이다. 그렇다고 짙은 녹음에 우거지고 보기 힘든 나무들로 가득 차 있었느냐 하면 그런 것은 아니었다. 정반대였다. 단 한 그루의 나무도 찾아볼 수 없는 헐벗은 산이었다.

타아르카스가 그 산을 보고 입맛을 다신 이유는 그 산 전체에 자신의 마음에 드는 나무나 식물을 잔뜩 심을 수 있기 때문이었다. 카르메이안이 자신의 취미 생활(?)을 이해하지 못해 레어 주변에는 무조건 아무것도 심지 못하게 해서 요사이 은근히 스트레스를 받고 있었다. 그런 그가 이런 산을 발견했으니 얼마나 반가웠겠는가?

그런 타아르카스와는 달리 카르메이안은 신중한 눈으로 산의 정상을 내려다보고 있었다.

카르메이안이 이 산을 발견한 것은 상당히 오래전의 일이었지만 정말 행운이 아닐 수 없었다. 이 산을 발견함으로써 카르메이안은 자신의 복수를 실행에 옮길 수 있었다.

레고니아 산은 원래 과거 활발하게 화산 활동을 했었던 활화산이었다. 물론 카르메이안이 그 점 때문에 이 산을 주목했던 것은 아니었다.

특이하게도 레고니아 산의 화맥(火脈)은 뮤란 대륙 전역에 깔려 있는 수십 개의 마그마들과도 연결이 되어 있어 레고니아 산에 적당한 자극—카르메이안이 전력을 다한 브레스 한 방—을 주면 분화를 시작할 것이고, 곧 뮤란 대륙 전역에 화산 분화와 함께 용암이 분출되고 지진, 해일이 일어나 뮤란 대륙은 바다 속으로 사라지게 되는 것이다.

그것이 카르메이안이 그 누구에게도 말하지 않았던 마지막 히든 카드였다. 만약 모든 일이 자신의 뜻대로 되지 않는다면 이곳에 와서 화맥을 터뜨리면 모든 것이 끝장나는 것이다.

천천히 지상으로 내려온 카르메이안은 다시 한 번 화산의 상태를 점검했다.

아직도 100여 미터 아래에서는 여전히 마그마가 들끓고 있는 것을 카르메이안은 확인할 수 있었다. 그런 반면 타아르카스는 어떤 나무를 심고, 어떤 꽃을 심을까 하는 생각에 열을 올리고 있었다.

이제 자신이 할 수 있는 일은 모두 마쳤다. 드래곤들끼리의 회의를 통해 거의 모든 드래곤들이 자신의 뜻대로 행동하기로 결정된 것은 정말 그에게 커다란 힘이 되었다.

모든 것이 자신의 의도대로 되었음에도 불구하고 카르메이안의 심정은 개운하지 못했다.

지하르트의 경우도 그렇고 마브렌시아의 경우도 그에게는 충격이었다. 특히 그에게 커다란 충격을 안겨준 것은 다섯 마리의 드래곤들이 지하르트의 부하들에게 너무도 쉽게 제압당하는 장면이었다.

지하르트야 마신들 가운데에서도 고위급 마신이니까 그럴 수 있다 하더라도, 고작 그의 부하에 불과한 존재들조차 이기지 못했다는 것은 드래곤으로서 카르메이안의 자존심을 상하게 만드는 것이었다. 하지만 정작 그의 기분을 꺼림칙하게 만드는 것은 따로 있었다.

봉인이 깨짐으로 인해 마신 지하르트가 지상에 모습을 드러냈다. 그럼에도 불구하고 신들은 어떤 움직임도 보이지 않고 있는 것이다. 대체 무슨 꿍꿍이인지 알 도리가 없었다.

이미 복수는 시작되었고, 이제 와서 멈출 수는 없는 일. 무슨 일이 있어도 계속 밀고 나가야만 한다. 설사 자신의 목숨을 잃는 한이 있어도 자신이 해야만 할 일이었다.

또한 인간에 대한 복수를 절대 잊을 수 없었다.

신들의 꽁무니를 쫓아다니며 그들과 함께 자신들을 사냥했던 가증스러운 존재.

신과 악마를 끌어들이는 일이 끝내 실패한다면 그것은 어쩔 수 없는 일이지만 인간에 대한, 또 신을 따르는 존재들에 대한 복수만은 무슨 일이 있어도 해야만 했다.

지하르트가 개입한 이상 신들이 가만히 있지만은 않을 것임은 분명한 일이다. 이제 남은 일은 지하르트와 대결할 날을 정하는 일만 남았다.

생각이 거기에 미치자 지하르트에게 대적하기 위해 이스턴 대륙에서 돌아왔을 데미안과 그 일행들이 지금은 무엇을 하고 있을지 궁금했다.

카르메이안이 자신의 전면을 향해 손을 뻗자 그의 손에서 황금색 마나가 뿜어져 나와 뭉치더니 곧 거대한 거울로 변했다. 그리고 그 어디론가를 향해 말을 달리는 다섯 사람의 모습이 보였다. 데보라 일행들이었다. 또 침대에 누워 있는 데미안의 모습과 어딘가를 향해 바쁜 걸음을 옮기고 있는 헥터의 모습도 보였다.

어차피 데미안이나 그의 동료들은 신의 봉인을 파괴하는 것으로 용도가 끝났다. 그들이 개입된다고 하더라도 지금 상황에 변할 것은 아무것도 없기에 곧 관심을 거뒀다. 그럼에도 불구하고 카르메이안이 그들의 모습을 다시 한 번 살핀 것은 알지 못할 이유에서였다.

이전까지의 카르메이안으로서는 드라시안에게 신경을 쓴다는 것은 있을 수도 없는 일이었다. 그럼에도 불구하고 갑자기 데미안의 모습을 살핀 것은 자신도 모르는 사이 그가 지금 무엇을 하고 있는지 궁금했기 때문이었다.

곧 머리를 털어 생각을 정리한 카르메이안은 그때까지 주위를 두리번거리고 있는 타아르카스를 불렀다.

"가자."

"벌써? 좀 더 있다 가지."

"가자니까."

카르메이안이 다시 한 번 이야기하자 뜻밖에도 타아르카스는 별다른 투정 없이 따라나섰다. 그 모습이 의외이기는 했지만 말을 꺼냈다가 타아르카스가 또 뭐라고 할까 봐 카르메이안은 두말 않고 자신의 레어로 워프를 했다.

자신의 레어로 돌아온 카르메이안은 타아르카스가 뭔 짓을 하든 신경을 쓰지 않고 자신의 서재로 돌아와 의자에 몸을 묻었다.

눈을 감고 생각에 잠겼던 카르메이안은 문득 이 서재 안에 자신만 있는 것이 아니라 다른 존재가 숨어 있음을 깨달았다.

상대는 자신의 존재를 알리고 싶지 않은 듯 숨어 있었지만 그걸 모른 체하기에는 카르메이안의 능력이 너무 예민했다. 만약 타아르카스라면 이런 식의 장난은 하지 않았을 것이란 생각이 들자 카르메이안의 신경은 더욱 날카로워졌다.

"그만 모습을 드러내시지……."

"이거 미안하게 되었습니다. 설마 카르메이안님께서 저의 흔적을 눈치 채고 계실 줄은 상상도 못했습니다."

말과 함께 벽에 드리워진 책장의 그림자 속에서 빠져나온 이는 이오시스였다. 그가 막 자신의 정체를 밝히려는 순간 카르메이안이 먼저 입을 열었다.

"그댄 마신 지하르트의 부하인 것 같군. 내게 할 말이 있어서 온 것인가?"

상대가 자신의 정체를 너무 쉽게 알아채자 이오시스는 어리둥절해하면서도 애써 태연한 표정을 지으며 대꾸를 했다.

"그렇습니다. 전 지하르트님의 영원한 종 이오시스라고 합니다. 제가 이렇듯 무례하게 카르메이안님을 찾아온 이유는 지하르트님의 말씀을 전달하기 위해서입니다."

잠시 생각을 정리한 이오시스는 곧 말을 이었다.

"지금 카르메이안님께서 무슨 일을 계획하고 계시는지 알 수는 없지만 지하르트님께 대항할 생각을 가지고 계신다면 그것은 정말 어리석은 행동이십니다. 지금이라도 지하르트님께 충성을 맹세하신다면 그분께서는 카르메이안님을 드래곤들의 로드로 만들어 주실 겁니다. 또 과거의 일을 생각해 봐도 지하르트님께 대항한다는 것이 얼마나 어리석은 일인지 잘 알고 계시지 않습니까? 그러니까 지금이라도……."

"다 짖었나?"

"예?"

이오시스는 딱딱하게 굳은 표정의 카르메이안의 얼굴을 보며 반문을 했다.

"다 짖었느냔 말이다."

"그렇다면 카르메이안님은 지하르트님께 대항할 생각을 버리지 않을 거란 말씀이십니까? 그분의 능력이 어떤지 누구보다 잘 알고 계시는 분이 이렇게 어리석은 결정을 내리다니……. 좋습니다. 지하르트님께 카르메이안님의 생각을 분명하게 전해드리지요. 그럼 전 이만……."

그 자리를 벗어나려던 이오시스는 자신의 마력이 전혀 움직이지 않는 것을 느꼈다. 당황하는 이오시스를 보며 카르메이안은 자신의 생각이 맞았음을 확인할 수 있었다.

이오시스가 떠드는 사이 카르메이안은 자신의 보물 창고 안에 있던 몇 개의 신성력을 띤 물건들을 서재로 워프를 시켜놓았다. 그리고 서재 전체에 그 물건들을 이용한 마법진을 설치해 이오시스의 퇴로를 봉쇄해 놓은 것이다.

신성력이 깃든 물건들이 마법진의 힘을 빌어 신성력을 발휘하기 시작했고, 카르메이안이 마법진을 발동시키는 즉시 이오시스의 마력을 흩뜨려 버렸다.

"나에게 드래곤 로드의 자리를 주겠다고? 대체 너희 마신과 마족들은 우리 드래곤들이 얼마나 우습게 보이기에 그 따위 말을 하는 거지? 마브렌시아나 다른 몇몇 드래곤들이 너희의 속임수에 당했다고 이젠 나까지 우습게 보인단 말이냐? 그렇다면 그것이 얼마나 큰 실수인지 똑똑히 보여주마. 익스팅션(Extinction : 소멸)!"

카르메이안의 손에서 뻗어 나간 황금색 마나는 이오시스의 몸을 순식간에 휘감았고, 그 순간 이오시스의 모습은 서재에서 사라졌다.

"지하르트, 결코 네 생각대로 되지는 않을 것이다, 절대로!"

*　　　　*　　　　*

휘이익—

얼음처럼 차가운 바람이 귓전을 스치고 지나갔다.

잠시 몸을 떨던 뮤렐은 모닥불 곁에 잠들어 있는 일행들의 얼굴을 잠시 바라보다 다시 고개를 돌렸다. 타오르는 모닥불을 바라보다가 몇 개의 나무를 집어 넣어 화력을 높이고는 어제 네로브가 자신에게 들려준 이야기를 다시 떠올렸다.

"뮤렐 아저씨, 아저씨가 가지고 있는 그 누바케인은 불의 신이신 라포이네께서 사용하시던 검이에요. 잘 알려진 분은 아니시지만 그분의 능력은 엄청난 것이죠. 누바케인이 한 번 휘둘러질 때마다 지상의 모든 것은 불덩이가 될 수밖에 없어요. 누바케인은 라포이네님의 신성력이 결집되어 만들어진 것이기에 아빠가 가지고 있는 미디아만큼이나 엄청난 위력을 가지고 있어요. 그 누바케인으로 펼칠 수 있는 최강의 공격 주문은 파이어 오브 솔(Fire of Soul : 영혼의 불꽃)이에요."

"영혼의… 불꽃?"

"예, 이런 말까지 해도 괜찮을지는 모르겠지만 누바케인은 불의 신인 라포이네께서 사용하시던 무기라 엄청난 마나와 신성력을 소모해요. 엄마나 로빈 아저씨는 그분들이 신을 믿음으로써 생기는 신성력이 있지만 아저씨에게는 그런 신성력이 없기 때문에 어쩌면… 어쩌면 누바케인을 사용할 때마다 영혼이 조금씩 소멸할지도 몰라요."

"사용할 때마다… 영혼이 소멸된단 말씀이십니까?"

"예. 신의 무기는 그 무기를 만들었던 신의 힘과 능력을 가져야만 쓸 수 있어요. 하지만 인간인 아빠나 다른 분들이 신에 필적하는 힘이나 능력을 가졌을 리 만무하잖아요. 결국 아빠나 다른 분들이 그 신의 무기를 사용하려면 무리가 따를 수밖에 없는데 그것이 바로 영혼의 소멸이에요. 신의 무기를 사용할 때마다 영혼이 소멸할 것이고, 그때 만들어지는 힘이 신의 무기를 사용할 수 있는 유일한 방법이에요."

"그렇다면 그 후에는 어떻게 됩니까? 만약… 영혼이 모두 소멸된다면?"

"……."

네로브가 비록 아무런 말도 하지 않았지만 무슨 일이 벌어지는지 짐작 못할 뮤렐은 아니었다.

신의 무기를 사용할 때마다 영혼이 소멸된다니?

자신만이 아니었다. 신의 무기를 가지고 있는 사람인 데미안, 데보라, 헥터, 자신과 레오는 각오를 해야만 하는 사항이었다.

'멍청한 녀석, 불침번을 서려면 확실히 서야지 언제까지 멍청한 생각만 하고 있을 거냐?'

갑자기 카랑카랑한 음성이 들리자 뮤렐은 깊은 상념에서 깨어났다.

"차이렌님? 깨어나셨군요."

‘어서 일행들을 깨워라.’

차이렌의 말에 뮤렐은 자리에서 일어나 주위를 둘러보았고, 비록 눈에 보이지는 않았지만 기분 나쁘게 만드는 뭔가가 주위에 있다는 것이 느껴졌다.

뮤렐은 황급히 일행들을 깨웠고 지체없이 라이트 마법을 써서 주위를 환하게 만들었다. 그러자 갖가지 무기를 든 몬스터들과 이상하게 생긴 마물들이 자신들과 그리 떨어지지 않은 곳에서 포위망을 구축한 채 다가오는 것이 보였다.

일행들은 잠에서 깰 사이도 없이 몬스터와 마물들을 향해 자신의 무기로 공격을 퍼부었다.

“게일 슛Gale Shoot—!”

역시 가장 먼저 손을 쓴 사람은 레오였다. 한줄기 바람이 그녀의 몸을 감싼다고 느끼는 순간 어느새 뽑아 든 파룬느에서 수십 줄기의 압축된 공기가 몬스터들을 향해 날아갔다.

퍼퍼퍼퍽—

요란한 소리와 함께 압축된 공기가 몬스터들을 사정없이 꿰뚫고 그들의 몸을 산산조각 내버렸다. 그 모습에 정신을 차린 일행들은 각자 자신의 무기를 들고 몬스터들을 원거리에서 공격했다.

네로브가 걱정되었기 때문이다.

물론 그녀가 방어막 정도는 펼칠 수 있는 능력을 가지고 있다는 것을 알고는 있었지만 막상 몬스터들과 대치를 하다 보니 자신들도 모르는 사이 그녀를 보호할 수 있는 위치에 서버린 것이었다.

처음 백여 마리 정도로 보았던 몬스터와 마물들의 수가 시간이 지나면 지날수록 점점 늘어났다.

아로네아로 다가오는 마물들을 처치하고 있던 데보라는 오히려 시간이 지날수록 마물들의 수가 늘어나자 조금은 당황했다. 자신들이 비록 다섯이라고는 하지만 공격할 수 있는 사람은 셋밖에 안 되었고, 상대해야 할 적들의 수는 너무 많았다.

잠시 고심하던 데보라의 뇌리에 이 상황에서 벗어날 수 있는 방법 하나가 떠올랐다. 지체없이 지면에 아로네아를 박은 데보라는 다가오는 마물들을 노려보다가 힘껏 외쳤다.

"스파우트—!"

데보라의 외침이 끝나기 무섭게 지면을 뚫고 수십 줄기의 분수 같은 물줄기가 치솟아올랐다. 그리고는 사방을 향해 신성력을 포함한 물줄기가 쏟아졌고, 마물들은 그 물줄기를 피해 도망치기에 여념이 없었다.

"다크 블레이드Dark Blade—!"

어디선가 검은 칼날이 날아들었다.

가장 앞쪽에 서 있던 데보라가 깜짝 놀라 황급히 방어막을 쳤다.

콰콰콰쾅—!

폭음과 함께 데보라의 몸은 뒤로 쭉 밀려갔다. 마물들이 물러났기에 안심하고 있던 뮤렐과 로빈은 폭음과 함께 데보라가 뒤로 밀리자 황급히 그녀의 뒤를 부축했다.

비록 데보라가 직접적인 충격을 받지는 않았지만 방어막이 극심하게 흔들리며 적지 않은 충격을 받았다. 고개를 들었을 때 허공에 떠 있는 괴상한 몰골의 마물을 발견했다.

앙상하다고 할 정도로 깡마른 체격을 가진 마물은 상당한 키를 가지고 있었다. 하지만 뼈가 드러날 정도로 마른 얼굴은 인간의 얼굴이 아니었다. 마치 놀처럼 늑대의 얼굴이 달려 있었던 것이다. 게다가 죽음의 사자(使者)가 들고 다닌다고 알려진 사이드Scythe 까지 들고 있는 모습은 섬뜩하기 이를 데 없었다.

"건방진 놈들, 감히 내 아이들을 괴롭히다니… 죽어라. 다크 라이트닝—!"

들고 있던 사이드를 휘두르는 순간 사이드에서 수십 줄기의 검은 번개가 일행들을 향해 쏟아졌다.

"홀리 베리어!"

콰!

로빈이 한 발 앞서 방어막을 만들어 일행들을 보호했고, 뒤에 있던 네로브가 로빈의 등에 손을 댄 채 신성력을 전해주었다. 로빈의 방어막이 상대의 공격을 막아낸 것을 확인하자 뮤렐은 누바케인을 뽑아 들고는 천천히 공격 주문을 떠올렸다. 자신의 몸으로 엄청난 마나가 흡인되는 것을 느낀 뮤렐은 더 이상 참지 못하고 누바케인을 휘둘렀다.

"파이어 오브 솔—!"

뮤렐의 힘찬 음성과는 달리 누바케인에서는 겨우 세 송이의 불꽃이 피어나 놀처럼 생긴 마물에게 날아갔다. 그 모습을 본 상대는 코웃음을 쳤다.

"그 따위 공격에 우리 아누비스 일족이 꿈적이라도 할 줄 알았단 말이냐? 죽어라! 다크 아이스 스톰—!"

상대가 다시 사이드를 휘두르자 이번엔 날카로운 얼음 조각으로 이루어진 폭풍이 몰아쳤다.

누바케인에서 피어난 세 송이의 불꽃은 몰아치는 폭풍에 금방이라도 꺼질 듯했지만 놀랍게도 폭풍을 뚫고 상대의 몸에 이르렀고, 마물이 휘두른 사이드와 부딪치는 순간 엄청난 폭발을 일으켰다.

콰콰콰쾅―!

폭음과 함께 상대가 밀려나는 모습을 본 데보라와 레오는 지체 없이 몸을 날렸다. 그리고는 힘껏 아로네아와 파륜느를 휘둘렀다.

"블레스트 애로우―!"

"아쿠아 블레이드―!"

수백 줄기의 물줄기와 압축된 공기가 마물을 향해 날아갔고 뮤렐의 공격을 겨우 막아냈던 마물은 미처 두 여인의 공격을 발견하지 못했다.

두 여인의 공격이 작렬한 마물의 몸은 산산이 찢겨 허공 중에서 소멸되었고, 마물이 소멸되자 일행들을 공격했던 몬스터들과 마물들은 일제히 도망치기 시작했다.

그 모습에 안심하고 돌아섰던 데보라는 바닥에 쓰러져 있는 뮤렐의 모습을 발견하고는 깜짝 놀랐다.

"뮤렐이 왜 저런 거지?"

"조금 전 공격 때문이야, 엄마."

"공격? 조금 전에 그 불꽃 세 개? 겨우 그것 때문에?"

"그렇게 간단한 게 아니야. 그 공격은 누바케인이 가지고 있는 신성력을 끌어내기 위해 뮤렐 아저씨가 스스로의 영혼을 소멸시켜 펼친 공격이란 말이야."

네로브의 말을 데보라는 쉽게 이해할 수 없었다.

"저나 데보라님, 그리고 헥터님과는 달리 뮤렐 형은 신성력을 가지지 못했기 때문에 누바케인이 가진 신성력과 힘을 발동시키기 위해서는 스스로의 영혼을 소멸시켜야만 사용이 가능한 것 같습니다."

로빈의 말에 데보라는 흠칫 놀랐다.

"그렇게 영혼이 소멸되면 뮤렐은 앞으로 어떻게 되는 거지?"

"영혼이 없이 사는 사람도 있습니까?"

"그, 그럼 죽는단 말이야?"

너무나 당황스러워 자신도 모르게 데보라가 말을 더듬자 기절한 줄로만 알았던 뮤렐의 입이 열렸다.

"크크크, 오랜만이군."

"넌 차이렌?"

갑작스럽게 차이렌의 말이 들리자 데보라는 또 한 번 놀랐다. 이제껏 모습을 드러내지 않았던 차이렌이 왜 갑자기 말을 꺼낸 것일까?

"지금 뮤렐의 혼은 잠들어 있는 상태야. 잠시 동안 깨우지 않는 것이 좋을 거야."

"잠들어 있다고? 그것뿐이야? 영혼이 소멸된다고 하던데?"

"영혼은 아무런 이상도 없어. 다만 극도로 정신력을 소모했기 때문에 기절했을 뿐이야."

그 말에 데보라는 안심을 하면서도 갑자기 차이렌이 깨어난 이유가 궁금했다.

"그건 그렇고 왜 지금까지 잠들어 있었던 거지?"

"그거야……. 그보다 지금부터 내가 하는 이야기를 잘 들어. 지상에서의 내 생명은 이미 다 되었어. 아마 아침이 밝아오면 내가 지상에 있을 수 있는 마지막 시간이 될 거야."

차이렌의 말이 너무 뜻밖이었을까? 일행들은 아무 소리도 하지 못하고 그저 잠들어 있는 뮤렐의 입만을 바라보았다.

"쓸쓸했던 내 일생이 너희들 덕분에 행복하게 마칠 수 있게 돼서 진심으로 감사하게 생각한다."

"무슨 소리를 하는 거야?"

"흐흐흐, 왜 내가 떠난다니까 서운한가?"

"쳇, 누가 서운하다고 했어?"

말은 그렇게 했지만 데보라의 얼굴에는 복잡미묘한 표정이 떠올라 있었다.

"이봐, 데보라. 그렇게 섭섭해하지 마. 난 그저 너희들보다 먼저 갈 뿐이야. 그런 것이 인간의 삶 아니겠어?"

차이렌의 음성에는 세상의 모든 일을 달관한 듯한 현자 같은 현기(玄氣)가 어려 있었다.

차이렌이 일행들과 대화를 나누는 사이 새벽 하늘이 어슴푸레하게 밝아왔다. 조바심을 내는 일행들과는 달리 잠들어 있는 뮤렐의 얼굴은 편안해 보였다.

새벽 햇살이 뮤렐의 얼굴에 비출 때 차이렌이 일행들에게 마지막 말을 남겼다.

"마지막으로 내가 하고픈 말은 너희들이 하고자 하는 일이 틀림없이 성공할 거란 예감이 든다는 거야. 그러니 힘든 상황이 닥친다 하더라도 포기하지 말길 바래. 그리고 진짜 너희에게 하고 싶은 말은… 너희를 만나서… 정말… 기뻤어……."

그 말을 마지막으로 차이렌의 음성은 끊어졌고, 동시에 뮤렐이 눈을 떴다.

"차이렌님이 방금… 제 몸을 떠나셨습니다."

뮤렐의 말에 데보라는 마치 차이렌의 영혼이 보이기라도 하듯 밝아오는 새벽 하늘을 바라보았다.

"아레네스여— 한평생 외롭게 지냈던 늙고 지친 영혼을 당신의
품에 안아주소서—"
데보라의 음성이 조용히 퍼져 나갔다.

*   *   *

납치당한 라일의 뒤를 쫓던 헥터는 데미안이 마물들과 격전을
벌였던 곳까지 왔었다. 하지만 그곳에서 라일의 흔적을 찾지 못한
헥터는 지체없이 북쪽을 향해 추적을 계속했다.
그러기를 7, 8일.
상당한 거리를 이동했지만 마물들의 흔적은 전혀 찾을 수가 없
었다. 당황한 헥터는 파웰 시로 다시 돌아가려다가 먼저 신전에
들러 신탁을 들어보기로 했다.

헥터가 들른 도시는 토바실과 후로츄의 접경 지역에 있는 네무
라라는 도시였다. 상업 도시이기는 했지만 주로 거래되는 것이 곡
식뿐인 작은 상업 도시였다.
작다고는 하지만 그래도 전체 인구가 8만 명은 족히 되는 도시였
다. 상업 도시인 탓인지는 모르지만 상인과 용병들이 들끓어 나름
대로는 활기 찬 도시였다. 이곳에는 루벤트 제국과의 전쟁이 끝난
후 수복이 된 지역이기 때문에 새로 유입된 사람이 대부분이었다.
네무라에 들어선 헥터는 자신의 생각보다 많은 사람들이 거리
를 메우는 것에 약간 놀랐다. 비록 곡식뿐이라고는 하지만 트레디
날 제국 전역에서 몰려든 상인과 용병들 덕분에 거리는 사람들로
넘쳐 났다.

이미 식사 때가 지났음에도 식당 안은 상당히 복잡했다. 적당한 자리를 차지한 헥터는 점원을 불러 맥주를 주문했다.

잠시 후 점원이 맥주를 가지고 왔고 헥터는 그에게 약간의 팁을 주었다.

"물을 것이 있는데……."

"말씀하십시오, 손님."

"여기 네무라 시에도 신전이 있는가?"

"하하하, 손님께서는 농담도 잘하시는군요. 신전이 없는 도시가 어디 있습니까?"

"그래? 그럼 타울의 신전도 있는가?"

"물론입죠. 이 앞 중앙 대로를 따라가시다가 광장 서쪽 대로를 따라 쭉 가시면 거기 타울의 신전이 있습니다. 아마 쉽게 찾을 수 있을 겁니다."

"고맙네."

점원에게 인사를 한 헥터는 서둘러 일어나 타울의 신전을 찾아갔다.

그런 헥터를 노리는 몇 쌍의 눈동자가 있었다. 그리고는 헥터가 광장을 막 지났을 때 헥터를 불러 세웠다.

"어이, 친구. 잠깐 우리 좀 볼까?"

처음 자신에게 하는 말인 줄 모르고 걸음을 옮기던 헥터는 재차 상대가 자신을 부르자 그제야 돌아섰다.

"지금 날 부른 것이오?"

"그래, 우리가 자넬 불렀지."

세상에 존재하는 온갖 험악스러운 표정이란 표정은 모두 모아 적당히 비벼놓은 듯 혐오스러운 인상을 쓰고 있는 용병 네 명. 적

당히 건들거리는 폼이 상당히 오랜 기간 동안 갈고닦은 솜씨인
듯 보였다.

"무슨 일이오?"

"자네를 가만 보니까 용병인 것 같은데 아직 길드에 소속되어
있지 않지?"

"난 용병이 아니오."

"쯧쯧쯧, 척 보기에도 용병처럼 보이는데 아니라고 하면 우리가
'아 그러십니까' 하고 그냥 보낼 것 같은가?"

그렇지 않아도 라일의 행방을 몰라 불안감을 감추지 못하던 헥
터는 자신에게 시비를 거는 이자들의 행동에 조금씩 짜증이 나는
것을 숨길 수 없었다.

"무슨 일인지는 모르겠지만 이만 날 보내줄 수 없겠소?"

"안 되지, 그건 안 될 말이야. 이 네무라 시에서는 길드에 소속
되지 않은 용병은 청부를 받을 수 없게 되어 있거든. 자네도 일을
하려면 반드시 어디든 길드를 정해 소속을 정해야 한단 말씀이지.
그리고 그 수고를 우리가 해주겠단 말씀이야. 내 말이 무슨 말인
지 알아듣겠나?"

평소 같으면 곱게 타이르던가 아니면 상대를 하지 않았을 테지
만 극도로 신경이 곤두서 있는 지금 이들의 수작을 그냥 두고 볼
수 없었다.

"그러니까 당신의 말은 당신이 속해 있는 용병 길드에 나보고
가입하라는 말이오? 그리고 당신들은 나에게 길드를 소개시켜 준
소개비를 받겠다?"

"그렇지. 뜻밖에 말이 잘 통하는 친구였군. 우리 길드에 가입하
면 자네에게 많은 청부가 갈 수 있도록 내가 힘을 써주지. 물론

자네는 그때마다 우리에게 약간, 아주 약간의 수수료만 주면 되거
든. 자네도 좋고 우리도 좋고. 어때? 생각있나?”

 “오늘은 아마 귀하가 기억하는 날 가운데 틀림없이 가장 재수
없는 날이 될 거요.”

 그때까지 이들의 대화를 따분하게 듣고 있던 구경꾼들은 이제
야 싸움이 시작된다는 것을 깨닫고는 숨을 죽였다.

 무기를 쓸 필요도 없다고 생각한 헥터는 네 용병과의 거리를
눈으로 쟀다. 그리고 파악이 끝나는 순간 자신의 왼쪽 뒤에 서 있
던 용병을 향해 몸을 틀며 주먹을 휘둘렀다.

 퍽!

 약한 마나가 실린 헥터의 주먹은 인상 더러운 용병의 복부에
꽂혔고, 그 순간 용병은 의식의 끈을 놓쳐 버렸다. 다음 차례로 맹
렬한 속도로 회전을 해서는 오른쪽 뒤에 서 있던 용병의 턱에 주
먹을 작렬시켰다.

 설명은 길었지만 두 용병은 거의 동시에 기절해서는 길바닥에
나뒹굴었다.

 헥터가 과연 네 사람의 용병을 맞이해 어떻게 싸울 것인가를
기대하던 구경꾼들은 너무나 어이없는 결과에 할 말을 잃었다. 하
지만 시비를 건 용병들의 성격도 보통이 아닌 듯 동료가 쓰러지
는 것을 보고도 전혀 피할 생각을 하지 않았다.

 “호오, 한 가닥 실력이 있으시다? 하지만 오늘 넌 큰 실수를 했
다는 것을 알아야 해. 어줍지 않은 실력으로 우리에게 대항했던
것을 후회하게 만들어주지.”

 채앵!

 말과 함께 힘차게 롱 소드를 뽑아 들자 곁에 있던 동료도 자신

의 롱 소드를 뽑아 들었다.

자신의 실력을 보여주면 피하리라 생각했던 용병들이 끝까지 자신을 놓아줄 생각을 하지 않자, 드디어 헥터도 치미는 분노를 참을 수 없었다.

"무기를 꺼낸 것이 얼마나 어리석은 선택이었는지 똑똑히 보여주겠소."

헥터는 등에 메고 있던 바스타드 소드를 뽑아 두 손에 움켜쥐었다.

얼굴이나 몸에 상처 하나 없는 헥터와 라페이시스의 사제들이 의료 실습용으로 사용했던 몸뚱이처럼 온몸이 상처투성이인 두 용병.

누가 봐도 헥터가 불리한 상황이었지만 구경꾼들은 조금 전 헥터가 보여준 놀라운 몸놀림을 기억하며 이번엔 놓치지 않겠다는 일념으로 헥터를 뚫어지게 바라보았다.

두 용병은 자신들을 맞이하고도 너무나 태연스러운 헥터의 태도에 불길한 생각이 들었지만 그들은 자신들의 경력을 믿었다. 루벤트 제국과의 전쟁에도 참전했었고, 산적 토벌, 패잔병 소탕, 몬스터 사냥 등등 갖가지 청부를 처리하면서 쌓은 자신들의 놀라운 경력으로 이런 애송이 하나 처리하지 못할 이유가 없었다.

자신의 동료가 헥터의 뒤로 돌아간 것을 확인한 용병이 막 공격을 하려고 했을 때 헥터가 달려들었다. 그 모습을 보고 헥터의 눈치가 보통이 아니라고 생각하며 자신의 롱 소드를 들어 헥터의 공격을 막았다.

챙—

귓전이 찢어질 듯한 금속음과 함께 용병은 자신의 팔에서 이는 충격에 비명을 지를 뻔했다. 겨우 상대의 공격을 막았다고 생각할 때 헥터의 바스타드 소드가 저 높은 곳에서 자신의 머리를 향해 내리꽂히고 있었다.

챙—

용병은 황급히 자신의 검에 마나를 집어넣어 헥터의 검을 두 동강 내려고 했지만 헥터의 바스타드 소드에도 마나는 들어가 있었다. 용병은 더욱 엄청난 충격을 받으며 검을 놓쳤고, 충격을 이기지 못해 그 자리에 무릎을 꿇고 주저앉고 말았다.

헥터 뒤에 있던 용병은 서슬 퍼런 헥터의 공격에 질렸는지 검을 든 채 꼼짝도 못하고 있었다. 헥터의 직접적인 공격을 받은 용병의 입에서는 한줄기 선혈이 흐르고 있었다.

"귀하도 덤비겠소?"

"아, 아니오."

황급히 검을 내리는 용병의 모습을 보고서야 헥터는 바스타드 소드를 거두어들였다.

압도적인 차이에 구경꾼들은 벌린 입을 다물지 못했다.

헥터가 몰라서 그렇지 사실 그 네 용병들은 네무라 시에서 알아주는 용병들이었다. 그런데 제대로 공격다운 공격 한번 못해보고 패하고 만 것이다.

잠시 쓰러진 용병들의 모습을 보던 헥터는 아무 말 없이 구경꾼들을 헤치고 신전을 향해 걸음을 옮겼다.

"젊은 친구가 검 솜씨가 대단하군."

"그러게나 말이야. 저 녀석들도 난다 긴다 하는 녀석들인데 도무지 상대가 안 되는군."

점점 멀어지는 헥터의 모습을 보며 구경꾼들은 수군거리기 바빴다.

　식당 점원이 말한 대로 가다 보니 작은 신전 하나가 보였다. 그것도 타울의 신상이 서 있었기에 신전이란 생각이 들었지 신상만 없었으면 신전이라고 알아보기도 힘들 정도로 작고 허름한 건물이었다.
　신전 안으로 들어서며 헥터는 이곳의 신관이나 사제들이 제대로 된 신탁을 받을 수 있을까 하는 걱정이 먼저 들었다.
　헥터가 그런 생각을 하고 있을 때 어디선가 노인의 음성이 들려왔다.
　"어서 오십시오, 타울의 아들이시여. 기다리고 있었습니다."

제42장

헥터, 타울을 만나다

"예? 무슨 말씀이신지?"

음성이 들린 곳으로 고개를 돌리고 보니 80은 족히 되어 보이는 노인 한 사람이 환한 미소를 지으며 자신을 바라보고 있는 것을 발견했다. 사제나 신관이란 생각을 하지 않은 이유는 그가 걸치고 있는 복장 때문이었다.

현재 그의 복장을 보면 어디서나 흔히 볼 수 있는 농부들과 같은 옷을 걸치고 있었다. 그것도 아주 허름한.

"며칠 전부터 당신을 기다리고 있었습니다. 누추하지만 어서 안으로 들어가시지요. 당신에게 드릴 말이 있습니다."

노인의 음성은 나이에 걸맞지 않게 부드러움과 자비스러움으로 충만해 있었다. 그리고 그 음성을 듣는 순간 헥터는 노인에게 알 수 없는 신뢰가 생기는 것을 느꼈다.

노인의 뒤를 따라 걸음을 옮기던 헥터는 밖에서 보던 것과는 달리 실내는 상당히 깨끗하게 정리되어 있는 것을 볼 수 있었다. 그리고 중앙 거실에 타울의 커다란 신상이 있었다.

방패와 검을 든 40대 중반의 중무장한 사내.

그 신상(神像)을 바라보는 헥터의 가슴은 서서히 뜨거워지고 있었다.

레토리아 왕국의 국민으로 태어나 어려서부터 타울의 계율 속에서 자라 어른이 된 후 조국이 아닌 이곳 트레디날 제국에서 다시 그의 신상을 대하게 되니 그 감회를 어떻게 표현해야 좋을지 몰랐다.

작은 수련실로 들어가 마주 앉은 두 사람은 잠시 동안 서로의 얼굴만 바라보고 있었다. 역시 먼저 입을 연 사람은 노인이었다.

"잠시만 기다려 주십시오."

그 말을 남기고 수련실을 빠져나간 노인은 곧 다시 돌아왔다. 복장이 달라져 있었다. 비록 낡긴 했지만 깨끗한 신관복으로 갈아입고 온 것이었다. 신관복을 입으니 확실히 관록이 있는 신관 같아 보였다.

"성함이 어떻게 되십니까?"

"전 헥터라고 합니다. 헥터 티그리스가 제 이름입니다."

"아, 티그리스님. 이렇게 만나게 되어 반갑습니다. 전 타울의 신관인 페코우딘이라고 합니다."

노인, 페코우딘의 말에 헥터는 고개를 끄덕이며 자신이 궁금하게 여긴 것을 먼저 물었다.

"아까 저를 기다리고 계셨다고 말씀하셨는데 무슨 뜻입니까? 전 신관님을 뵌 적이 없는 것 같습니다만……."

"아! 뭔가 오해를 하신 것 같군요. 저 역시 티그리스님을 오늘

처음 뵙습니다."

페코우딘의 말에 헥터는 영문을 몰라 그의 얼굴만 바라보았다. 빙그레 미소를 짓던 페코우딘이 차근차근 그의 궁금증을 풀어주었다.

"얼마 전 종단에서 연락이 왔습니다. 데미안 싸일렉스 공작 각하와 그분의 동료들에게 최우선적으로 모든 편의를 제공하라고 말입니다. 그 연락을 통해 티그리스님의 이름을 알게 되었습니다. 티그리스님께서는 타울을 믿고 따르신다고 들었습니다. 제 말이 맞습니까?"

"그렇습니다만……."

"그럼 티그리스님께 타울님의 말씀을 전하겠습니다."

"예?"

페코우딘의 갑작스런 말에 헥터는 깜짝 놀랐다. 너무나 놀란 나머지 평소 침착하던 모습은 어디 가고 말까지 더듬었다.

"타, 타울님의 말씀이라니? 지금 무슨 말씀을 하시는지 전 도저히 이해를 할 수 없군요."

"허허허, 세상을 살다 보면 한낱 인간의 능력으로 어쩔 수 없는 일들이 다반사로 벌어지지요. 신들께서 하시는 일을 저희들이 어떻게 짐작할 수 있겠습니까? 허허허."

페코우딘의 웃음에는 오랜 세월을 살아온 사람들에게서나 느낄 수 있는 그런 기운이 서려 있었다. 왠지 그의 뒤에 후광이 어려 있는 것처럼 느껴졌다.

"며칠 전 기도를 드리던 중 타울님의 말씀을 들었습니다. 그분께서는 며칠 후 자신을 믿고 따르는 자신의 아들이 이곳을 찾을 것이라고 하셨고, 또 이곳을 그분의 숙소로 제공하라고 저에게 명령을 내리셨습니다.”

페코우딘의 말에 헥터는 말문이 막혔다.

자신은 그저 라일의 행방을 알기 위해 신전을 찾았는데… 뜻밖에 타울이 자신이 신전을 찾을 것을 알고 페코우딘에게 지시를 내렸다는 사실을 듣고는 어떻게 받아들여야 할지 판단을 내릴 수 없었다.

“그리 편한 곳은 아니지만 편히 쉬도록 하십시오.”

페코우딘은 그 말만을 남기고 수련실을 빠져나갔다. 혼자 남은 헥터는 잠시 주위를 둘러보았지만 수련실은 삭막하다고 할 정도로 아무런 장식품이 없었다.

천천히 바스타드 소드와 블레이즈를 풀어 내려놓은 헥터는 하드 레더까지 벗어 곁에 두었다.

오래간만에 편안한 복장을 한 헥터는 자신이 데미안과 함께 여행을 시작한 이후 단 한 번도 마음 편하게 쉬어본 적이 없다는 것이 생각났다. 레토리아 왕국의 독립을 위해, 또 신의 무기를 찾기 위해, 그리고 신의 봉인을 원래 상태로 되돌리기 위해 조금도 쉬지 못한 채 여기까지 달려온 것이다.

대체 타울은 자신에게 무엇을 가르쳐 주려고 이곳에 있으라고 말한 것일까?

곰곰이 생각을 해봐도 도무지 알 도리가 없었다. 그러다 헥터는 언제부터인가 타울에게 예배를 드린 적이 없다는 생각이 떠올랐다. 예전엔 생활의 일부였는데 예배드리는 것을 잊고 있었니…….

곧 옷을 여민 헥터는 제단을 향해 예배를 드리기 시작했다.

예배를 드린 지 얼마나 시간이 지났을까?

눈을 뜬 헥터는 깜짝 놀랐다. 어느 틈엔가 자신이 이상한 곳에 와 있다는 것을 깨달았기 때문이었다.

끝도 보이지 않는 넓은 초원에 자신이 서 있었던 것이다.

불어오는 바람에 가볍게 흔들리는 잔디들, 기분마저 상쾌하게 만드는 신선한 바람, 천천히 흘러가는 구름, 덥지도 춥지도 않은 날씨, 평화스러워 보이는 광경.

헥터는 자신이 낯선 곳에 와 있는 것을 이상하게 생각하면서도 한껏 평화스러운 기분을 느끼고 있었다. 다만 사람들의 모습이 전혀 보이지 않는다는 것이 조금 신경 쓰였다.

—그대를 기다리고 있었다.

머리 속으로 전해지는 웅장한 음성에 헥터는 머리를 감싸면서도 주위를 두리번거렸다. 그리고 바로 자신의 뒤쪽에 어마어마하게 큰 존재가 있음을 발견했다.

자신도 모르게 입을 쩍 벌린 헥터는 그가 바로 전쟁과 분쟁의 신인 타울이라는 것을 직감하고는 그 자리에 엎드렸다.

"미천한 인간, 헥터 티그리스가 타울님께 경배를 올립니다."

—나와 다른 신들을 믿고 따르는 신관과 사제들이 해주어야 할 일을 대신하고 있는 그대와 그대의 동료들에게 고맙다는 말을 해주고 싶었다.

"아닙니다. 저희로 인해 생긴 일이니 저희가 하는 것이 당연합니다."

—그렇게 생각하고 있다니 고맙군. 우리가 지상에서 일어난 일에 개입하려면 아직 2000여 년의 시간이 지나야만 가능한 일. 그런 우리들을 대신해 그대와 그대의 동료들이 애쓰고 있다는 것을 우리도 잘 알고 있다. 해서 그대가 하려는 일에 도움이 되었으면 하는 뜻에서 그대를 부른 것이다.

타울의 말에 고개를 조금 든 헥터는 신전의 기둥 수십 개를 뭉친 것보다 더 커다란 타울의 다리를 보며 고개를 저었다.
"당연히 해야 할 일을 한 것뿐입니다. 말씀을 거두어주십시오."

—하하하. 정말 욕심이 없는 사람이군, 그대는. 이것은 내가 그대에게 주는 선물이라 생각하라. 이리 오너라, 블레이즈.

타울의 말에 어디에선가 블레이즈가 타울을 향해 날아들었고, 그의 손에 잡히는 순간 블레이즈는 직경 100여 미터는 족히 될 정도로 커졌다. 헥터는 그 모습을 보면서 지금의 모습이 블레이즈의 원래 모습일 것이란 생각이 들었다.

—이 블레이즈로 공격할 수 있는 가장 강한 공격 주문은 익스플루전 오브 솔라(Explosion of Solar : 태양 폭발)이다.

타울의 말에 헥터는 고개를 갸웃거렸다. 그 공격 주문이라면 자신도 벌써 알고 있었다. 가공할 위력을 가지고 있기는 했지만 드래곤마저 상대가 안 되는 마신을 상대하기에는 부족할 것만 같았다.
그런 헥터의 심정을 아는지 모르는지 타울은 계속 말을 이었다.

　―이 블레이즈의 표면에 있는 세 개의 동심원이 만나는 부분에 있는, 보석으로 만든 내 모습을 누르게 되면 안쪽 팔걸이 부분에서 세 개의 바늘이 튀어나와 그대의 몸속으로 파고들어 가게 된다. 그렇게 되면 그대의 신성력과 마나가 블레이즈와 결합을 하게 되어 그대가 사용했을 때보다 수십에서 수백 배가 넘는 엄청난 파괴력을 가진 광선이 뻗어져 나와 상대를 공격하게 된다. 드래곤의 브레스도 감히 상대가 안 되지.

　타울의 말에 헥터는 벌린 입을 다물지 못했다.
　드래곤의 브레스도 상대가 안 될 정도의 파괴력이라니… 도저히 상상이 가지 않았다. 하지만 무엇보다 헥터를 흥분시킨 것은 드디어 블레이즈가 가진 최강의 공격 주문을 알게 되었다는 사실이었다. 지금 헥터에게 그보다 더 반가운 이야기는 없을 것이다.

　―다만 문제가 되는 것은 블레이즈가 그런 위력을 발휘할 수 있도록 그대가 순수하고 순결한 신성력을 가지고 있어야 한다는 점이다. 만약 그렇지 못하다면 그대는 단 한 번의 사용으로 그대의 목숨을 제물로 바쳐야만 할 것이다.

　어쩌면 무정하게 들리는 타울의 말에 헥터는 안색을 굳혔다.
　목숨을 담보로 한 공격 주문. 그것도 단 한 번의 공격만이 가능할 거라니…….
　헥터는 자신이 그동안 신관이나 사제보다도 타울에 대한 믿음이 더 굳건하다고 생각해 왔었다. 하지만 방금 타울이 말한 것처럼 순수하고 순결한 믿음이라고는 자신할 수 없었다.

신성력이란 어떤 상황에서도 흔들리지 않는 신에 대한 굳건한 믿음에서 시작되는 것.

그동안 자신은 어떤 목적, 예를 들어 레토리아 왕국을 수복시키고 싶다거나 데미안과 일행들을 지키고 싶다는 개인적인 목적을 위해 타울을 믿은 것이 아닌가 하는 생각이 들었다.

그 생각 자체가 개인만을 위한 생각은 아니지만 그렇다고 순수하다고는 생각할 수 없었기 때문이다.

헥터가 그런 생각을 골몰하고 있을 때였다.

"타울님을 만나보셨습니까?"

"예?"

갑자기 들린 음성에 깜짝 놀라 고개를 돌리고 보니 페코우딘이 몇 장의 모포를 든 채 서 있는 모습이 보였다. 그리고 보니 어느새 자신은 수련실의 제단 앞에 기도를 드리고 있는 모습 그대로였다.

"방금 뭐라고 하셨습니까?"

"혹시 타울님을 만나시지 않았냐고 물었습니다."

"예, 바, 방금 만나뵀습니다."

"역시 그랬군요. 조금 전 타그리스님의 몸에서 엄청난 신성력과 함께 커다란 후광이 비춰지더군요. 그래서 혹시 타울님을 만나시고 있는 것은 아닐까 하는 생각이 들었습니다."

"그러셨군요."

헥터는 대답을 하면서도 자신의 바스타드 소드와 함께 놓여져 있던 라운드 실드, 블레이즈를 주워 들었다. 그리고는 왼팔에 걸어 보았다.

묵직함과 함께 정신이 맑아지는 기분이 들었다.

가만히 표면을 바라보던 헥터는 무슨 생각이 들었는지 보석으로 만든 타울의 모습을 오른손으로 눌렀다. 그러자 타울의 말처럼 블레이즈에서 세 개의 길다란 바늘이 튀어나와 살 속을 파고들어 가는 것이 느껴졌다. 하지만 어떤 통증도 없었고 별다른 이상도 느껴지지 않았다.

과연 타울이 자신에게 말한 것과 같은 엄청난 파괴력을 블레이즈가 가지고 있을까 하는 의구심이 들었지만 감히 시험해 볼 생각은 들지 않았다.

만약 자신의 신성력으로 단 한 번밖에 사용할 수 없다면 이곳에서 사용할 수는 결코 없는 일이었다. 자신의 목숨이 아까워서가 아니라 데미안과 일행들에게 아무런 도움이 될 수 없는 것이 더욱 두려웠다는 것이 정확한 말일 것이다.

마지막일지도 모르는 여행이지만 자신과 일행들이 무사히 목적했던 곳에 도착을 한다면 그때 데미안과 일행들을 위해 사용해야만 하기 때문이다.

그런 생각을 하는 동안 헥터의 얼굴이 딱딱하게 굳어졌지만 페코우딘은 여전히 미소를 지은 채로 서 있었다. 천천히 몇 장의 모포를 수련실에 내려놓고는 입을 열었다.

"참! 잊고 있었는데 타울님께서 헥터님이 만나려고 하는 분은 북쪽으로 여행을 하다 보면 자연히 만나게 될 거라고 말씀하셨습니다."

"그렇습니까? 말씀 감사합니다."

페코우딘의 말에 헥터는 마음을 놓았다.

자신이 신전을 찾은 이유는 라일을 구하기 위해서였다. 그런데 자신이 여행을 하다가 그를 만난다는 것은 이미 누군가가 그를 구했다는 말이 아닌가? 라일을 구한 사람이 틀림없이 데미안이라고 생각을 하면서도 설마 그들이 지금 뿔뿔이 흩어졌다고는 상상도 못했다.

블레이즈의 보석을 다시 한 번 누르자 왼팔에 박혀 있던 바늘이 빠져나갔다. 처음 박혔을 때와 마찬가지로 아무런 느낌도 없었고 또한 상처도 나지 않았다.

블레이즈를 내려놓은 헥터는 바닥에 모포를 깔고 누웠다. 하지만 쉽게 잠을 이룰 수 없었다. 곁에 놓여 있는 블레이즈를 다시 몇 번이고 어루만지던 헥터는 눈을 감았다.

*　　　*　　　*

"만나서 반갑소이다."

샤드의 인사에 흰머리가 간간이 보이는 중년인이 고개를 숙여 답례를 했다.

"무슨 말씀을……. 오히려 트레디날 제국의 전설이신 샤드 대공을 이렇게 만나게 되어 영광입니다."

"루벤트 제국의 지오르니 폰 루트리히 공작, 르네 폰 라이포트 공작, 벨리시아 폰 쿠르나스 공작, 만나서 정말 반갑습니다. 또 저희의 말을 믿어주셔서 감사드립니다."

"아닙니다, 체로크 공작. 다른 나라도 마찬가지겠지만 우리 제국도 본 적도 없는 괴물들과 괴상하게 변한 몬스터 때문에 막대한 피해를 입고 있었습니다. 그런데 귀국에서 알려준 정보로 겨우 몬스터들과 괴물들을 막아낼 수 있어 정말 감사하게 생각하고 있습니다."

"그렇습니다. 저희 바이샤르 제국의 황제 폐하께서도 여러분들을 만나게 되면 꼭 감사의 인사를 전해달라고 부탁을 하셨습니다."

말라 보이는 것이 조금은 신경질적으로 보이는 노인이었다.

"누구신지……?"

"전 바이샤르 제국의 제1공작인 미나스 폰 워렌시아라고 합니다. 그리고 이쪽은 제2공작인 클레어 폰 머라이언 공작, 그리고 저쪽은 제3공작인 빈스 폰 바고프 공작입니다."

"아~ 바이샤르 제국을 대표하는 세 분 공작님을 만나게 되다니… 저 단테스의 영광입니다."

"별말씀을."

"하지만 여러분들의 인사를 들어야 할 사람은 저희가 아닙니다."

단테스의 말에 각 나라를 대표해 모인 소드 마스터들은 어리둥절한 표정을 지었다.

"무슨 말씀이신지?"

궁금한 표정을 감추지 못하는 사람들을 잠시 바라보던 단테스는 곧 말을 이었다.

"저희도 처음엔 몬스터와 괴물들의 공격에 속수무책으로 당하기만 했었습니다. 그러다 데미안 싸일렉스 공작이 괴물들을 퇴치할 수 있는 방법을 가르쳐 주었기에 겨우 몬스터들과 괴물들을 물리칠 수 있었습니다."

"데미안 폰 싸일렉스 공작?"

이 자리에 모여 있는 사람들은 각 나라를 대표하는 소드 마스터들이었다. 그렇기에 자신들 나라뿐만이 아니라 이웃 나라의 정보에도 민감할 수밖에 없었다.

루벤트 제국과의 전쟁에서 이름이 알려지기 시작한 데미안 싸일렉스. 이미 자렌토가 전쟁의 영웅으로 일컬어지면서 싸일렉스 가문이 세상에 알려졌지만 그의 아들인 데미안은 아버지가 평생 쌓아온 업적을 훨씬 능가한다고 소문이 났다.

루벤트 제국과의 전쟁이 끝나고 그가 후작에 봉해졌고, 비밀 임무를 위해 트레디날 제국을 떠났다는 소문이 있었다. 그런데 벌써 공작의 작위에 오르다니……. 믿을 수 없을 만큼 빠른 신분 상승이었다. 하지만 이들이 데미안을 주시한 이유는 다른 곳에 있었다.

뛰어난 검술 실력을 가지고 있으면 부와 명예가 따르는 현실에서 어느 누구도 데미안처럼 빠르게 공작의 작위를 받은 사람은 없었다. 이 자리에 있는 소드 마스터들도 거의 4, 50년 동안 오로지 검술에만 매달렸기에 현재의 지위에 오를 수 있었다. 그것도 검술을 배우는 데 천부적인 재능을 타고났다는 자신들이 말이다.

데미안이 본격적으로 검술을 익히기 시작한 지는 불과 4, 5년에 불과했다. 그런데 벌써 소드 마스터 중급이라니……. 그가 소드 마스터 중급의 실력을 가졌다는 것을 확인하지 않고서야 트레디날 제국의 황제가 그에게 공작의 작위를 그냥 줄 리 만무하지 않은가?

루벤트 제국의 르네 라이포트는 입맛이 썼다. 그도 그럴 것이 그의 작위가 올라가는 데 루벤트 제국의 뛰어난 인재들이 제물이 되었기 때문이다. 보지 못한 적에 대한 적개심과 뛰어난 검술 실력을 가지고 있다고 전해지는 상대에 대한 호기심을 동시에 느끼는 르네였다.

"20대 초반의 나이에 벌써 소드 마스터 중급이라니……. 휴우,

정말 믿을 수 없는 일이군요."

"어쩌면 소드 마스터 중급의 수준을 훨씬 뛰어넘었을지도 모르는 일이오."

"예? 그게 무슨 말씀이십니까?"

샤드의 말에 사람들은 깜짝 놀랐다.

이 자리에 모인 사람들은 각 나라를 대표하는 검술 실력을 가지고 있는 사람들이다. 거의 대부분이 소드 마스터 중급의 실력을 가지고 있었다.

이제까지 소드 마스터 상급의 실력을 가지고 있는 사람이 세상에 나온 적이 없으니 어쩌면 이들은 인간이 익힐 수 있는 검의 마지막 단계를 익힌 사람들일지도 모른다. 그런데 그런 수준을 뛰어넘었다니 그들이 놀라는 것은 어찌 보면 당연한 일이었다.

"얼마 전 황궁에 왔을 때 그 성취가 너무나 놀라워 싸일렉스 공작과 겨루어본 적이 있었소이다. 이 나이에 부끄러운 이야기지만 아직도 놀라운 검술 실력을 가지고 있는 사람들을 보면 꼭 겨루어보고 싶은 생각이 들기 때문이라오."

샤드의 말에 사람들은 미소를 짓거나 고개를 끄덕였다. 자신들도 공감하는 이야기였기 때문이다.

"내가 소드 마스터 중급의 성취를 이룬 것이 벌써 20여 년 전의 일이었소. 하지만 그 상태에서 멈춰 조금의 진전도 없었소. 그래서 생각한 것이 혹시 싸일렉스 공작과 겨루다 보면 소드 마스터 상급에 대한 어떤 단서를 잡을 수 있지 않을까 하는 생각이었소. 그런데 막상 대결을 시작하고 보니 그의 성취는 내 예상을 훨씬 뛰어넘고 있었소. 결국 무승부로 결말을 맺긴 했지만 상당히 지친 나에 비해 그는 너무나 멀쩡했었소. 어쩌면 상급조차도 뛰어넘었을지도 모르오."

"예? 그, 그렇다면 소드 그렌저?"

"소드 그렌저?"

"소드 그렌저? 정말 인간의 몸으로 가능한 일이란 말인가?"

샤드의 말에 사람들은 벌린 입을 다물지 못했다.

"저, 정말 싸일렉스 공작이 소드 그렌저의 경지라고 샤드 대공께서는 생각하시는 겁니까?"

"귀하는?"

"아, 죄송합니다. 제 소개가 늦었습니다. 전 크로아 제국의 공작인 미하일 쿼타아르라고 합니다."

"쿼타아르 공작의 말이 무슨 뜻인지는 알겠소. 하지만 나도 소드 그렌저의 경지를 잘 모르니 그저 그렇지 않을까라고 생각을 할 뿐이오. 며칠 후 싸일렉스 공작을 만나면 공작의 눈으로 직접 확인하시구려."

"그건 그렇고, 일전에 말씀하신 악마라는 것이 정말 세상에 존재할까요? 전 도무지 믿기 힘들군요."

이 자리에 모인 사람들 가운데 유일한 여자인 클레어 머라이언의 말에 다른 사람들도 일제히 고개를 끄덕였다.

"나 역시 악마를 한 번도 본 적이 없으니 뭐라고 말한 순 없지만 나중에 싸일렉스 공작을 만나게 되면 알게 되리라 생각하오. 하지만 이스턴 대륙까지 가서 싸일렉스 공작이 확인한 것이니 아마도 그런 존재가 있는 것만은 사실인 것 같소."

"이스턴 대륙?"

"정말 이스턴 대륙이 존재한다는 말입니까?"

"싸일렉스 공작이 이스턴 대륙에 다녀왔다니? 대체 그게 무슨 말씀이십니까?”

사람들은 데미안에 대한 이야기를 들으면 들을수록 놀라움을 감출 수 없었다.

그런 사람들의 모습에 샤드는 데미안에 관한 것을 전부 털어놓을까 하는 생각을 했지만 본인이 스스로 밝힌 것도 아닌데 타인인 자신이 밝힐 수는 없는 일이었다. 그런 생각에 샤드는 데미안에 대해 사람들에게 간략하게 설명해 주었다.

사람들은 기가 막혀 할 말을 잊었다.

데미안에 대해 알게 되면 될수록 기가 막힐 뿐이었다. 놀라운 검술 솜씨도 이해가 가지 않았지만 드래곤 슬레이어라는 말은 도저히 믿을 수 없었다.

데미안이란 청년이 대체 어떤 존재이기에 드래곤과 싸우고, 이스턴 대륙에 다녀오고, 누구도 알지 못하는 악마에 대항해 싸울 수 있는 것인지 궁금했던 것이다.

“자아, 우리가 이렇게 모인 이유도 싸일렉스 공작이 하는 일을 돕기 위해서가 아니오. 일단은 공작의 뒤를 따라가는 것이 우선이외다. 별다른 이견이 없다면 지금 즉시 출발을 했으면 하오. 빨리 싸일렉스 공작을 만나야 여러분들의 궁금증도 풀릴 것 아니겠소? 그러니 어서 출발합시다.”

샤드의 말에 사람들은 고개를 끄덕였다. 그의 말처럼 궁금한 것은 데미안을 만나보면 알게 될 것이다.

상황에 따라서는 백 마디의 설명보다 한 번 직접 보는 것이 더 많은 것을 느끼게 해준다는 것은 그들도 익히 잘 알고 있었다.

“싸일렉스 공작과는 얼마나 떨어져 있을까요?”

“내 예상으로는 아마 3일이나 4일 정도 떨어진 것 같소. 하지만 조금만 빨리 움직인다면 곧 따라잡을 수 있을 거라고 생각하오.”

“알겠습니다. 샤드 대공께 안내를 부탁드리겠습니다.”

지오르니의 말에 고개를 끄덕인 샤드가 말머리를 돌려 북쪽을 향해 달리기 시작했고, 나머지 사람들도 일제히 그의 뒤를 쫓아 말을 몰기 시작했다.

뮤란 대륙에 존재하는 최강의 소드 마스터들 모두가 데미안의 일을 돕기 위해 모였다니……. 그들은 북풍을 가르며 빠르게 북쪽을 향해 달려갔고, 곧 그들의 모습은 시야에서 사라졌다.

*   *   *

데미안이 자리에서 일어난 것은 다음날이었다.

얼음처럼 싸늘했던 안색도 많이 풀렸다. 그도 그럴 것이 마을에 사는 수많은 엘프들이 데미안에게 감사의 인사를 하기 위해 몰려들었기 때문이다. 처음 어색한 표정으로 엘프들을 맞이하던 데미안도 상대의 진심 어린 감사에 대꾸를 하지 않을 수 없었다.

몸이 예전 상태로 돌아온 것을 확인한 데미안은 곧 출발할 준비를 했다. 라일의 상태가 좋지 않은 것이 조금 신경 쓰였지만 엘프들의 마을이 신성목에 둘러싸여 있기 때문에 그럴 것이라 생각했다.

처음 엘프들은 데미안 일행들에게 자신들 마을에 며칠 더 머물기를 원했었지만 데미안이 정중하게 사양을 했기에 더 이상 권할 수도 없었다. 게다가 촌장인 폴라이너스가 그의 임무에 대해 일장 연설을 늘어놓았기에 엘프들은 두 손을 들어야만 했다.

엘프들이 선물로 내놓은 것 가운데 약간의 식량과 신성목에서 뽑은 수액을 담은 두 개의 병만 받았고 나머지는 정중하게 사양했다.

히히히힝—

힘찬 말 울음소리와 함께 말 위에 오른 네 사람에게 폴라이너스가 엘프들을 대신해 인사를 했다.

"그대들의 앞길에 페트리앙스의 가호가 언제나 함께하시길 진심으로 빌겠네."

"그동안 신세를 많이 졌소."

"무슨 소릴, 오히려 고마운 것은 우리지. 자네 덕분에 마물들에게 시달리지 않게 되어 정말 고맙네. 그보다 자네를 다시 볼 수 있을까?"

폴라이너스의 주름진 얼굴에는 걱정스러움이 잔뜩 묻어 있었다. 그 모습을 본 데미안은 자신이 그를 처음 보았을 때 카랑카랑한 음성으로 하크에게 패악스럽게 말을 하던 그의 모습이 생각나 빙그레 미소를 지었다. 하지만 폴라이너스는 그 미소를 데미안의 자신감으로 생각했는지 고개를 끄덕였다.

"그래, 그렇게 웃게. 그럼 신들께서도 자네를 도와주실 것이네."

"후후후, 신의 도움? 그 따위 것보다는 차라리 내 동료들을 믿겠소. 그럼 우리는 이만."

"부디 조심하게."

그의 나직한 비웃음이 신경에 거슬리기는 했지만 폴라이너스는 데미안의 안전을 진심으로 빌었다. 그렇게 엘프들의 환송을 받으며 데미안과 일행들은 엘프들의 숲을 떠나 북쪽으로 말을 몰았다.

데미안이 기절해 있는 동안 파프와 하크는 그가 깨어나기만 기다렸기에 라일과 정식으로 인사를 할 심적인 여유가 없었다. 또 라일의 심상치(?) 않은 모습도 한몫했다.

야영 준비를 마치고서야 데미안의 소개로 두 사람은 라일과 겨우 인사를 나눌 수 있었다.

"레토리아 왕국의 공작이셨다고 하셨습니까?"

"그렇네."

"그럼 레토리아 왕국의 여왕이신 레베카 레토리아 여왕을 잘 아시겠군요."

"레토리아 여왕? 그분께서 여왕에 즉위하신 것인가?"

"예, 루벤트 제국과의 전쟁이 끝난 후 레토리아 왕국은 정식으로 트레디날 제국과 국교를 맺었습니다. 그때 그분의 아름다움이 세상에 알려지면서 세상 사람들 간에 상당한 화제를 모았었습니다."

하크의 말에 라일은 레베카의 모습을 떠올렸다. 벌써 10년이란 세월이 지났으니 과거 연약하기만 하던 모습은 많이 사라졌을지도 모른다는 생각을 했을 때였다.

"여왕께서는 결혼을 하셨나?"

자신의 이야기에 데미안이 관심을 보이자 하크는 신이 나서 말을 이었다.

"그게 이상한 점입니다. 수많은 귀족들이 그분께 청혼을 했지만 모두 깨끗하게 거절당했답니다. 바로 그 점이 사람들을 궁금하게 만든 것이었지요. 당시 그분께서는 자신에게는 약혼자가 있으며, 그분이 돌아오실 때까지 평생을 독신으로 살겠다고 선언하셨답니다. 과연 그분의 약혼자가 누구이기에 혼자 살겠다고 하는 것인지 세상 사람들의 이목을 끌지 않을 수 없었지요."

하크의 말에 데미안은 자신도 모르게 라일을 바라보았다. 라일도 그 이야기를 들으며 데미안의 옆얼굴을 바라보다 고개를 가만히 저었다. 데미안의 얼굴에 희미하게 자책감이 서린 것을 발견했기 때문이었다.

"참! 또 한 가지 이상한 일은 이미 오래전에 사라진 페리우스 가문을 왕가의 후견 가문으로 삼았다는 겁니다. 페리우스 가문의 복원에는 레토리아 왕국의 실질적인 지배자라고 할 수 있는 제롬 티그리스 공작이 직접 나섰다는 말이 있습니다."

"폐, 페리우스 가문을 왕가의 후견 가문으로?"

"그렇습니다만……."

반문을 하는 라일의 태도가 이상했는지 하크는 말꼬리를 흐렸다. 하지만 그런 하크의 모습에는 아랑곳하지 않고 자리에서 일어선 라일은 레토리아 왕국이 있는 곳을 향해 무릎을 꿇고 고개를 숙였다.

"레토리아 폐하, 페리우스 가문의 보잘것없는 라일에게 이렇게 깊은 사랑을 보여주시다니…… 폐하께 아무것도 해드릴 수 없는 저의 신세가 너무나 원망스럽습니다. 설사 이 몸이 죽음의 나락에 떨어진다 하더라도 영혼일지언정 레토리아의 하늘을 떠돌며 반드시 폐하의 사랑에 보답하겠습니다."

나직하게 울리는 라일의 음성.

하지만 그의 말을 듣는 순간 하크와 파프는 소름이 오싹 끼칠 정도로 짜릿한 전율과 함께 깊은 감명을 받았다.

'저것이 기사도인가? 거칠기만 한 우리에게서는 결코 찾아볼 수 없는 멋이군.'

'제기랄, 더럽게 멋있군.'

하지만 데미안은 라일의 모습이 너무 가슴 아팠다.

비록 저주에 걸린 몸이라고는 하지만 그는 분명 레토리아 왕국 사람이었다. 만약 자신만 만나지 않았다면 어쩌면 지금쯤 레토리아 왕국을 위해 일하고 있을지도 모르는 일이었다.

그런 생각을 할 때마다 가슴속은 점점 답답해져만 갔다. 애써 생각을 돌린 데미안은 자신이 어떻게 키기모카를 해치울 수 있었는지 그 점에 대해 생각하기 시작했다.

물론 그린리버에게 마지막 순간에 대해서 자세히 들었지만 잘 이해가 가지 않았다.

블러드 라이트닝과 헬 버스트는 성격이 아주 다른 공격법이었다. 블러드 라이트닝은 몸속의 마나를 미디아를 통해 일직선으로 내뿜는 공격법이었고, 헬 버스트는 허공에 무수한 검의 궤적을 만들어 그 궤적 내에 엄청난 압력이 생기도록 해서 상대를 속박한 상태에서 공격을 하는 방법이었다. 그런데 어떻게 그때는 블러드 라이트닝이 헬 버스트로 자연스럽게 변화될 수 있었을까?

생명이 경각에 달한 위태로운 상황에서 펼친 것이기 때문인지 그 부분이 잘 생각나지 않았다.

블러드 라이트닝, 헬 버스트, 그리고 지옥재림의 구결.

이 세 가지에 자신이 알지 못하는 연관 관계가 있는 것 같은데 아무리 생각을 해봐도 그게 무엇인지 알 도리가 없었다. 머리를 긁적이던 데미안은 자신의 왼손에 끼어 있는 쿠로얀의 존재를 그제야 깨달았다.

어느 날 갑자기 나타난 쿠로얀.

미디아를 사용하는 것에 너무 익숙해 자신이 쿠로얀을 가지고 있다는 것을 까맣게 잊고 있었다. 만약 자신이 쿠로얀의 사용법을 알았다면 키기모카와 대결을 할 때 어쩌면 그렇게 위험한 상황까지 가지 않았을 수도 있는 일이었다.

쿠로얀이 비록 일반적인 무기의 형태는 아니지만 이 역시 신의 무기인 것만은 틀림없는 사실이었다.

마브렌시아가 쿠로얀을 보낼 때 자신이 알아낸 사용법을 메시지 마법으로 보냈었다. 물론 몇 가지밖에 안 되었지만 몸에 충분한 마나만 있다면 자신의 분신을 얼마든지 만들어낼 수 있다는 것을 처음 데미안은 도저히 믿을 수 없었다.

만약 그 말이 사실이라면 수십 명의 데미안이 블러드 라이트닝을 사용할 수도 있을 것이고, 또 적의 수가 얼마가 되든지 헬 버스트를 펼쳐 몰살시킬 수도 있을 것이다.

가만히 쿠로얀의 사용법에 따라 마나를 움직이던 데미안은 조금 이상한 기분이 느껴졌다. 자신의 몸에서 무엇인가가 빠져나간 듯한 느낌이 든 것이다.

가만히 눈을 뜨고 보니 자신의 곁에 자신의 모습과 털끝 하나 틀리지 않은 또 한 명의 데미안이 묘한 시선으로 자신을 바라보고 있는 것이 보였다. 묘한 이질감과 동시에 강렬한 동질감이 느껴졌다.

몸뿐이 아니었다.

도저히 믿을 수 없는 일이지만 쿠로얀도 두 개였고, 등에 메고 있는 미디아도 두 개였다. 신기한 생각에 몸을 움직여 보았지만 두 명의 데미안은 둘이면서도 또한 하나였다.

두 명의 데미안이 천천히 자리에서 일어났을 때 그때까지 무릎을 꿇고 있는 라일을 바라보고 있던 하크와 파프가 고개를 돌렸

고, 두 명의 데미안을 발견한 두 사람은 그야말로 눈알이 튀어나
올 정도로 깜짝 놀랐다.

"대, 대체 이게 어떻게 된 일입니까?"

"데, 데미안님이 두 분?"

두 사람이 놀라는 것엔 아랑곳하지 않고 자리에서 일어선 두
명의 데미안은 공터를 향해 걸음을 옮겼고, 조금 거리를 두고 마
주 보고 섰다.

서로를 향해 가벼운 미소를 지은 두 명의 데미안은 천천히 미
디아를 뽑아 들고는 상대를 향해 검을 휘두르기 시작했다.

하크와 파프는 너무나 놀라 그 자리에서 꼼짝도 하지 못했고,
그 모습을 발견한 라일 역시 놀라기는 했지만 데미안이 두 명이
된 것에는 나름대로의 이유가 있을 것이라 생각했기에 일단은 보
고만 있었다.

두 명의 데미안은 처음 가벼운 공격과 방어를 주고받았지만 곧
엄청난 속도로 상대에게 공격을 퍼부었다. 살벌하기 이를 데 없는
대결은 장장 1시간 동안 계속되었고, 주변은 두 명의 데미안이 쏟
아낸 공격으로 엉망으로 변했다. 그리고 갑자기 그쳤다.

피어 오르던 흙먼지가 가라앉았을 때 흙먼지 속에서 걸어나오
는 데미안은 뜻밖에 한 명뿐이었다. 하크와 파프는 이 일을 어떻
게 받아들여야 좋을지 몰랐다.

땀 한 방울 흘리지 않는 데미안의 모습을 보며 라일이 입을 열
었다.

"내가 보기에 너의 검술이 다시 한 단계 올라간 것 같은데 내
말이 맞느냐?"

"예, 엘프들의 마을을 찾았을 때 상당한 양의 마나를 받아들일

수 있었습니다."

"단순히 마나의 양만 늘어난 것이 아니라 검술 역시 한 단계 발전한 것 같은데……."

"아마도 키기모카라는 지하르트의 부하와 싸울 때 얻은 약간의 깨달음이 있었기 때문인 것 같습니다."

담담한 표정을 지으며 대답하는 데미안에게 하크가 조심스럽게 입을 열었다.

"저어… 데미안님, 대체 조금 전 어떻게 데미안님께서 두 분이 되신 겁니까? 저는 직접 보고도 믿어지지 않습니다."

"후후후, 그런 눈으로 날 보지 마. 내가 두 명으로 나뉜 것은 내 능력이 아니라 순전히 이 반지의 능력 때문이니까."

"예? 반지의 능력이요?"

"혹시 그 반지가?"

"맞습니다. 마브렌시아가 가지고 갔던 신기루의 반지, 쿠로얀입니다."

"그런데 그걸 네가 어떻게?"

궁금해하는 라일에게 데미안은 쿠로얀이 자신에게 오게 된 일을 설명했다. 하지만 그도 무슨 이유로 마브렌시아가 쿠로얀을 자신에게 보낸 것인지 이유를 알 수 없었기 때문에 설명은 간단할 수밖에 없었다. 그러나 라일의 생각은 달랐다.

마브렌시아가 누군가? 드래곤 종족 가운데에서도 가장 탐욕스러운 존재가 바로 레드 드래곤이 아닌가? 그런 마브렌시아가 아무런 조건 없이 데미안에게 쿠로얀을 넘겼을 리 만무했다. 그렇다면 데미안이 보았다는 그 영상에 혹시 무슨 의미가 있는 것은 아닐까?

그런 생각을 하던 라일은 혹시 마브렌시아가 데미안에게 쿠로얀을 보내야만 할 무슨 이유가 있었기 때문은 아닐까 하는 생각이 갑자기 들었다. 이미 지하르트의 부하가 된 마브렌시아가 데미안에게 쿠로얀을 보낸 이유, 혹시 그렇게 된 자신의 복수를 원하는 것은 아닐까 하는 생각을 했다. 그러나 곧 고개를 저었다.

아무리 마브렌시아가 지하르트의 상대가 못 된다고 하더라도 평소 하찮게 여겼던 드라시안에게 자신의 복수를 부탁했다는 것은 너무 억지스런 생각이 아닌가 하는 생각이 들었다. 비록 데미안과 자신들이 신의 무기를 가지고는 있다고 하지만 그렇다고 쿠로얀 하나를 덧보탠다고 갑자기 몇 배나 힘이 늘어난다고 믿을 정도로 마브렌시아, 아니, 드래곤이 멍청한 이성의 소유자는 절대 아니었다.

그렇다면 마브렌시아는 무슨 이유로 데미안에게 쿠로얀을 보냈을까? 쉽게 결론을 내릴 수 있는 문제가 아니었다.

"일단 그 문제는 시간을 두고 생각해 보아야 할 것 같구나. 간단히 결론을 내릴 수 있는 문제는 절대 아니다."

파프와 하크는 라일의 말에 그들의 대화 속에서 나오는 마브렌시아라는 존재가 누구인지 정말 궁금했다. 하지만 두 사람의 표정—라일은 음성으로 판단하는 수밖에 없었지만—이 너무 심각했기에 감히 끼어들 수 없었다.

일행들은 각자 생각에 빠진 채 잠자리에 들었다.

그들이 오르고니아 왕국의 국경을 벗어나 베자무스 왕국에 들어선 것은 12월 중순이 되어서였다.

베자무스 왕국은 산지와 평지가 반씩 섞인 지형을 가진 나라였고, 뮤란 대륙의 지도에 표시된 나라 가운데 가장 북쪽에 위치한 왕국이었다.

나라 전체의 크기는 상당히 넓은 지역을 차지하고 있었지만 토지가 워낙 황폐한 곳이 많아 국민들의 수는 그리 많지 않은 것으로 알려져 있었다. 농토가 적은 탓인지 농사보다는 목축이 주(主)를 이루는 곳이었다. 그리고 그 베자무스 왕국을 지나면 과거 영화를 누리던, 그리고 인간의 탐욕 때문에 사라져 버린 뮤란 제국의 옛 영토가 있다.

베자무스 왕국에 도착한 데미안은 나머지 일행들이 걱정이 되었지만 네로브가 편지에 남긴 것처럼 신들이 그들을 보살필 것만을 믿을 수밖에 없었다.

데미안이 베자무스 왕국에 들어서면서 느낀 첫 번째 느낌은 위화감이었다. 그리고 첫 번째 도시에 도착하면서 그 이유가 무엇 때문인지 알 수 있었다.

처음 도착한 도시는 국경 도시인 그린우드란 곳이었다.

아마도 과거에는 이곳에 푸른 숲이 있었기에 그런 이름을 붙인 것 같은데 데미안과 일행들이 도착했을 때 도시는 텅 비어 있었다. 거의 천이삼백 호에 달하는 집들이 텅 비어 있는 유령 도시였다.

집들을 살펴보았지만 어느 집도 급하게 떠난 흔적뿐이었다. 사방에 흩어져 있는 가재도구나 옷가지들로 보아 꽤나 급박한 상황이 닥친 것 같았다. 하지만 도시 어디에도 싸움의 흔적은 찾아볼 수 없었다.

대체 이 도시에 무슨 일이 있었던 것일까?

파프와 하크는 찜찜한 표정으로 도시를 수색해 보았지만 역시 사람들의 흔적을 찾을 수 없었다. 이미, 그것도 상당히 오래전에 떠났던 흔적뿐이었다.

어쩔 수 없이 이곳에서 하룻밤을 지내야겠다고 데미안이 생각하고 있을 때 하크가 술을 구해오겠다며 술집의 간판을 찾았다. 아마도 차가운 날씨 때문인 것 같았다.

"꼼짝 마라!"

갑자기 술집에서 하크의 커다란 음성이 들렸다.

하크의 음성을 들은 일행들이 술집으로 향했을 때 일행들의 귀에 날카로운 금속음이 들렸다. 재빨리 파프가 술집으로 향했고 데미안과 라일은 조금 늦게 도착했다.

소드 익스퍼트 최상급의 실력을 뛰어넘는 두 사람의 검술 실력으로 상대를 이기지는 못한다고 하더라도 그리 위험하지는 않을 것이란 판단 때문이었다. 하지만 데미안의 그런 판단이 틀렸는지 두 사람은 좀처럼 술집에서 나오지 않았다.

데미안과 라일이 술집 안으로 들어섰을 때 엉망이 된 술집 안 풍경이 먼저 눈에 들어왔고, 하크와 파프, 두 사람과 대치 중인 근육질의 사내가 보였다.

황금색 방패와 보통의 바스타드 소드보다 훨씬 긴 바스타드 소드를 보는 순간 상대가 누군지 직감했다.

"헥터!"

"데미안님?"

서로를 부르는 두 사람의 음성에 하크와 파프는 자신의 무기를 내리지 않을 수 없었다.

"파프, 하크. 저 사람은 내 동료야. 그러니 어서 무기를 거둬."

어지러운 실내를 어느 정도 치운 사람들은 커다란 테이블에 둘러앉았다. 그리고는 서로에게 있었던 일들을 이야기했다.

하크는 자신이 용병 생활을 하면서 익힌 요리 솜씨로 몇 가지의 간단한 음식을 만들었고, 파프가 꺼내온 술을 나누어 마시며 간만에 편안한 기분을 느낄 수 있었다.

헥터가 타울에게서 블레이즈의 공격 주문을 배웠다는 이야기를 들은 데미안은 궁금한 듯 질문을 했다.

"그럼 블레이즈가 가진 최강의 공격 주문을 사용해 보기는 한 거야?"

"예."

헥터는 어쩔 수 없이 거짓말을 해야만 했다.

자신의 생명을 담보로 사용할 수밖에 없다는 이야기는 도저히 할 수 없었다. 만약 데미안이 그런 이야기를 들으면 어떤 이유에서든 자신에게 블레이즈를 사용하게 할 리 없기 때문이었다.

그동안의 경험을 통해 자신은 어떻게 되든 동료를 먼저 생각하는 데미안의 성격을 누구보다 잘 알기 때문이었다.

블레이즈의 사용법을 가르쳐 주며 타울이 자신에게 한 이야기를 그대로 해주었다.

"레드 드래곤의 파이어 브레스보다 훨씬 파괴력이 강한 광선이 뿜어져 나와 상대를 순식간에 소멸시켜 버립니다."

"그래? 정말 굉장하구나. 헥터, 한번 보여줄 수 있어?"

"죄송합니다만… 제 신성력이 워낙 보잘것없어 한 번 사용하면 며칠은 앓아야 할 정도로 정신적, 육체적인 소모가 크기 때문에… 나중에 지하르트를 상대할 때 보여드리겠습니다."

"후유증이 내가 미디아를 얻었을 때와 비슷하구나."

데미안이 자신의 말을 너무나 간단히 믿어주는 것에 양심에 가책을 받는 헥터였다. 하지만 그렇지 않은 사람(?)도 있었다.

라일이었다.

그는 헥터의 말에서 뭔가 이상한 것을 느꼈다. 데미안에게 거짓말을 한 것 같지는 않지만 뭔가를 이야기하지 않았다는 느낌이 든 것이다. 그러나 굳이 그것이 뭐냐고 묻지는 않았다. 라일은 헥터의 고충을 알 것도 같았다.

간단하게 술자리를 끝낸 일행들은 바닥에 모포를 깔고 잠자리에 들었다. 하지만 하크를 제외하고 나머지 사람들은 쉽게 잠에 빠져들지 못했다.

데미안 응원군

　데미안이 제대로 잠을 이루지 못하고 있을 때 데보라 일행 역시 잠을 잘 수 없었다. 그렇다고 데미안에게서 불면증이 전염된 것은 아니었고 몬스터와 마물들의 집요한 공격 때문이었다.

　데보라와 일행들의 육체는 계속된 전투로 인해 극도로 지쳐 있었지만 그들의 정신만은 어느 때보다 또렷했다. 일행들 가운데 가장 강한 세 사람이 없는 지금 나 하나의 실수가 일행들을 치명적인 위험에 빠뜨릴 수 있다는 생각 때문이었다.

　물론 그런 것에는 아랑곳하지 않고 행동하는 레오 같은 인물도 있었지만 말이다.

　신들에 대한 믿음만 잃지 않으면 언제까지나 지속되는 신성력이었기에 거의 매일 전투를 치르면서도 겨우 견딜 수 있었던 것이다. 하지만 누적된 육체적, 정신적인 피로는 그리 간단한 성질의 것이 아니었다.

　다만 직접적으로 부딪치는 근접 전투가 아니라 각자가 가지고 있는 무기와 자신의 신성력을 이용하는 것이라 지금까지 버텨올 수 있었다.

　오늘도 데보라와 일행들이 막 야영 준비를 하려는 순간 몰려든 몬스터와 마물들 때문에 일행들은 제대로 쉬지도 못하고 혈전을 치러야만 했다.

　얼마나 긴 시간이 지났을까?

　마물들이 물러간 것을 확인한 데보라 일행은 그 자리에 털썩 주저앉아 가쁜 숨을 몰아쉬었다.

　"비, 빌어먹을. 오, 오늘 이게 대체 몇 번째 전투지?"

　"오, 오늘만도 벌써… 세 번째니까… 헉헉… 여태까지… 거의… 50번은… 넘게 싸운… 것 같군요. 헉헉헉."

　대답을 하는 로빈도 숨이 턱까지 차 있었다.

　한쪽에서 식은땀을 흘리고 있던 뮤렐은 전신에서 일어나는 격렬한 근육의 경련 때문에 지면에 쓰러져 부들부들 떨고 있었다. 그는 전신에서 전해지는 극심한 통증 때문에 이를 악물어야만 했다.

　이제는 제법 익숙해질 만도 하건만 매번 발생하는 이 근육의 경련만은 도저히 참기 힘들었다. 제멋대로 뭉쳐진 근육이 한번 경련을 일으키기 시작하면 그야말로 죽는 것이 낫다는 생각이 들 정도였다.

　그런 뮤렐의 모습에 땀에 젖은 머리카락을 이마와 뺨에서 떼어 낸 네로브가 뮤렐에게 회복 주문을 걸어주었다. 그녀는 그의 숨소리가 겨우 정상으로 돌아간 것을 확인하고서야 다른 사람에게 눈길을 주었다.

평소 철인처럼 활동적이던 레오의 털도 손으로 움켜쥐면 주르륵 물이 흐를 것처럼 땀에 젖어 있었다.

일행들의 실력이 시간이 지날수록 점점 향상되는 것도 사실이었지만 문제는 목적지에 가까워질수록 나타나는 마물들도 보통의 마력을 가지고 있는 것이 아니라는 것이다.

마물들도 양(量)보다는 질(質)로 승부하기로 했는지 나타나는 마물들의 수는 적었지만 그 하나하나의 능력이 보통이 아니어서 매번 생명의 위협을 느껴야만 했다.

조금 전만 하더라도 그랬다.

스나이벤의 부하라고 스스로를 밝힌 마물 나구로이스.

데보라와 일행들도 그동안 상당히 많은 마물들을 보아왔었다. 하지만 이 나구로이스의 모습만큼은 정말 밥맛이었다.

하반신은 양의 다리를 가지고 있었고, 길다란 꼬리는 전갈의 것이었다. 게다가 가슴과 배에는 흉측하게 암퇘지의 젓꼭지 같은 것이 쭉 매달려 있어 정말 밥맛 떨어지게 만들었다.

또 왼팔은 거대한 뱀이었고, 오른팔은 사자의 앞발처럼 보였다. 상반신의 몸통은 어떤 동물의 상반신인지 빽빽한 비늘이 덮여 있었다. 더 더욱 일행들이 눈살을 찌푸린 것은 마물의 얼굴이었다.

발에서 어깨까지의 높이가 거의 5미터는 될 듯 보이는 마물의 체격에 매달려 있는 얼굴은 겨우 어른 주먹만한 크기의 갓난아이의 얼굴이었다.

마력을 동반한 나구로이스의 공격에 일행들은 몇 번이나 위험한 상황에 빠졌지만 그동안의 경험을 바탕으로 겨우 막아낼 수 있었다.

　레비테이션의 스펠로 몸을 날린 뮤렐이 누바케인으로 나구로이스의 목을 막 날리려는 순간 자신을 바라보는 애처로운 갓난아이의 눈빛에 뮤렐은 그만 주춤하고 말았다.

　나구로이스가 그 틈을 놓칠 리 만무했다. 뮤렐이 누바케인을 쳐든 채 차마 내려치지 못하고 있을 때 나구로이스의 꼬리가 그런 뮤렐을 사정없이 후려친 것이다. 때문에 뮤렐은 심각한 부상을 입었고, 뒤이어 공격을 한 로빈이나 데보라도 예외는 아니었다.

　'내가 왜 죽어야 하나요'라고 묻는 듯한 애처로운 나구로이스의 눈빛에 차마 무기를 휘두를 수 없었던 것이다. 분명 갓난아이가 아니라는 것을 알면서도 도저히 그 목을 향해 무기를 휘두르기는커녕 겨눌 수조차 없었다.

　결국 그 일을 해낸 것은 가장 냉정한(?) 레오였다.

　레오의 공격에 나구로이스는 간단하게 머리가 박살이 났고, 곧이어 몰아닥친 일행들의 공격에 육신이 소멸해 버렸다.

　일행들로서는 차라리 육체적인 피로나 고통은 견딜 수 있었지만 지금처럼 정신적인 것, 감정적인 것을 자극하는 공격에는 그야말로 속수무책이었다. 만약 레오가 있지 않았다면 자신들이 어떻게 되었을지 상상도 안 갔다.

　잠시 후 정신을 차린 뮤렐이 야영 장소 주위에 알람 마법을 걸려고 했지만 곧 그만두었다.

　어찌 된 일인지는 모르지만 알람 마법을 걸어둔 지역에 무엇인가가 접근하면 반드시 울려야 할 알람 마법이 그동안 단 한 번도 울리지 않았다는 것이 생각났기 때문이었다. 그 때문에 일행들은 놀란 적이 한두 번이 아니었다.

　가장 먼저 불침번을 자처한 뮤렐이 불을 피우는 동안 일행들은 쓰러져 그대로 잠에 들었다. 그 모습을 지켜보던 뮤렐은 모닥불에 나무를 집어넣으며 자신도 모르게 오늘 있었던 일을 다시 떠올렸다.

자신이 만약 처음 나구로이스를 공격할 때 누바케인을 휘둘러 목을 잘라냈다면 일행들이 좀 더 일찍 휴식을 가질 수 있었을 것이다. 물론 자신 혼자만의 잘못은 아니지만 자신의 실수 때문에 일행 모두를 위험에 빠뜨린 것만은 부인할 수 없는 사실이었다.

결국 나약한 자신의 마음 때문에 일행들을 위험한 상황에 빠지게 했다는 생각이 들어 뮤렐은 깊은 한숨을 쉬어야 했다. 그리고는 자신도 모르게 라포이네에게 기도를 올렸다.

"라포이네시여, 이 나약하고 미천한 인간에게 당신의 가없는 자비를 베푸소서. 저는 감히 이들의 일행이 될 수도 없는 신분이 보잘것없는 인간이옵니다. 그런 저에게 이들이 베풀어준 은혜에 보답할 수 있도록 저에게 무엇보다 굳건한 마음을 갖게 해주소서. 당신을 믿고 따르는 저의 간절한 기원입니다. 이들을 위해 목숨을 버릴 수 있는 기회를 주십시오. 당신의 현명함과 냉철함에 기원드립니다."

간절함이 가득 담긴 뮤렐의 말은 자는 줄 알았던 일행들의 귓전을 파고들었다.

데보라와 일행들은 직선 거리로 오르고니아 왕국을 통과해 베자무스 왕국에 들어섰다.

그동안 그들이 겪은 고생은 말로 다 할 수 없을 정도였다. 하지만 앞으로 더욱 힘들고 어려운 상황이 그들을 기다리고 있음은 묻지 않아도 뻔한 일이었다.

몇 년 전부터 베자무스 왕국 전역에 엄청난 수의 몬스터들이 사방에서 날뛰었고 곳곳에서 마물들이 출현하는 바람에 베자무스 왕국의 국왕은 국민들에게 잠시 나라를 떠나 있을 것을 명령했고, 자신도 평소 친분이 있던 투르카스탄 왕국으로 잠시 피신했다.

따라서 지금 베자무스 왕국이 텅 빈 상태라는 것을 오르고니아 왕국에서 듣고 출발했기 때문에 텅 빈 도시를 만나도 데보라 일행들은 그다지 놀라지 않았다. 하지만 이상한 기분이 드는 것만은 사실이었다.

마을의 규모와는 상관없이 텅 빈 마을과 도시들. 그런 마을과 도시를 만날 때마다 데보라 일행들은 기분이 착잡하게 가라앉는 것을 느껴야만 했다.

대체 몬스터들과 마물들이 얼마나 극성을 떨었으면 베자무스 왕국의 국민들이 정든 고향과 조국을 떠나 다른 나라로 피신을 했겠는가?

파웰을 출발한 지도 벌써 20여 일이 지났다. 하지만 아직 그들은 겨우 여행의 절반을 왔을 뿐이다.

그동안 데보라는 네로브가 아레네스에게 들었다는 최강의 공격 주문을 익히는 데 모든 시간을 보내고 있었다.

레이지 오브 아쿠아(Rage of Aqua : 물의 분노).

아로네아의 신성력으로 공격할 수 있는 최강의 공격 주문.

하지만 현재 데보라가 가진 마나가 워낙 보잘것없어 레이지 오브 아쿠아는 그저 그림의 떡에 불과했다.

어린 시절 아레네스의 선택을 받은 아마조네스로 살았었기에 그녀에 대한 믿음은 어느 순간에도 흔들리지 않았지만 이 공격 주문만은 그녀가 가진 신성력뿐만 아니라 마나까지 필요로 했기에 지금 상태에서는 도저히 시전이 불가능했다. 게다가 반드시 물이 있는 곳에서만 사용해야 한다는 제약까지 있었다.

물론 지하수가 있는 지역에서도 사용이 가능하기는 했지만 문제는 데보라에게 지하수의 위치를 찾을 수 있는 능력이 없다는 것이었다. 그녀를 곤란하게 만드는 것이 한두 가지가 아니었다.

데보라가 그런 걱정을 하고 있을 때 로빈은 로빈대로 어떻게든 치유의 구슬을 이용한 공격법을 만들어내려고 생각에 골몰하고 있었다.

그렇게 일행 대부분이 어떻게든 최강의 공격 주문을 익히려고 했지만 그렇지 않은 사람도 있었다.

바로 레오였다.

분명 네로브가 파웰을 떠나고 며칠 후 그녀에게 파룬느로 공격할 수 있는 최강의 공격 주문을 가르쳐 주는 모습을 다른 사람들도 확실히 보았었다. 하지만 단 한 번도 그녀가 무엇인가를 연습하는 광경을 본 적이 없었다.

데보라가 걱정이 되어 그녀에게 파룬느를 이용한 공격 주문을 다 익혔냐고 물은 적이 있었다. 레오의 대답은 '다 익혔다'였다. 조금 나쁘게 이야기하면 다른 사람보다 이해력이 떨어지는 레오가 익혔다고 말하는 것을 데보라나 다른 사람들은 좀처럼 믿을 수 없었다. 일행들은 불안한 생각이 들면서도 일단은 믿을 수밖에 없었다.

데보라와 일행들이 베자무스 왕국에 들어선 지 며칠이 지났을 때였다.

데보라와 일행들은 작은 도시를 만났지만 역시 도시는 텅 비어 있었다.

물론 도시에서 밤을 보낼 수도 있었지만 데보라는 왠지 텅 빈 도시에서 전해지는 느낌에 찜찜한 기분이 들어 도시 외곽에 야영 장소를 마련했다.

도시에서 사람의 모습을 찾아볼 수 없다는 것이 이렇게 이상한 느낌을 갖게 할 줄은 데보라도 미처 몰랐다. 자신 곁에서 피곤한 모습으로 잠들어 있는 네로브의 머리를 쓰다듬어 주던 데보라는 갑자기 이상한 느낌이 들었다.

이런 느낌은 이번 여행을 통해 상당히 익숙해진 느낌이었다. 다시 말하자면 일행들의 안전을 위협하는 어떤 존재가 자신들이 있는 곳으로 다가오기 때문에 느껴지는 위기감이었다.

조용히 일행들의 잠을 깨운 데보라는 아로네아를 움켜잡고는 전면을 노려보았다. 일행들도 자연스럽게 네로브를 중앙에 두고 사방으로 늘어섰다.

뮤렐이 만든 라이트가 5미터 높이로 떠올라 사방을 비추었을 때 일행들은 자신들을 향해 밀려오는 검은 물결을 발견했다. 아니, 물결처럼 보이는 슬라임들이었다.

데보라나 일행들 대부분이 많은 몬스터들과 싸워보았지만 지금처럼 흐물흐물 다가오는 슬라임과 싸워본 적은 한 번도 없었다. 데보라와 네로브의 얼굴에는 어쩔 수 없는 여성 특유의 본능적인 혐오감이 어려 있었다.

잔잔하게 물결이 치듯 꿈틀거리며 다가오는 슬라임 떼를 발견한 뮤렐은 지금이야말로 자신이 나설 때라고 생각하고는 누바케인을 뽑아 들고 한 걸음 앞으로 나섰다. 그리고 자신이 알고 있던 화염계(火焰係) 마법 가운데 가장 화력이 강한 마법의 스펠을 캐스팅했다.

자신이 가지고 있는 마나와 주위의 마나를 누바케인에게 집중시킨 뮤렐은 머리 위로 누바케인을 쳐들고는 그대로 전면을 향해 휘둘렀다.

"파이어 필드Fire Field—!"

누바케인의 검끝에서 뿜어져 나온 화염은 사방을 향해 날아갔고, 불길이 지면에 닿는 순간 마치 기름에 불이 붙듯 사방에서 거센 불길이 치솟았다.

슬라임들은 불길 속에서 꿈틀거리며 오그라들었고, 그 모습을 발견한 뮤렐은 자신의 판단이 맞았다고 생각하고는 회심의 미소를 지었다. 하지만 그것은 뮤렐의 성급한 판단이었다.

불길에 스며 있는 신성력을 느꼈기 때문일까?

뒤로 물러선 슬라임들은 빠른 속도로 합체하기 시작했다. 불과 눈을 몇 번 깜빡거릴 사이에 슬라임들은 두 개의 커다란 덩어리로 뭉쳐졌다. 단순히 커다란 덩어리라고 하기에는 슬라임의 덩어리가 너무나 컸다.

전체적인 모양은 물방울처럼 보였지만 크기가 문제였다. 적게 잡아도 10미터는 족히 될 것 같았다.

그 모습을 본 레오는 지체없이 파륜느의 활줄을 당겼다.

"블레스트 애로우!"

수십 줄기의 압축된 공기가 뭉쳐진 슬라임을 향해 급격한 궤적을 그리며 날아갔다. 나머지 일행들은 뭉쳐진 슬라임이 레오의 공격에 어떻게 대처하는지 보고 공격하려고 긴장된 눈으로 슬라임을 바라보았다.

그런데 이럴 수가?!

파륜느에서 쏟아져 나간 압축된 공기 화살은 슬라임이 만들어 낸 중앙 공동(空洞)을 통해 그대로 빠져나갔다. 쉽게 말해 슬라임이 자신의 몸을 팔찌 모양으로 만들어 레오의 공격을 간단하게 무효로 만든 것이었다.

그 모습을 보면 도저히 슬라임을 지능이 없는 몬스터라고 할 수 없었다. 게다가 행동이 느리다고 알고 있는 자신들의 상식이 틀린 것이 아닌가 하는 의구심마저 들었다.

그런 일행들과는 달리 뮤렐은 뮤란 제국의 수도인 메탈리언에 가까워지면 질수록 현격하게 떨어진 마법의 위력이 신경 쓰였다.

조금 전 그가 공격한 파이어 필드는 5싸이클의 마법이었다. 더구나 누바케인이 가지고 있는 신성력을 생각하면 훨씬 강한 화염이 일대를 휩쓸었어야 했다. 하지만 파이어 필드의 마법은 이미 해체되었고, 물방울처럼 모인 두 개의 슬라임은 일행들을 향해 수십 개의 점액질로 만들어진 촉수를 뻗었다.

일행들은 로빈과 데보라가 만든 방어막으로 일단 위험에서 벗어날 수 있었지만 대체 어떤 공격을 해야 이 슬라임들을 처치할 수 있을지 걱정이 되었다.

그러는 사이 뮤렐은 일행들을 위해 자신이 어떻게든 해야겠다고 판단을 하고는 자신의 전면에 있는 슬라임 덩어리를 향해 누바케인을 겨누었다.

"파이어 오브 솔!"

누바케인의 검끝에서 뿜어져 나온 세 개의 희미한 불꽃 송이는 뮤렐 앞에 있던 슬라임을 향해 날아갔다. 하지만 너무 느렸다. 조금 전 레오의 빠른 공격에도 피했던 슬라임이 뮤렐의 공격을 피하지 못할 리 없을 것 같았다.

역시 슬라임은 조금 전과 같이 자신의 몸을 팔찌 모양으로 만들어 뮤렐의 공격을 무력하게 만들었다. 슬라임이 자신의 공격을 간단하게 피하는 모습을 보며 뮤렐이 천천히 앞으로 쓰러질 때였다.

어디에선가 서너 줄기의 푸른 광선이 슬라임을 향해 날아갔고 너무나 간단하게 슬라임을 난도질했다. 수십 개로 나누어진 슬라임들은 검은 연기를 피워 올리며 지면으로 떨어졌고, 그 모습에 일행들은 푸른 광선이 날아온 쪽을 향해 고개를 돌렸다.

당연히 데미안과 라일, 그리고 헥터라고 생각했던 일행들의 눈에 예닐곱 명의 사람들의 모습이 보였다. 모두 머리가 반백인 장년인들이었다.

데보라가 앞쪽의 슬라임을 경계하면서 살펴보니 가장 앞쪽에 달려오는 사람의 모습이 상당히 눈에 익은 것을 확인했다. 그런 그녀의 기억을 상기시키기라도 하듯 로빈이 반색하며 외쳤다.

"에이라 폰 샤드 대공 전하세요. 그리고 단테스 폰 체로크 공작께서도 오셨어요."

그 말에 데보라는 안도의 한숨을 내쉬었다.

도움이 되고 안 되고는 다음 문제였다. 그들이 적이 아니란 것만 해도 너무나 안심이 되었다.

데보라 일행들이 남은 슬라임과 대치를 하는 동안 소드 마스터 응원군들이 속속 도착했다. 빠르게 주위를 살피면서도 자신들의 눈앞에 있는 엄청난 크기의 슬라임에 놀라움을 감추지 못하고 있었다. 게다가 조금 전 그들이 난도질했던 슬라임마저 나머지 슬라임에 합체가 되어 슬라임의 크기는 거의 배 이상 커져 있었다.

"대공 전하를 만나뵙고도 인사를 드리지 못하는 것을 용서하세요."

"아닙니다, 싸일렉스 부인."

샤드의 말에 데보라는 문득 데미안이 생각나 그리운 마음이 들었다. 하지만 곧 정신을 차리고 입을 열었다.

"잠시 일행들을 부탁합니다."

미처 샤드가 대꾸를 할 사이도 없이 앞으로 나선 데보라는 이를 악물었다. 그리고는 힘차게 지면에 아로네아를 꽂았다.

"레이지 오브 아쿠아!"

쩌쩌쩌쩍—!

요란한 소리를 내며 아로네아가 박힌 곳부터 지면이 갈라지기 시작했다. 갈라진 지면의 틈은 더욱 커진 슬라임의 외곽을 둘러싸며 커다랗게 원형으로 갈라졌다. 그리고 그곳으로부터 눈이 아릴 것 같은 코발트 빛 물줄기가 치솟으며 맹렬한 속도로 회전을 하면서 중앙을 향해 점점 좁혀들었다.

조금 전까지 그렇게 기민하게 움직이던 슬라임이 갑자기 굳어버린 듯 꼼짝도 하지 못했다. 급격하게 줄어들던 원형의 물길에 갇혔던 슬라임이 물줄기와 부딪치는 순간 슬라임의 몸에서 검은 연기가 맹렬하게 치솟았다.

결국 물줄기가 하나로 합쳐졌을 때 슬라임의 모습은 어디에서도 찾아볼 수 없었다.

그 모습을 확인한 데보라는 만족스럽다는 듯 미소를 짓고는 그대로 기절해 버렸다. 쓰러지는 그녀를 황급히 부축한 뮤렐은 조심스럽게 바닥에 내려놓았고, 소드 마스터 일행들은 입을 쩍 벌린 채 아무런 말도 하지 못했다.

세상에 이렇게 상상을 초월한 공격법이 있다는 말은 들은 적도 없었고, 본 적도 없었다. 또한 아로네아의 압도적인 파괴력에 입을 다물 수 없었다.

샤드 등이 놀라고 있을 때 네로브도 갑자기 그 자리에 그대로 주저앉았다. 그런 그녀의 얼굴은 백지장처럼 창백했다. 사실 조금 전 데보라가 공격을 할 수 있었던 것도 사실은 네로브의 도움이 있었기 때문이다.

데보라에게 너무나 급격하게 신성력과 마나를 빼앗긴 네로브는 난생처음 경험하는 현기증에 정신을 차리지 못하고 그대로 그 자리에 주저앉아 버린 것이다.

깜짝 놀란 로빈이 치유의 구슬로 두 여인에게 몇 번이나 리커버리를 베풀었지만 두 여인의 상태는 조금도 나아지지 않았다. 그런 두 여인의 모습에 로빈이 당황해 어쩔 줄 모를 때였다.

"감히 미천하기 이를 데 없는 벌레 같은 인간 따위가 내 귀여운 자식들을 해치다니……. 네놈들을 잡아 산 채로 내 자식들의 먹이로 만들어주마. 크크크."

음산한 웃음소리에 사람들의 시선이 소리가 들린 쪽으로 돌아갔을 때 샤드와 소드 마스터 일행들은 난생처음 보는 괴상한 존재를 만났다.

일단 10여 미터에 달하는 크기를 가진 그 존재는 공중에 떠 있었다. 두 쌍의 날개를 펄럭이는 존재의 하체는 뱀이었고, 꼬리는 두 개로 갈라져 있었다. 그리고 팔이 있어야 할 곳에는 독수리의 발 같은 것이 매달려 있었다. 또 얼굴은 짙푸른색의 도마뱀의 머리가 달려 있었다. 게다가 그 존재의 주위에는 한 번도 접한 적 없는 기분 나쁜 기운이 어려 있었다.

"누구냐?"

"나? 크크크, 난 뮤란 대륙의 북부를 지배하는 왕인 몽쿠리아님의 오른팔인 티크로스다."

"티크로스?"

나직하게 반문하던 샤드는 겉으로는 태연한 표정을 짓고 있었지만 속으로는 놀라움을 감추지 못하고 있었다. 물론 이런 생김새를 가진 존재도 처음 만나보지만, 무엇보다 샤드의 신경을 건드리는 것은 그에게서 전해지는 압박감이었다.

소드 마스터들이 가지고 있는 마나와는 전혀 다른 위압적인 힘을 가진 존재.

이런 상대는 난생처음이라 어떻게 상대를 해야 좋을지 몰랐다. 게다가 상대는 날개를 가졌기에 더 더욱 상대할 방법을 찾기 힘들었다. 그렇지만 자신들은 십여 명. 어떻게든 방법이 있을 것도 같았다.

결심을 굳힌 샤드는 먼저 단테스에게 눈짓을 했다. 그리고는 티크로스를 향해 달려갔다. 동시에 특별히 가지고 온 신성검(神聖劍)에 마나를 집어넣고 그대로 휘둘렀다.

푸른 빛줄기가 허공으로 치솟았지만 티크로스는 가볍게 날갯짓을 해 샤드의 공격을 피했다. 뒤이어 달려온 단테스는 티크로스가 피할 곳을 예상하고 그곳을 향해 롱 소드를 휘둘렀다. 하지만 티크로스가 마력으로 만든 방어막을 뚫지 못했다.

단 두 번의 공격이었지만 소드 마스터들은 티크로스가 가진 능력이 어떤 것인지 충분히 깨달을 수 있었다.

지금 그들이 할 수 있는 일은 두 가지.

하나는 기절해 있는 두 여인을 데리고 이 자리를 피하는 것, 또 하나는 힘을 합쳐 티크로스를 상대하는 것이었다. 하지만 두 가지 모두 문제가 있었다.

첫 번째는 자신들이 피신한다고 하더라도 티크로스가 그저 자신들을 가만히 지켜보고만 있겠느냐는 것이었고, 또 두 번째는 자신들이 힘을 합친다고 하더라도 과연 티크로스를 해치울 수 있느냐 하는 것이었다.

그들이 쉽게 결정을 못 내리고 있을 때 티크로스의 공격이 시작되었다. 티크로스의 두 개의 발톱에서 검은 번개가 방전을 일으키며 지상으로 떨어졌고, 샤드와 일행들은 각자 데미안의 일행들을 보호하며 사방으로 흩어졌다.

자신의 예상과는 달리 상대의 움직임들이 보통이 아니라는 것을 느꼈기 때문일까? 티크로스의 동작이 더욱 기민해졌다.

소드 마스터들은 간간이 티크로스에게 공격을 퍼붓기도 했지만 그때마다 티크로스는 허공에서 몸을 움직여 너무도 간단히 피했다.

소드 마스터들의 움직임을 제대로 잡을 수 없자 티크로스는 그들을 향해 맹렬하게 날개를 퍼덕였다. 그러자 그의 날개에서 깃털이 뽑혀져 나와 소드 마스터들을 향해 날아갔다.

그 정도의 공격에 당할 소드 마스터들은 아니었기에 그들은 티크로스의 공격을 가볍게 피했다.

파파파팍—

지면에 박힌 칙칙한 깃털은 거의 1미터는 족히 되어 보였다. 소드 마스터들이 자신의 깃털 공격을 피한 것을 보면서도 티크로스는 계속해서 소드 마스터들을 향해 깃털을 날렸다.

잠시 시간이 흐르고 소드 마스터들 주위에는 빽빽하게 깃털이 박혀들었다. 소드 마스터들은 열심히 피하면서도 티크로스가 왜 쓸데없는 깃털 공격을 고집하는 것인지 그 이유를 알 수 없었다. 하지만 그 이유는 다음 순간 간단히 밝혀졌다.

"디스토르션 스페이스Distortion Space!"

티크로스의 외침이 밤하늘에 울려 퍼지는 순간 지면에 박혀 있던 깃털에서 갑자기 시커먼 연기 같은 것이 뿜어져 나와 삽시간에 주위를 온통 암흑으로 만들었다.

샤드와 다른 소드 마스터들이 잠시 흠칫 놀라는 순간 주위는 깃털에서 뿜어져 나온 검은 연기 때문에 한 치 앞도 볼 수 없었다. 갑작스런 사태에 소드 마스터들은 당황했지만 너무 갑자기 당한 일이라 어떻게 대처를 해야 할지 쉽게 판단을 내릴 수 없었다.

일단 사방을 향해 흩어져 달려갔지만 그들은 티크로스가 만든 결계에서 벗어날 수 없었다.

그때 사악한 음성이 밤하늘에 울려 퍼졌다.

"죽어라! 다크 아이스 블레이드—!"

티크로스가 허공에서 맹렬하게 손을 움직이는 순간 수백 개의 얼음 칼날이 지상에 형성된 검은 안개를 향해 날아갔다. 하지만 소드 마스터 중급이란 실력에 걸맞게 소드 마스터들 전부가 티크로스의 공격을 막아냈다. 하지만 그들이 이 괴상한 안개 속에서 벗어나지 못하는 이상 티크로스를 물리칠 방법은 전무했다.

그들이 조바심을 내고 있을 때 기절해 있던 네로브가 눈을 떴다. 하지만 그녀의 얼굴은 여전히 창백했다.

레오의 등에 업혀 있던 네로브는 조용히 기도를 드리기 시작했다. 그러자 그녀의 몸에서 희미하지만 보라색 연기처럼 보이는 신성력이 흘러나오기 시작하며 주위로 퍼졌고, 느린 속도지만 검은 안개를 밀어내기 시작했다.

조금 시간이 걸리기는 했지만 검은 안개는 모두 걷혔고, 소드 마스터들은 다시 서로의 존재를 확인하며 모일 수 있었다.

허공에서 그 모습을 보고 있던 티크로스는 불쾌한 기운의 진원지가 네로브란 것을 확인하고서는 그들 전부를 짓뭉개 버릴 것을 결심했다.

"다크 베큠(Dark Vacuum : 검은 진공)!"

티크로스가 독수리 발톱 같은 자신의 팔을 휘둘러 샤드 등이 있는 주위의 모든 지역을 급속하게 진공 상태로 만들었다. 샤드들은 갑자기 공기가 사라지자 황급히 숨을 참았다.

하나 소드 마스터들이야 상당한 검술 실력을 가지고 있기 때문에 상당한 시간 동안 호흡을 참을 수 있었지만 전혀 검술을 익히지 못한 네로브나 로빈, 그리고 기절해 있는 데보라의 얼굴은 당장 시뻘겋게 변해 질식 증세를 보였다.

놀란 샤드와 소드 마스터들이 사방을 향해 검을 휘둘렀지만 티크로스가 만든 진공 상태를 없애지는 못했다.

그때였다.

"블러드 라이트닝!"

"헬 버스트!"

비록 샤드들이 결계 안에 있었기에 그 음성을 듣지는 못했지만 허공을 가득 메운 붉은 검기(劍氣)만은 분명히 확인할 수 있었다. 그리고 그 검기에 걸린 티크로스의 몸뚱이가 붉은 광선에 관통당하고 또 산산이 찢겨져 소멸되는 것 역시 똑똑히 보았다.

티크로스가 소멸되자 소드 마스터들과 데보라들이 있는 곳으로 급격히 공기가 유입되었고, 소드 마스터들과 일행들은 겨우 숨을 쉴 수 있었다.

"헉헉헉! 데, 데미안님?"

급하게 숨을 몰아쉬며 내뱉어진 뮤렐의 말에 사람들의 시선이 일제히 붉은 광선이 날아온 곳으로 돌려졌을 때 말을 탄 채 달려오는 네 명의 사내들의 모습이 보였다. 그리고 가장 앞쪽에서 검을 뽑은 채 말들보다 빠르게 달려오는 두 사람의 데미안의 모습이 보였다.

똑같이 생긴 두 사람의 데미안이 자신들을 향해 달려오자 침착하기로는 따를 자가 없다고 알려진 샤드조차 깜짝 놀라지 않을 수 없었다.

20여 미터 떨어져 있던 데미안이 이들에게 다가온 것은 순식간의 일이었고, 그사이 또 하나의 데미안은 감쪽같이 사라졌다. 소드마스터들이 아홉이나 되었지만 대체 또 한 명의 데미안이 어느새 사라졌는지 눈치 챈 사람은 단 한 명도 없었다.

"다친 사람은 없습니까?"

일행들을 살피던 데미안의 눈에 기절해 있는 데보라의 모습이 보였다. 그 순간 데미안은 아무 생각도 들지 않았다.

깜짝 놀라 눈 깜짝할 사이에 데보라에게 다가간 데미안은 지면에 기절한 채 쓰러져 있던 데보라를 조심스럽게 안아 들었다. 데미안의 손길이 얼마나 조심스러웠는지 다른 사람들까지 숨을 죽여야 할 지경이었다.

얼굴에 드리워진 머리카락을 조심스럽게 걷어준 데미안은 그녀의 뺨을 어루만져 주었다. 그녀와 헤어진 지 불과 한 달도 지나지 않았건만 그녀의 뺨은 너무나 해쓱해져 있었다.

고개를 돌려 다른 일행들을 보니 그들의 고생도 보통이 아니었는지 파웰에서 보았을 때보다 훨씬 피곤해 보였고, 또 해쓱해 보였다. 데미안이 데보라의 뺨을 어루만지고 있었을 때 정신을 잃고 있던 데보라가 눈을 떴다.

"으응? 데미안? 역시 와주었구나."

"그래. 괜찮아?"

"난 괜찮아. 참, 다른 사람들은?"

"다친 사람은 없는 것 같아. 상당히 지쳐 보이기는 하지만 말이야. 그동안 정말 수고 많았어."

"후후후, 난 별로 한 일 없어. 일행들이 피곤해하는 것은 여기까지 오는 데 별로 쉴 틈이 없어서일 뿐이야. 피곤한 것은 좀 쉬면 금세 나아질 거야. 나 좀 부축해 줘."

데보라의 말에 데미안은 조심스럽게 그녀를 부축해 주었다. 일어선 데보라는 지친 표정으로 자신을 바라보고 있던 네로브를 향해 손짓을 했다. 그녀가 가까이 오자 그녀의 머리를 쓰다듬어 주며 물었다.

"조금 전 나에게 신성력과 마나를 몽땅 보냈잖아. 괜찮니?"

"난 괜찮아요. 그런데 엄마는 정말 괜찮아요?"

"괜찮아. 게다가 아빠가 이렇게 있잖니?"

데보라가 미소를 지으며 데미안의 가슴에 머리를 기대자 네로브는 심통이 난 듯 입술을 삐죽 내밀었다. 네로브의 안색이 조금 창백한 것이 마음에 걸리기는 했지만 별다른 상처는 보이지 않아 그래도 마음을 놓을 수 있었다.

안심한 데미안은 그제야 샤드를 발견하고 그에게 인사를 했다.

"샤드 대공 전하, 데미안 싸일렉스가 인사를 올리겠습니다."

"나 역시 만나서 반갑네."

"그런데 대공 전하께서 이곳엔 무슨 일로……?"

데미안은 그렇게 말하면서 샤드 뒤에 서 있는 단테스와 일곱 명의 남녀들을 바라보았다. 모두 처음 보는 사람들이었다.

"괜찮다면 앉아서 이야기하도록 하세."

"아, 예, 앉으시지요."

데미안 일행들과 소드 마스터 일행들이 서로 마주 보고 앉았지만 한동안 아무도 입을 열지 못했다.

"싸일렉스 공작, 우선 내가 이분들을 소개하겠네. 먼저 여기 이분은 루벤트 제국의 제1공작이신 지오르니 폰 루트리히 공작이시고, 제2공작이신 르네 폰 라이포트 공작, 제3공작이신 벨리시아 폰 쿠르나스 공작이시오."

"아! 이렇게 만나게 되어 영광입니다."

"그리고 이분들은 바이샤르 제국의 제1공작인 미나스 폰 워렌시아 공작, 제2공작인 클레어 폰 머라이언 공작, 그리고 제3공작인 빈스 폰 바고프 공작이시고 저분은 크로아 제국의 공작인 미하일 폰 쿼타아르 공작이시오. 그리고 난 트레디날 제국의 공작인 단테스 폰 체로크라고 하오."

단테스의 말에 심각한 얼굴로 듣고 있던 데미안은 단테스가 자신마저 소개를 하자 피식 웃음을 터뜨리고 말았다. 또 다른 소드 마스터들도 단테스의 가벼운 농담에 훨씬 기분이 가벼워졌다.

클레어 머라이언은 데보라를 안고 있는 데미안의 모습을 바라보았다.

조금 전 자신들의 머리 위를 통과해 티크로스를 박살 낼 때 데미안의 공격은 난생처음 보는 어마어마한 것이었다. 붉은 광선이 티크로스를 향해 날아갈 때 그녀가 느낀 마나의 파동은 끔찍하다고 할 정도로 광포한 것이었다.

마치 신의 분노가 지상으로 떨어진 듯 엄청난 파괴력을 가진 공격을 저렇게 아름답게 생긴 청년이 해냈다는 것이 도저히 믿어지지 않았다. 아무리 나이가 많아도 자신의 손자들과 비슷한 연령으로 보였건만 능력은 그야말로 하늘과 땅만큼 차이가 났다.

그도 그렇지만 지금 데미안이란 청년의 품에 안겨 있는 여자 역시 클레어의 상식으로는 이해할 수 없는 것이 있었다. 그녀가 가진 마나를 보면 소드 익스퍼트 최상급의 실력을 가진 것에 분명했는데 어떻게 조금 전 같은 공격을 할 수 있는 것인지 의문이 아닐 수 없었다.

또 한쪽 구석에 앉아 있는 검은 망토의 사나이나 근육질의 사내에게서는 소드 마스터 중급들에게서 느낄 수 있는 기운이 어려 있었다. 사제, 소녀, 마법사, 괴상하게 복장을 하고 있는 여자, 그리고 상당한 실력을 가지고 있는 것으로 보이는 용병 둘. 쉽게 이해가 가지 않는 파티였다.

간략하게 일행들을 소드 마스터들에게 소개한 데미안은 그들이 무슨 이유로 이곳까지 온 것인지를 물었다.

"대답은 간단하오. 싸일렉스 공작이 하려는 일을 돕기 위해서 이곳까지 온 것이오."

단테스가 가벼운 미소와 함께 대답을 했지만 데미안은 쉽게 이해를 할 수 없었다. 물론 말을 못 알아들었다는 것보다는 자신이 하려는 일이 얼마나 위험한 일인지 알고 돕겠다고 온 것이냐 하는 것이었다.

"물론 여러분의 뜻은 알겠지만 이 일은 여러분이 생각하는 것처럼 그렇게 간단한 일이 아닙니다. 조금 전 여러분이 상대하신 티크로스라는 마물은 얼마 전 제가 상대한 적이 있는 키기모카라는 마물에 비하면 그리 강한 편이 아닙니다. 당시 키기모카를 상대했을 때에는 저도 죽을 뻔했습니다."

차분한 데미안의 말에 그의 품에 안겨 있던 데보라는 몸을 부르르 떨었다. 지하르트도 아니고 그의 부하와 싸우면서도 일행들 가운데 가장 강한 데미안이 죽을 뻔했다는 것은 보통 일이 아니었다. 게다가 두 번째로 강한 라일은 그들에게 변변한 대항도 하지 못하고 납치를 당하지 않았던가?

데미안의 말에 소드 마스터들의 얼굴이 심각하게 변했다.

어떤 의미에서는 마물들이 강해봐야 얼마나 강하겠냐는 생각으로 나선 것인데 막상 자신들의 눈으로 직접 확인을 하고 보니 여간 심각한 일이 아니라는 것을 깨달은 것이다. 게다가 자신들이 속수무책으로 당황하고 있을 때 자신들의 위기를 구해준 데미안이 죽을 고생을 해야만 처치할 수 있는 존재들이 만약 나타난다면 어떻게 대응을 해야 한단 말인가?

데미안은 어떻게든 이들의 생각을 바꿔 돌아가기를 원했다. 물론 이들이 지금 뮤란 대륙에서 일어나는 일과 상관없는 것은 아니지만 신의 무기를 가지지도 못한 상태에서 동행한다는 것은 너무나 위험한 일이기 때문이었다.

목숨을 거는 것은 자신들 일행만 해도 충분했다.

샤드들은 잠시 고민을 했지만 곧 고개를 저었다.

"싸일렉스 공작, 자네의 말은 잘 알았네. 하지만 역시 돌아갈 수는 없는 일이네. 자네의 말처럼 앞으로 가면 갈수록 강한 상대를 만난다면 한 사람의 힘이라도 더 합쳐야 할 것 아닌가? 만약 자네가 실패를 하게 된다면 뮤란 대륙 전체에서 과연 누가 그들을 막아낸단 말인가? 우리가 지금 각자의 조국으로 돌아간다고 하더라도 그저 멸망하는 시기를 조금 늦출 뿐 결과는 조금도 변하지 않는다는 것을 왜 모르나? 물론 자네를 돕기 위해 온 것도 사실이지만 우리도 우리의 목숨과 각자의 조국을 구하기 위해서니 설사 자네가 반대를 한다고 하더라도 우리는 갈 것이네."

"그렇소, 싸일렉스 공작. 내가 공작을 보는 것은 비록 오늘이 처음이지만 그대가 어떤 사람인지는 충분히 알겠소. 하지만 작은 희생을 두려워해 큰일을 하지 못한다면 결과적으로는 모두가 멸망을 맞이할 수밖에 없다는 것을 알아두시오."

"하지만 루트리히 공작 각하……."

"아니오, 싸일렉스 공작. 나도 루트리히 공작 각하의 생각에 찬성하오. 그리고 지금은 어느 누구 한 사람의 안전을 도모하기보다는 뮤란 대륙을 위기에서 구해야 할 때요. 그리고 오늘 싸일렉스 공작의 검술 솜씨를 보니 감히 내가 상대가 안 될 정도요. 그런 싸일렉스 공작이 만약 악마 지하르트에게 패한다면 샤드 대공의 말씀처럼 어차피 이 뮤란 대륙은 끝장이오. 싸일렉스 공작은 그렇게 생각하지 않소?"

"내 생각도 그래요. 이런 이야기보다는 좀 더 효율적으로 적들을 상대할 방법을 찾는 것이 훨씬 가치있는 일이에요."

벨리시아에 이어 클레어마저 샤드의 말에 찬성을 하자 데미안은 입을 다물어야 했다. 그리고는 소드 마스터들을 바라보았다. 자신이 어찌 그들의 마음을 모르겠는가?

"그저 여러분께 감사하다는 인사밖에는 드릴 말이 없군요."

"하하하, 왜 그러시오. 싸일렉스 공작은 이 뮤란 대륙에 등장한 최초의 소드 그렌저가 아니오?"

지오르니의 말에 소드 마스터들은 일제히 고개를 끄덕였다.

"예? 소드 그렌저라니 그게 무슨 말씀이십니까?"

"싸일렉스 공작과 대결한 후 내가 곰곰이 생각을 해보았네. 하지만 공작의 검술은 이미 상급의 단계를 넘어선 것 같아 그렇게 짐작해 보았을 뿐이네."

"아닙니다. 그건 제가 이 검을 가지고 있기 때문에 가능한 일일 뿐 이 미디아가 없었다면 불가능했을 겁니다."

"너무 겸손하시오, 싸일렉스 공작. 난 소드 마스터 초급이 되는 데 51년이 걸렸소."

"전 48년이 걸렸습니다."

"제가 조금 빠르군요. 전 43년 걸렸습니다."

"휴우, 저는 나이 60이 다 되어서야 겨우 소드 마스터 초급이 되었습니다."

사람들의 말을 들은 지오르니는 미소를 지으며 데미안에게 말을 건넸다.

"공작은 검술을 본격적으로 익힌 지 얼마나 되었소? 샤드 대공께 말을 들으니 겨우 5, 6년에 불과하다고 들었소. 물론 이스턴 대륙에 다녀온 10년의 시간은 제외했소. 내 말이 틀리오?"

"그런 것은 아니지만……."

"그럼 공작이 아무런 능력도 없는데 단순히 공작이 가지고 있는 그 검이 단지 신의 무기라서 공작을 소드 마스터로 만들어주었단 말이오? 공작보다는 훨씬 늦게 소드 마스터가 되기는 했지만 우리도 거저 소드 마스터가 된 것은 아니오. 우리가 보기에 공작의 검술은 상상을 초월하는 것 같소. 제아무리 신의 은총이 베풀어진 무기라고 하더라도 본인의 능력이 부족하다면 절대 소드 마스터의 경지까지 검술을 익히지는 못했을 것이오."

지오르니의 말에 소드 마스터들은 고개를 끄덕였다.

"자자, 그런 이야기는 그만두고 앞으로 있을 일들에 대해 상의를 합시다."

샤드의 말에 일행들이 앞으로의 일을 상의할 때 곁에서 듣고만 있던 뮤렐이 갑자기 자신의 의견을 제시했다.

"죄송한 말씀입니다만 제가 먼저 저희 일행들에 대해 말씀드려도 괜찮겠습니까?"

"물론이오. 좋은 의견을 세우기 위해서는 상황을 정확하게 파악해야 하니까. 어서 말씀해 보시오."

"감사합니다. 여러분들도 아시겠지만 지금 저희 일행들 가운데 라일님과 네로브 양을 제외한 나머지 사람들은 각기 신의 무기를 하나씩 가지고 있습니다. 물론 여러분들께서도 잘 알고 계시겠지만 마신 지하르트와 중급이나 하급 마신인 그의 부하를 상대할 수 있는 것은 신의 무기가 가지고 있는 신성력이 바탕이 된 공격뿐입니다."

소드 마스터들은 뮤렐의 말을 인정하는 듯 고개를 끄덕였다. 물론 그들도 마물들과 충분히 싸워 경험이 쌓인다면 마물들을 현재의 무기로 상대할 수 있을지도 모르지만 그럴 만한 시간도 없었고, 또 무엇보다 그들이 가지고 있는 무기가 데미안 일행이 가지고 있는 신의 무기에 비해 신성력이 너무 떨어지기 때문이었다.

"하지만 저희라고 문제가 없는 것은 아닙니다. 데미안님은 특별히 제약을 받지 않으시지만 다른 사람은 다릅니다. 조금 전 데보라님이 공격을 하는 것을 여러분들께서도 보셨다시피 한 번의 공격을 하고 나면 짧은 시간 안에 너무나 많은 신성력과 마나를 빼앗기기 때문에 기절하거나 모든 기운이 빠져 완전히 무방비 상태가 됩니다. 조금 전 상황처럼 만약 여러분들께서 저희를 보호해 주시지 않았다면 저희들은 그대로 목숨을 잃을 수밖에 없습니다."

뮤렐의 말에 소드 마스터들은 조금 전 데보라가 이상한 공격으로 마물을 소멸시키고는 그대로 기절해 버리는 광경을 되살렸다.

"저희도 마신 지하르트를 만나기 전까지 저희가 가진 신성력이나 마나를 늘릴 수 있는 방법을 강구할 테지만 그때까지만이라도 저희들을 보호해 주시면 감사하겠습니다."

"어차피 우리가 이곳까지 온 것은 귀하들을 도와 악마들을 물리치기 위해서요. 그러니 귀하가 말을 하지 않았어도 당연히 일행들을 보호했을 것이오. 하나 내가 보기에……."

말꼬리를 흐리던 지오르니는 곧 말을 이었다.

"내가 보기에 싸일렉스 공작과 저 망토를 걸친 분을 제외한 나머지 사람들은 검술 솜씨가 소드 마스터에 이르지 못한 것 같은데 과연 악마들을 상대할 수 있을지 솔직히 걱정이 되는구려."

"저희들은 여기 있는 네로브 양을 통해 이미 각자가 가진 신의 무기로 공격할 수 있는 최강의 공격 주문을 전해 받아 알고 있습니다. 다만 문제가 되는 것은 저희들이 아직 능력이 부족해 그 공격 주문을 마음먹은 대로 펼칠 능력이 안 된다는 것입니다. 하지만 그 점도 마법진을 이용하면 어느 정도 해결할 수 있을 것 같습니다."

"마법진? 그럼 그댄 마법까지 알고 있단 말이오?"

"그렇습니다."

뮤렐의 대답에 소드 마스터들은 놀라는 표정을 지으면서도 고개를 끄덕였다. 그의 설명이 없었다고 하더라도 자신들이 해야 될 일이 무엇인지 짐작하고 있었기 때문이다. 결국 그들은 각자 인원을 나눠 데미안과 라일을 제외한 사람들을 보호하기로 했다.

특히 검술을 전혀 익히지 못한 네로브는 소드 마스터들 가운데 가장 강한 샤드와 지오르니가 철저하게 보호하도록 결정했다.

세부적인 계획은 세우지 못했지만 앞으로 벌어지는 상황에 맞춰 세우기로 하고 일행들은 잠자리에 들었다.

일행은 이제 열아홉 명으로 늘었다.

제44장

루카로스

　데미안과 나머지 열여덟 명의 일행들이 길을 떠난 지 얼마 지나지 않아 그들은 베자무스 왕국의 북쪽 국경을 벗어나게 되었다.

　그들이 베자무스 왕국을 통과하는 동안 그들은 단 한 명의 사람들도 만나볼 수 없었다. 하지만 한 나라의 국민 모두가 단지 살기 위해서 자신들의 나라를 떠나야만 한 현실에 다들 입맛이 씁쓰름해지는 것을 느꼈다.

　그런 탓인지는 모르지만 일행들은 한동안 무거운 분위기 속에서 지내야만 했다. 게다가 황폐해진 마을과 도시를 볼 때마다 일행들의 분위기는 더욱 무거워졌다.

　거의 반나절 동안 아무도 말을 꺼내지 않았고, 일행들은 그저 북쪽을 향해 말을 몰 뿐이었다. 일행들의 분위기를 보던 샤드가 정지를 명했고 식사와 휴식을 제의했다.

　말을 멈춘 일행들은 빠르게 식사 준비를 했다.

바람이 불 때마다 황토 먼지가 거세게 일었다. 그 모습을 본 뮤렐이 일행들을 위해 주위에 거대한 마법진을 준비해 황토 바람이 일행들에게 오지 못하도록 조치를 취했다.

식사 준비라고 해봐야 물기를 제거한 육포나 간단한 수프가 전부였지만 몇 조각의 육포와 수프 그릇을 받아 든 일행들은 누가 먼저랄 것도 없이 식사에 열중했다. 하지만 워낙 적은 양이라서 그런지 모두 짧은 시간 안에 식사를 마쳤다.

로빈과 뮤렐은 그릇을 씻기 위해, 그리고 파프와 하크는 그들을 보호하기 위해 잠시 자리를 비웠다.

이미 12월 중순이 지났건만 날씨는 이상하게도 다시 조금씩 따스해지기 시작해 일행들 대부분이 가벼운 복장을 하고 있었다.

더워지기 시작한 날씨 탓인지는 모르지만 황폐하고 메마른 들판에서는 곡식들이 제대로 자라지 못해 말라비틀어진 채 방치되어 있었다. 그리고 갈라진 들판은 바람이 불어올 때마다 누런 황토 먼지를 끝없이 만들어냈다.

그런 모습을 보는 일행들의 얼굴이 밝을 리 없었다.

보리를 파종해 한참 일손이 바쁠 이 시기에 단 한 명의 농부를 찾아볼 수 없는 벌판, 그리고 말라비틀어진 농작물이 그들의 가슴을 아프게 만든 것이다.

그런 소드 마스터들과는 달리 데보라와 레오, 로빈, 뮤렐, 네로브, 헥터들은 모여 심각한 대화를 계속하고 있었다. 주된 내용은 어떻게 하면 자신들이 가지고 있는 신성력과 마나를 늘릴 수 있느냐 하는 것이었다.

신성력은 신에 대한 스스로의 믿음에 좌우되기에 갑자기 늘릴 방법은 없지만 마나는 방법이 있을 것 같았다. 뮤렐은 마법진을 이용한 방법을 이야기했지만 그 방법은 제약이 너무 많았다.

데미안을 제외한 나머지 사람들이 가진 각자 무기의 파괴력을 모아 몇 배의 파괴력을 얻을 수 있는 것은 사실이지만 공격을 하는 동안, 또 공격을 하고 난 뒤 무방비 상태가 되는 것만은 여전히 변하지 않는 사실이었다.

물론 얼마 전부터 합류한 소드 마스터들이 자신들을 보호는 해 주겠지만 그들은 마물들을 상대할 수 있는 무기가 없고, 신의 무기를 사용할 수 없는 이상 함부로 위험한 상황을 만들 수는 없는 일이었다.

결국 그들이 내린 결론은 마나를 모을 수 있는 마법진을 이용한 공격을 최후의 순간에 사용한다는 것이었다.

그들과 조금 떨어진 곳에서 라일과 대화를 하고 있던 데미안은 일행들의 대화를 모두 들을 수 있었다. 마음 같아선 그들에게 지옥이도류를 익히며 깨달았던 생각을 가르쳐 주고 싶었다. 하지만 그 내용이 여태껏 그들이 알아왔던 상식과는 다르고, 또 너무나 복잡했기 때문에 그럴 순 없었다.

그러다 문득 자신들이 신의 무기를 얻었을 때 무기를 보호하고 있던 신의 마법진이 생각났다. 세세한 부분이야 다를지 모르지만 기본적인 구조는 신의 무기가 가지고 있는 엄청난 신성력을 증폭시켜 그 힘으로 이스턴 대륙이 뮤란 대륙으로 접근하는 것을 막은 것이니 그 힘이 얼마나 거대한 것인지는 말할 필요도 없었다.

인간의 얄팍한 지식이나 상식으로는 계산도, 또 짐작도 할 수 없는 어마어마한 힘.

그 마법진이 가진 힘만 이용할 수 있다면 자신들에게 엄청난 도움이 될 것은 사실이지만 그 마법진이 이스턴 대륙을 밀어내는

역할을 한다는 아주 피상적인 지식밖에 없었기에 너무나 안타까운 마음이 들었다. 게다가 자신들은 이미 옛 뮤란 제국의 영토에 들어섰고, 수도였던 메탈리언까지는 보름도 안 되는 거리만 남겨두었을 뿐이었다.

자신들이 신의 무기를 찾았던 곳까지 다녀올 시간도 없었을 뿐더러 그 마법진의 구성과 작용에 대한 연구를 할 시간도 없었다. 그리고 보니 차이렌이 자신들에게 얼마나 커다란 힘이 되었는지 여실히 느낄 수 있었다.

봉인 마법진을 이용해 이스턴 대륙에 갈 수 있었던 것도 차이렌이 있었기에 가능했었다. 데미안 자신도 비록 마법에 대해서 알고 있다고는 하지만 수십 년 동안 마법에만 전념해 온 차이렌의 지식을 따라갈 수는 없는 일이었다.

일행들이 어려운 상황에 빠졌을 때도 그의 기지(奇智)로 어려움을 극복한 적이 한두 번이 아니었다. 그런 생각이 꼬리에 꼬리를 물자 그의 안색은 당연히 어두워졌다.

그 모습을 본 라일이 물었다.

"무슨 일이 있느냐?"

"아, 아닙니다. 직접 같이 지낸 것도 아니지만 차이렌이 이 자리에 같이 있었으면 일행들을 위해 좋은 의견을 냈을 텐데 하는 생각이 들었기 때문입니다."

"그렇군. 나도 네 부인에게서… 흠흠, 데보라 양에게 그 말을 들었을 때 조금은 서운한 생각이 들더구나."

"미운 정도 많이 들기는 했지만 저희에게 없어서는 안 될 사람이었던 것 같습니다."

"그보다……"

말을 꺼내던 라일이 갑자기 몸을 부르르 떨었다. 그리고 거의 동시에 데미안도 등에 메고 있던 미디아가 희미하게 진동을 일으키는 것을 느꼈다.

재빨리 자리에서 일어선 데미안은 미디아를 뽑아 들며 일행들에게 주의를 주었다.

"조심하십시오. 뭔가가 저희들 쪽으로 다가오고 있습니다."

데미안의 경고에 제각기 흩어져 휴식을 취하던 소드 마스터들은 순식간에 데보라와 일행들 곁으로 다가와 그들을 보호하는 형태로 늘어섰다. 그리고 얼마 지나지 않아 그들은 자신들의 발 밑이 희미하게 진동하는 것을 깨달았다.

두두두두—

마치 수백 수천 마리의 말들이 일제히 달려오는 듯한 요란스러운 소리와 함께 지평선 쪽에서 뽀얀 흙먼지가 일어나는 것이 보였다. 일행들은 숨을 죽이고 접근하는 상대가 누구인지 확인하려고 했지만 수십 미터 높이까지 치솟은 흙먼지 때문에 상대를 확인하는 것이 쉽지 않았다.

1분 정도의 시간이 지났을까?

흙먼지는 데미안과 일행들 근처까지 밀려왔고, 흙먼지가 일행들을 덮치는 순간 요란스럽던 소리가 갑자기 끊어졌다. 이상한 침묵과 함께 흙먼지가 가라앉자 일행들은 난생처음 보는 괴상한 존재들이 자신들을 포위하고 있는 것을 발견했다.

전체적인 모양은 거대한 전갈을 닮았다. 몸 길이가 6, 7미터는 족히 될 듯한 전갈. 하지만 다른 점이 훨씬 많았다.

우선 두 자루의 쇼트 소드를 붙여놓은 듯한 집게도 한 쌍이 아닌 세 쌍이었고, 아름드리 나무 같은 다리도 열여섯 개였다. 또 꼬리에는 침 대신 이상한 대롱 같은 것이 달려 있었고, 일반적인 전 갈과 가장 다른 점은 몸의 색이 칙칙한 검붉은 색이라는 것이었 다.

그 모습을 발견한 데보라가 눈살을 찌푸렸다. 어떻게 메탈리언 에 가까워지면 질수록 나타나는 것이 이렇게 혐오스럽게 생긴 것 들만 등장하는지… 정말 밥맛이었다.

"빌어먹을, 저 재수없게 생긴 것들은 또 뭐지?"

만약 차이렌이 있었다면 단번에 상대의 정체를 알 수 있었을 텐데라는 생각이 든 데미안은 그의 부재(不在)가 너무 아쉬웠다. 그런 데미안의 생각을 눈치 챘는지 곧 뮤렐이 딱딱하게 굳은 음 성으로 입을 열었다.

"저건 전갈과 지네의 특성을 인위적으로 조합시킨 키메라 Chimera입니다."

"키메라?"

"예, 차이렌님이 남겨주신 기억에 의하면 전갈의 흉포성과 지네 의 재생력을 기초로 해서 그 특성만을 조합시킨 것이라고 합니다. 하지만 어느 누구도 그 실험에 성공하지 못했기 때문에 단 한 번 도 세상에 나타난 적이 없다고 차이렌님은 알고 계셨습니다."

"그렇다면 저건 대체 누가 만들었다는 거야?"

"흐흐흐, 내 귀여운 스콜피드Scorpede를 알아보는 인간이 있을 줄은 미처 몰랐군. 너희들이 얼마 전 나구로이스를 해치운 녀석들 이냐?"

괴상한 모양을 한 스콜피드 무리 속에서 귓전을 자극하는 쨍쨍 거리는 음성이 들렸지만 그 존재는 전혀 보이지 않았다. 그렇지 않아도 혐오스럽게 생긴 스콜피드들에게 둘러싸여 짜증이 잔뜩

나 있던 데보라의 입에서 고운 소리가 나올 리 만무했다.

"어떻게 생긴 놈인지 당장 모습을 드러내란 말이야!"

그런 데보라를 바라보는 네로브의 눈이 커진 것을 보면 조금 놀란 것 같았다. '엄마가 원래 이렇게 행동하셨어요?' 라고 묻는 듯한 네로브의 눈빛에 로빈은 어색한 미소를 짓지 않을 수 없었다. 하지만 그의 눈은 이렇게 대답하고 있었다. '그래도 요즘은 많이 나아지셨어' 라고.

주위를 둘러보던 데보라의 눈 제일 앞쪽에, 그리고 가장 커다란 스콜피드의 머리 위에서 뭔가가 움직이는 것이 보였다. 상대를 확인하려고 데보라의 눈이 가늘어지는 순간 그녀의 눈은 다시 한 번 심하게 찌푸려졌다.

어떤 의미에서는 스콜피드를 보았을 때보다 더 구역질이 나고 혐오스러웠다.

먼저 몸통에 비해 머리가 엄청나게 컸다. 1대 1의 비율이라고 할 수 있는 머리는 게다가 너무나 투명해 속에서 마치 숨을 쉬듯 벌떡거리고 있는 뇌의 모습이 그대로 보였다. 그리고 그 뇌를 둘러싸고 있는 붉고 푸른 핏줄이 그대로 보였다.

그 모습만 해도 밥맛이 떨어지게 만들기 충분했지만 몸통도 머리에 지지 않을 정도로 밥맛없게 생겼다. 거미 다리처럼 길게 뻗은 팔이 너무나 앙상하게 보였지만 무엇보다 보는 사람의 눈살을 찌푸리게 만드는 것은 하반신이 없이 스콜피드의 머리에 직접 연결되어 있다는 것이었다.

"너, 넌 대체 뭐라는 괴물이지?"

"본인은 대륙의 서쪽을 다스리시는 스나이벤님의 오른팔인 루카로스라고 한다. 또한 너희들 손에 죽은 나구로이스의 형이기도

하다."

루카로스의 말에 일행들은 박쥐 날개를 가지고 있던 나구로이스의 모습을 떠올렸다.

재빨리 마음에 결심을 굳힌 데보라는 데미안과 소드 마스터들에게 입을 열었다.

"일단 로빈, 뮤렐, 그리고 제가 저 괴물딱지를 맡을 테니 여러분들은 저 스콜피드인지 뭔지를 맡아주세요. 그리고 데미안은 미안하지만 우리를 보살펴 줘."

"알았어. 하지만 조심해."

두 사람의 대화를 들으면서 소드 마스터들은 데보라와 실력이 떨어지는 일행들이 경험을 늘리려 한다는 것을 쉽게 짐작할 수 있었다.

소드 마스터들이 둥글게 원형으로 늘어서서 100여 마리나 되는 스콜피드들을 향해 검을 내밀었다. 하지만 스콜피드들은 그런 소드 마스터들이 가소로웠는지 꼼짝도 하지 않았다.

"준비됐어?"

"예."

데보라의 말에 로빈과 뮤렐은 고개를 끄덕였다. 아로네아를 잡은 데보라의 팔에 근육이 꿈틀거리는 순간 루카로스를 향해 수십 줄기의 푸른 물줄기가 날아갔다.

"아쿠아 블레이드!"

"게일 슛!"

"파이어 애로우!"

"홀리 미사일!"

그리고 그 뒤를 레오와 뮤렐, 그리고 로빈의 공격이 따라갔다.

비록 치유의 구슬이 가진 신성력을 이용한 것이기는 하지만 난생 처음 어떤 상대에게 공격을 한 로빈은 자신의 공격이 성공할지 숨을 죽이고 지켜보고 있었다.

쾅! 콰르르르—

폭음과 함께 잔뜩 말라 있던 지면에서 엄청난 양의 흙먼지가 피어 올랐다.

네 사람의 공격을 시작으로 라일과 소드 마스터들도 스콜피드들을 향해 달려갔다. 스콜피드들은 자신들을 향해 달려드는 소드 마스터들을 여섯 개의 집게발을 들며 열렬히 환영했다. 그리고 그들을 먹기 알맞게 짓뭉개려는지 사정없이 집게발을 흔들었다.

휘리리릭—

그들의 거대한 집게발이 휘둘러질 때마다 지면에서 흙먼지가 사정없이 피어 올랐다.

소드 마스터들은 거대한 몸집을 가진 스콜피드들이 예상과는 달리 거대한 몸집을 엄청나게 빠르게 움직이는 데 적지 않게 놀랐지만 자신들의 검을 휘둘렀다. 자신의 검이 그들의 집게발을 가뿐하게 잘라 버릴 것을 의심치 않았다.

챙캉! 챙— 챙—

하지만 요란한 쇳소리와 함께 그들의 검은 맥없이 퉁겨지고 말았다. 샤드나 라일처럼 공격에 성공한 사람들도 겨우 스콜피드들의 집게발에 흠집을 낸 정도에 불과했다.

자신들의 검은 분명 신성력을 가지고 있었고, 또 자신들이 가진 마나가 얼마인데 자르기는커녕 흠집도 내지 못하다니… 도저히 믿을 수 없는 일이었다. 오히려 스콜피드들이 소드 마스터들의 자존심에 상처를 냈다.

뜻밖의 결과에 당황하던 소드 마스터들은 곧 이를 악물고는 마나를 들고 있던 검에 집중시켰다. 그들의 검은 당장 시퍼렇게 물들었고, 다시 스콜피드를 향해 달려들었다.

그 모습에 데미안은 그들을 도우려 했지만 데보라들의 안전이 신경 쓰여 그럴 수도 없었다.

네 사람의 조금 전 공격은 루카로스가 네 개의 집게발을 들어 자신의 앞을 가림으로 해서 간단하게 가로막혀 버렸다. 루카로스가 매달려 있는 스콜피드는 몰려온 스콜피드들 가운데 가장 큰 덩치를 가진 마물답게 방어력도 엄청나게 좋았다. 어지간한 공격에는 방어조차 하지 않았고, 설사 데보라들의 공격이 집중된다고 해도 그저 집게발을 들어 막을 뿐이었다.

마치 전설의 금속인 미스릴로 만들어진 듯 네 사람의 공격에도 상처 하나 입지 않았다.

곁눈질로 소드 마스터들을 바라보던 데미안은 조금은 안심할 수 있었다. 수십 년 동안 쌓아온 경험을 바탕으로 해서 조금씩이지만 스콜피드들을 몰아세우고 있었다.

스콜피드들이 가진 껍질이 보통 두께가 아니라는 것을 안 소드 마스터들은 집게발이 달린 다리의 관절 부분만을 집중적으로 공격한 것이었다. 하지만 그것도 쉽지 않은 것이 언제 어느 곳에서 날아들지 모르는 집게발의 공격을 피해야 했기 때문이었다.

하크는 벌써 지쳐 모닝 스타를 겨우 휘두르고 있었고, 파프 역시 비슷한 처지였다. 두 사람은 세상에 이런 괴물이 있을 줄은 상상도 못했다. 검이 들어가지 않으니 공격을 할 수도 없었다. 아니, 공격은 고사하고 그들로서는 사방에서 날아드는 집게발을 피하는 것이 고작이었다.

두 사람의 위태위태한 모습을 발견한 데미안은 지체없이 쿠로얀에게 마나를 보냈다.

"디바이드 셀프!"

데미안의 외침과 동시에 그의 몸은 둘로 나뉘어져 한 명은 여전히 데보라 일행을 보호했고 또 하나는 지체없이 하크 등을 향해 달려갔다.

"차앗! 블러드 서클!"

미디아의 궤적에 따라 생겨난 서른여섯 개의 붉은 팔찌 모양이 하크와 파프를 향해 날아갔다. 그리고는 두 사람을 공격하는 십여 개의 집게발에 작렬했다.

쾅! 콰르르르—

요란한 폭음과 함께 두 사람의 몸은 블러드 서클이 폭발하면서 생긴 파동을 견디지 못하고 뒤로 쭉 밀려났다.

자신의 공격이 성공한 것을 확인한 데미안은 재빨리 두 사람을 부축하며 뒤로 물러섰다.

"괜찮은가?"

"예, 지치기는 했지만… 괜찮습니다."

"죄송합니다, 데미안님."

"일단 물러서 있도록 하게."

두 사람의 앞으로 데미안이 나섰을 때 조금 전 데미안의 공격을 받았던 스콜피드들이 달려들었다. 비록 서너 마리에 불과했지만 마치 사방에서 몰려드는 듯한 착각이 들었다.

엘프들의 숲에서 마나가 급격하게 늘어 블러드 서클의 파괴력 역시 상당히 올라갔음에도 불구하고 스콜피드의 집게발에는 아무런 상처도 남기지 못했다.

"지독하게 단단한 놈들이군. 그렇다면…… 슈팅 스타!"

앞으로 휘둘러진 미디아의 끝에서 둥글게 뭉쳐진 붉은 마나 덩어리가 앞쪽에서 달려드는 스콜피드를 향해 날아갔다.

쾅!

데미안의 공격을 발견한 스콜피드는 재빨리 여섯 개의 다리를 들어 자신의 앞을 가로막았다. 하지만 이번엔 데미안도 상당한 마나의 소모를 감수한 공격이었기에 제아무리 스콜피드가 단단하다고 해도 견딜 수 있는 성질의 것이 아니었다.

완전히 박살이 나서 사방으로 날아가는 스콜피드의 잔해. 하지만 아직도 네 마리의 스콜피드들이 데미안을 향해 달려들고 있었다.

*　　　*　　　*

"대체 이오시스는 어디서 뭘 하기에 아직도 나타나지 않는 것이냐?"

"아마 카르메이안인가 하는 황금 도마뱀이 무슨 수작을 부리는 것인지 자세하게 조사를 하기 때문에 늦는 것 같사옵니다. 조금만 더 기다리시면 곧 보고를 드리기 위해 올 것이옵니다."

긴 의자에 엎드려 있는 지하르트의 어깨를 안마하던 음속의 마녀 피아나는 공손한 음성으로 대답했다. 하지만 찌푸려졌던 지하르트의 인상은 펴질 줄 몰랐다.

"참, 잡아온 드래곤들의 교육은 어떻게 되었느냐?"

"모두 마쳤사옵니다. 언제든 주인이신 지하르트님의 명령에 자신들의 목숨을 기꺼이 바칠 것입니다."

"그래? 마브렌시안가 하는 계집은 그래도 제법 반항을 했었는데 다른 놈들은 그렇지 않은 모양이지?"

"그렇사옵니다. 암흑의 감옥에서 몇 번 고문을 했더니…… 견디지 못하고 지하르트님께 충성을 맹세했습니다."

"지금 그들의 실력은?"

"지금 지상에 내려가 있는 군단장과 비교해 약간 떨어지는 편입니다."

"호오, 그래?"

"하지만 그것은 그들이 원래 가지고 있던 힘에 지하르트님의 성력(聖力)이 합쳐졌기 때문이옵니다. 저에게 간단하게 당했던 놈들이 지하르트님의 성력이 아니라면 그런 실력을 가지고 있을 리만무하지 않습니까?"

계속되는 피아나의 아부에 찌푸려졌던 지하르트의 인상도 상당히 펴졌다. 그의 어깨를 가볍게 두드리던 피아나는 자신이 궁금하게 생각해 왔던 것을 조심스럽게 물었다.

"저어, 지하르트시여, 미천한 제가 이해가 가지 않는 것이 있사옵니다. 여쭈어보아도 괜찮겠사옵니까?"

"무엇이냐?"

"지금 저희가 가진 힘이라면 단숨에 지상을 정복할 수 있습니다. 그런데 왜 마지막 명령을 내리지 않으신 것인지 어리석은 저로서는 이해가 가지 않습니다."

"흐흐흐, 그게 그렇게 궁금했느냐?"

"예, 그렇사옵니다."

천천히 자리에서 일어나는 지하르트의 몸에서 갑자기 검은 오로라가 뿜어져 나왔다. 순식간에 주위는 질식할 것 같은 검은 안

개로 뒤덮였다가 눈 깜짝할 사이에 사라졌다.

지독한 마력이었다. 어둠의 생물이라고 할 수 있는 피아나가 두려움에 오들오들 떨 정도였다.

"그것은 내가 지옥에서 빠져나올 때 상당한 부분의 마력을 상실해 버렸기 때문이다. 신의 봉인이 가진 힘은 가공할 정도여서 우리 마신들조차 감당하기가 쉽지 않았다. 깨어진 봉인을 통과하는 것만 해도 내가 가진 마력의 대부분을 상실해 버릴 정도로 말이다. 하지만……."

그 사실이 원한에 사무치는지 지하르트는 이를 갈았다.

"신의 봉인이 깨졌다는 것은 다시 말해 봉인의 축이 되는 신의 무기가 사라졌다는 것. 무슨 이유에서 봉인이 깨진 것인지는 알 수 없지만 어느 날 갑자기 하나의 봉인이 깨어졌고 뒤이어 다른 봉인들도 깨졌다. 봉인의 축이 되는 신의 무기 가운데 하나가 사라졌다. 그리고 뒤이어 다른 신의 무기도 사라졌기에 봉인이 깨진 것이다. 우리는 그 사실에 뛸듯이 기뻐했지만 우리가 지상으로 나올 수 있을 만큼 봉인의 틈이 벌어지려면 아직도 수백 년의 시간이 흘러야만 했다. 하지만 우리는 도저히 그 시간을 기다릴 수 없었다. 이유는 신들이 이 사실을 알게 된다면 틀림없이 개입을 할 것이고, 또 그렇게 된다면 우리로서는 그들을 제지할 아무런 방법이 없었기 때문이다. 으드득."

부서져라 이를 간 지하르트가 말을 이었다.

"게다가 더욱 큰 문제는 깨어진 봉인의 틈이 너무 좁아 나처럼 위대한 마력을 지닌 마신들은 도저히 빠져나올 수 있는 방법이 없다는 것이었다. 해서 생각해 낸 방법이 지능도 가지지 못한 버러지 같은 것들을 먼저 지상으로 내려보내 세상을 혼란스럽게 만들고, 하급 마신 몇몇 녀석들로 하여금 인간들을 포섭하게 하는 것이었지. 흐흐흐."

지하르트가 웃음을 터뜨리자 피아나는 조심스럽게 그에게 다가가 다리에 매달렸다. 다시 자리에 앉은 지하르트는 그녀의 머리를 쓰다듬으며 말을 이었다.

"몇백 년만 지나면 자연스럽게 지옥에서 나올 수 있겠지만 결국 신들의 개입을 우려해 아버님은 즉시 긴급 회의를 소집하셨지."

"아! 바알제블님께서 말씀이십니까?"

"그렇다. 회의 결과 고위 마신들 가운데 하나가 먼저 지상으로 나가 뒤에 나올 수백 개의 악마 군단을 맞이할 준비를 해야 된다는 것이었다. 그래서 투표를 했고 내가 뽑힌 것이다. 지상에 있던 녀석에게 그 사실을 이야기했고, 멸신교의 교주였던 무한존자란 녀석이 나를 소환할 준비를 했다. 하지만 봉인의 틈이라는 것은 그 녀석이 준비한 소환 의식 따위로 통과할 수 있는 것이 절대 아니었다. 내가 지옥을 탈출하려면 수백 명의 마신들의 집약된 파괴력과 내 뛰어난 능력이 털끝만큼의 오차도 없이 맞아떨어져야만 가능한 일이었다. 결국 난 다시 지상으로 나올 수 있었고, 곧바로 이곳으로 이동한 것이다."

지하르트의 말을 들은 피아나는 뭔가 이해 가지 않는 부분이 있는지 고개를 갸웃거렸다.

"이상한 것이 있느냐?"

"예, 저는 지하르트님께서 왜 이곳으로 오셨는지 조금은 이해가 가지 않습니다. 그 무한이란 녀석이 소환 의식을 준비했다면 차원의 문이 이스턴 대륙과 연결된 것이 아닙니까?"

"그러니까 네 말은 왜 이스턴 대륙에서 이곳으로 온 것인지 그 것이 이해 가지 않는다는 말이냐?"

"그렇사옵니다, 지하르트시여."

"크크크, 과거 우리가 신들의 속임수에 빠져 이스턴 대륙에서 봉인당했을 때 신들도 엄청난 피해를 입었지. 그들이 우리를 지옥 으로 밀어넣고 봉인할 때 그들이 가진 힘이 부족해 차원의 문을 영원히 없앨 수 없었다. 때문에 그들은 선택을 할 수밖에 없었다. 지옥과 연결되어 있는 차원의 문을 과연 어느 대륙과 연결시킬 것인가? 당시 이스턴 대륙에 살았던 생명체는 뮤란 대륙에 비하 면 몇백 분의 일에도 미치지 못하는 숫자가 살고 있었지. 해서 신 들은 결국 이스턴 대륙을 뮤란 대륙에서 떼어놓고 신의 무기를 이용해 새로운 차원의 벽을 설치한 것이다. 하지만 신들도 미처 짐작하지 못한 것이 있었지."

지하르트의 말에 피아나가 궁금하게 여길 때 지하르트의 얼굴 에 회심의 미소를 흘렸다.

"나와 같은 고위 마신이 봉인된 차원의 문을 깨고 나올 줄은 상 상도 못했을 것이다. 하지만 그 봉인의 힘이 너무 강해 지옥에서 이스턴 대륙으로, 또 이스턴 대륙에서 뮤란 대륙으로, 그리고 마지 막으로 지옥의 입구를 이곳에 만드느라고 내가 가진 마력의 대부 분을 써버린 것이다."

"아하, 그래서……"

"그래, 충실한 나의 노예들이 지상에서 열심히 일해준 덕분에 소실된 마력의 대부분을 회복했다. 이제 남은 것은 신들이 개입하 기 전에 지상을 정복하고 깨지기 시작한 봉인의 틈을 완전히 박 살내는 것이다. 크하하하. 이제 시간이 정말 얼마 남지 않았다. 우

리가 지상에 모습을 드러내는 날 신들을 모조리 소멸시켜 버릴
것이다. 크하하하!"

지하르트의 사악한 웃음소리가 어둠의 궁전에 울려 퍼졌다.

*　　　　　　*　　　　　　*

데미안은 자신을 향해 달려드는 스콜피드들의 모습을 발견하자
마자 하크와 파프의 손을 잡고 레비테이션의 스펠을 캐스팅했다.

아슬아슬하게 스콜피드의 집게발이 발 밑을 스치고 지나갔고,
데미안은 20여 미터 상공에 떠서 소드 마스터들을 바라보았다. 역
시 예상대로 월등하게 앞서는 것은 아니지만 조금씩이나마 스콜
피드들을 밀어내고 있었다.

"일단 저분들 곁에 있도록."

두 사람의 대답을 들을 사이도 없이 데미안은 두 사람을 소드
마스터들을 향해 집어 던졌고, 두 사람은 위태위태한 자세로 지상
에 내렸다. 데미안은 두 사람이 지상에 내려서자마자 미디아를 힘
껏 휘둘렀다.

"블러드 서클!"

조금 전과는 달리 눈이 아리도록 붉은 빛을 뿌리며 서른여섯
개의 붉은 팔찌처럼 생긴 원이 스콜피드들을 향해 날아갔다. 스콜
피드들은 본능적으로 집게발을 들어 막아내려고 했지만 그 붉은
원에는 데미안이 가진 마나의 대부분이 들어 있었기 때문에 위력
이 조금 전과는 판이하게 달랐다.

블러드 서클이 그들의 집게발과 부딪치는 순간 그들의 집게발
을 파고들어 가는 것을 데미안은 똑똑히 볼 수 있었다. 그리고 화

려한 폭발이 있었다.

쾅! 콰르르르—

폭음과 함께 네 마리의 스콜피드들은 산산조각이 나서 사방으로 날아가 버렸고, 그 모습을 발견한 루카로스는 믿을 수 없다는 듯 당황한 얼굴을 했다.

"어, 어떻게 인간의 힘으로 스콜피드들을 죽일 수 있는 거지? 이건 말도 안 돼."

"말이 되고 안 되고 정신 딴 곳에 팔지 말고 내 공격이나 받아. 아쿠아 임펄스!"

"토네이도 블레이드!"

"파이어 랜스!"

"홀리 미사일!"

네 사람의 공격이 다시 루카로스에게 쏟아졌고, 네로브는 그런 네 사람에게 마나와 신성력을 보내기에 모든 정신을 집중했다. 그리고 그녀의 곁에는 안쓰러운 표정을 짓고 있는 데미안이 있었다.

지금이라도 자신이 끼어들어 일행들을 도와주고 싶었지만 일행들의 실력이 늘어야 최후의 결전에서 살아남을 가능성이 커지는 것이기에 일행들을 도울 수도 없는 처지였다. 게다가 두 눈을 감은 채 네 사람에게 자신의 신성력을 보내기 위해 안간힘을 쓰고 있는 네로브의 모습이 너무나 가슴이 아팠다.

다행히 소드 마스터들을 도우러 갔던 또 하나의 데미안은 확실히 그들을 돕고 있었다. 거의 반에 가까운 사십여 마리의 스콜피드들이 산산조각난 채 주위에 흩어져 있었고, 남은 스콜피드들도 여섯 개의 집게발 가운데 하나둘, 혹은 서너 개의 발이 잘린 채 소드 마스터들과 혈전을 벌이고 있었다.

조금의 시간만 더 지나면 충분히 스콜피드들을 몰살시킬 수 있을 것 같았다. 문제는 루카로스였다.

그를 제거하지 않는 이상 스콜피드는 얼마든지 지상에 나타날 것이 분명했기 때문이었다.

그런 생각으로 루카로스를 보고 있을 때 데미안의 눈에 조금은 이상한 모습이 들어왔다. 일행들이 죽을힘을 다해 루카로스를 공격하는 반면 헥터의 공격은 왠지 맥이 빠진 듯 보였다. 그렇다고 뒤로 물러서 있다는 것은 아니지만 다른 사람들처럼 전력을 다한 것처럼 보이지는 않았다.

일행들의 행동을 보니 마지막 공격을 준비하는 듯 보였다. 만약 그들의 공격으로도 루카로스를 물리치지 못한다면 자신이 직접 그를 처치한다는 결심을 굳혔다.

몇 차례의 공격에도 루카로스에게 상처를 입히는 데 실패한 데보라는 결국 최강의 공격 주문이 아니라면 그를 상대할 방법이 없다는 것을 깨달았다. 일행들에게 그런 자신의 생각을 말하자 일행들도 그녀의 의견에 동의했다. 잔뜩 지친 표정의 일행들을 바라보던 데보라는 가슴이 아팠지만 모르는 척 고개를 돌렸다.

자신들이 해결해야만 할 일이라 결심을 굳힌 데보라는 아로네아를 잡은 손에 힘을 주었다. 그런 데보라의 오른쪽에 레오가, 왼쪽에 로빈이 늘어섰다. 뮤렐은 몇 걸음 뒤에서 누바케인을 움켜쥐고 서 있었다. 그리고 그 곁에 헥터가 블레이즈를 앞으로 내세운 채 서 있었다.

길게 숨을 내쉰 데보라는 지체없이 지면에 아로네아를 내리꽂았다.

"레이지 오브 아쿠아!"

"홀리 미사일—!"

"토네이도 블레이드!"

"타링 빔!"

"파이어 오브 솔!"

네로브의 마나와 신성력을 전해 받은 다섯 사람의 공격이 무섭게 소용돌이치며 루카로스에게 날아갔다.

그들의 공격이 조금 전과는 다르다는 것을 루카로스도 깨달았기 때문일까? 여태까지 별다른 움직임을 보이지 않던 팔이 움직임을 보였다.

앞으로 뻗은 두 손에서 검은 안개 같은 것이 뿜어져 나오더니 스콜피드 앞에 검은 방어막을 만든 것이다.

루카로스가 만든 방어막에 다섯 사람의 공격이 부딪치는 순간 엄청난 섬광과 함께 도저히 막을 수 없는 충격파가 일행들을 휩쓸었다.

몸이 가벼운 로빈이나 레오는 말할 필요도 없고, 가장 근육질의 몸을 가지고 있던 헥터조차 불어오는 충격파와 돌풍에 버티려고 몸을 바닥에 잔뜩 웅크려야만 했다.

네로브를 바닥에 내려놓은 데미안은 허공으로 날아오른 레오와 로빈 모두를 잡으려고 했지만 두 사람이 날아가는 방향이 달라 동시에 두 사람을 구하기는 힘들었다. 결심을 굳힌 데미안은 지체 없이 로빈을 향해 달려갔다.

로빈을 껴안고 지면에 내려선 데미안은 황급히 고개를 돌려 레오의 모습을 확인했다. 그리 몸 상태가 좋아 보이지는 않았지만 레오도 지면에 무사히 착지하는 데는 성공했다.

로빈을 지면에 내려놓고는 전면을 바라보았다. 하지만 지독하게 몰아친 돌풍 때문에 주위는 온통 흙과 먼지투성이였다.

일행들이 펼친 공격의 파괴력이 이 정도일 줄은 미처 데미안도 상상하지 못했다. 이 정도의 공격이라면 설사 루카로스를 소멸시키지는 못한다고 하더라도 치명상을 입힐 것은 분명해 보였다.

잠시 후 흙먼지가 가라앉고 드러난 루카로스의 모습은 역시 상당한 부상을 입은 모습이었다. 하지만 몇 개의 다리가 잘려 나간 하체와는 달리 상체는 조금의 상처도 입지 않았다. 하지만 투명하던 커다란 머리는 마치 온몸의 피가 다 몰린 것처럼 새빨갛게 변해 있었다. 그리고 그의 눈에는 혈광(血光)이 몇 미터 앞까지 뻗어 나오고 있었다.

"건방진 놈들! 감히 내 몸에 상처를 입히다니……. 네놈들을 짓이겨주마. 다크 록 레인Dark Rock Rain—!"

루카로스의 거미 같은 두 팔이 허공을 가리키는 순간 허공에서 어마어마한 크기의 돌덩이들이 떨어져 내리기 시작했다.

쾅! 쾅! 쾅!

하나하나의 바위가 떨어져 내릴 때마다 극심하게 지면이 흔들렸고, 깊이 십수 미터에 달하는 구덩이가 패였다. 그 바위에 맞으면 흔적도 찾아볼 수 없을 정도로 짓이겨질 것은 분명했다.

"피하세요!"

데미안의 외침에 소드 마스터들은 하크와 파프의 손을 움켜잡고는 황급히 루카로스의 공격 범위에서 벗어나기 위해 몸을 날렸다.

데보라와 일행들 곁에 있던 또 한 명의 데미안은 날아오는 돌덩어리들 파괴하느라 쉴 새 없이 미디아를 휘둘러야 했다.

쾅쾅!

미디아가 바위에 부딪칠 때마다 바위들은 요란한 소리를 내며 산산조각나 사방으로 날아갔다.

데미안이 둘로 변해 떨어지는 돌을 쳐내는 모습을 발견한 데보라와 일행들은 깜짝 놀라기는 했지만 무엇보다 급한 것은 루카로스를 없애는 것이었다.

기진맥진한 상태로 자리에서 일어나며 데보라는 주위를 둘러보았다.

지면에 널브러져 있는 로빈은 창백한 안색에 움직임이 없는 것이 기절한 듯 보였고, 누바케인 최강의 공격을 날린 뮤렐은 이미 기절해 있는 상태였다. 자신 곁에 있는 레오는 비록 파룬느를 들고는 있었지만 지친 표정이 역력했고 네로브 역시 창백한 안색을 하고 있었다.

다만 이해할 수 없는 것은 그런 일행들을 헥터가 어두운 얼굴로 보고 있다는 것이었다. 그리고 보니 다른 사람에 비해 별로 지친 것 같지 않았다. 하지만 데보라는 그의 실력이 다른 사람보다 뛰어나기 때문이라고 생각했다.

"헥터, 레오, 준비해."

두 사람이 자신의 말에 고개를 끄덕이는 모습을 보고 데보라는 다시 한 번 아로네아를 움켜쥐었다. 루카로스를 공격하려고 할 때 자신의 몸으로 뭔가 따스한 기운이 스며드는 것이 느껴졌다.

고개를 돌리고 보니 네로브가 작은 손을 움켜잡은 채 기도에 열중하고 있는 모습이 보였다. 그 모습이 너무나 애처로워 눈물이 날 지경이었지만 데보라는 애써 고개를 돌려 버렸다.

어금니를 악문 데보라는 자신의 몸에 있던 모든 마나와 신성력을 아로네아에게 집중시켰다. 그리고는 다시 한 번 지면에 힘차게 꽂았다.

"레이지 오브 아쿠아!"

콰드드드—

루카로스를 향해 일직선으로 뻗어 나간 아로네아의 공세는 그의 몸 주위에서 크게 원형으로 지면이 패였고, 그 자리에서 푸른 빛을 띤 물줄기가 치솟았다. 데보라의 공격에 이어 헥터와 레오의 공격이 이어졌다.

"익스플로전 오브 솔라—!"

"발칸 토네이도 샷Vulcan Tornado Shot—!"

눈이 멀어버릴 것 같은 섬광과 함께 수백 수천 개의 압축된 공기가 루카로스의 몸으로 쏟아졌다.

루카로스는 다급하게 방어막을 치려 했지만 블레이즈에서 쏟아지는 빛 때문에 눈을 제대로 뜰 수 없었다. 자기도 모르게 손을 들어 눈을 가리는 루카로스의 상반신으로 압축된 공기가 수도 없이 쏟아졌다.

퍼퍼퍼퍽!

루카로스의 상체에서 무엇인가가 부딪치는 둔탁한 소리가 들렸다. 그리고 조금씩 그의 상체가 짓이겨지기 시작했고, 얼마 지나지 않아 그의 상체에 구멍이 뚫리기 시작하더니 곧 상체 곳곳에 수도 없이 많은 구멍이 뚫렸다.

상처가 생기기 시작해 완전히 구멍이 뚫릴 때까지 걸린 시간은 2, 3초에 불과했다. 완전히 산산조각이 난 루카로스의 잔해는 사방으로 날려갔다. 또 그의 하반신에 해당되는 스콜피드 역시 데보라의 공격에 맹렬하게 검은 연기가 피어 오르며 몸이 녹아버렸다.

루카로스가 소멸되자 하늘에서 쏟아지던 바위 공격도 멈췄고,

데미안은 완전히 기진맥진해 쓰러지는 데보라와 레오를 안아 들었다. 두 여인은 그야말로 백지장처럼 창백한 얼굴로 기절해 있었다.

조심스럽게 두 여인은 지면에 내려놓은 데미안은 다시 하나로 합친 후 다른 일행들을 찾았다. 로빈과 뮤렐, 그리고 네로브는 정신을 잃은 채 지면에 쓰러져 있었고, 헥터도 상당히 지친 모습을 하고 있었다.

일행들을 나란히 눕혀놓고 몇 차례 리커버리를 시전해 주었지만 일행들은 좀처럼 깨어나지 못했다. 그러는 사이 루카로스의 공격 범위 밖으로 벗어났던 소드 마스터들이 되돌아왔다.

"괜찮은가?"

"예, 전 괜찮습니다. 그보다 다친 분들은 안 계십니까?"

"지치긴 했지만 다행히 다친 사람은 없는 것 같네."

샤드의 대답에 일행들을 살핀 데미안은 고개를 끄덕였다.

그의 말처럼 상당히 지치고, 또 복장이 지저분하게 변하기는 했지만 다친 사람은 보이지 않았다.

"조금 전의 그 공격 때문인가?"

"아마 그런 것 같습니다."

데미안의 대답에 고개를 끄덕인 샤드는 정신을 잃은 채 누워 있는 데미안의 일행들을 유심히 살폈다.

여자가 셋에 사내가 둘. 겉으로 보기에는 너무나 연약하고 가냘퍼 보이는 이들의 어깨에 뮤란 대륙의 미래가 달려 있다는 사실을 누가 믿겠는가?

몇 차례에 걸친 리커버리에도 일행들이 정신을 차리지 못하자 데미안은 점점 일행들이 걱정스러워졌다. 데미안이 조바심을 감추지 못하고 있을 그때, 주위를 경계하던 소드 마스터 가운데 미하일이 일행들에게 주의를 주었다.

"잠깐! 저쪽에서 뭔가가 우리 쪽을 향해 달려오는 것이 보입니다!"

그 말에 일행들은 지친 몸을 이끌고 혹시 있을지도 모르는 적에 대비했다. 자신들을 향해 달려오는 무리를 주시하던 샤드가 갑자기 손을 들어 일행들에게 주의를 주었다.

"잠깐, 저들은 우리 편이오. 그러니 공격하지 마시오."

그런 샤드의 말에 일행들은 의아함을 감추지 못하면서도 경계를 게을리 하지는 않았다.

한 무리의 사람들이 가까이 왔을 때 일행들은 그들이 신관들인 것을 확인했다. 그들이 걸친 새하얀 신관복은 흙먼지가 잔뜩 묻어 누렇게 변해 있었고, 그들의 얼굴도 긴 여행 때문인지 상당히 초췌해 보였다.

가쁜 숨을 쉬던 신관들은 하나둘씩 말에서 내렸고, 가장 앞쪽에 서 있던 50대 후반으로 보이는 신관 하나가 입을 열었다.

"휴우, 저희는 여러분들을 돕기 위해 파견된 신관들입니다."

물론 그나 일행들의 복장이 신관복인 것을 보면 그들의 신분이 일반 사제가 아니라 신관들인 것을 쉽게 짐작할 수 있었다. 그것도 일반 신관들이 아니라 각 종단의 원로급에 해당되는 고위 신관들임이 분명해 보였다.

문제는 그들이 왜 이곳까지 온 것이냐 하는 것이었다.

그런 일행들의 궁금증을 샤드가 풀어주었다.

"일전에 싸일렉스 공작이 말하길 마물들을 상대할 수 있는 것은 신성력밖에 없다는 이야기를 했소. 해서 나나 여러분들이 이렇게 신성력을 가지고 있는 무기를 소지한 것이고 말이오. 하지만 근본적으로 우리가 신성력을 가지고 있지 못한 이상 앞으로의 마물들을 상대할 때 신관들의 도움을 필요로 할지 모른다는 생각이 들었소. 해서 폐하께 말씀을 드렸고, 또 허락을 하셔서 각 종단에 디바인 아티펙트Divine Artifact나 디바인 마크Divine Mark를 가진 고위 신관이나 주교급에 해당되는 신관을 파견해 달라고 했소. 그래서 이곳까지 이분들이 오신 것이오."

"그렇습니다. 전 라페이시스를 모시고 있는 신관 프레드릭이라고 합니다. 그리고 이분들은 대부분 각 종파에서 자원하시거나 디바인 아티펙트를 소지하신 분들이십니다."

프레드릭의 말에 소드 마스터들 가운데 일부는 고개를 끄덕였지만 대부분의 사람들은 고개를 저었다.

검술 솜씨에 자신이 있는 자신들도 견디기 힘든 이런 상황을 신성력뿐인 사제들이 견딜 리 만무하기 때문이었다. 사악한 힘에 의한 공격이라면 모르지만 조금 전처럼 키메라인 스콜피드들의 공격을 그들이 어떻게 막아낼 수 있겠는가?

그런 사람들의 우려를 알아챘는지 프레드릭이 재빨리 입을 열었다.

"여러분들께서 무엇을 우려하시는지 잘 알고 있습니다. 하지만 저희들에 대해서는 걱정하지 않으셔도 됩니다."

미소를 지으며 말하는 프레드릭의 말에 소드 마스터들은 고개를 끄덕이면서도 그들에 대한 걱정스러움을 감추지 못했다. 프레드릭을 따라온 신관들은 거의 30여 명에 달했다. 그들 대부분의 나이가 40대 후반에서 50대 중반으로 보였다.

종파가 달라서인지 그들은 몇몇 그룹을 지어 행동하기는 했지만 상대에 대해 그리 거리가 있어 보이지는 않았다.

샤드가 그들에 대해 설명을 할 때 프레드릭은 지면에서 잠을 자는 듯 기절해 있는 로빈에게로 다가갔다.

자신이 로빈에게 데미안을 따라가서 사제로서 해야 할 일을 수행하라고 했을 때 그가 흔쾌히 데미안을 따라갔던 일, 그리고 그가 이스턴 대륙으로 출발하기 전 자신에게 보냈던 편지, 그리고 마지막 여행을 떠나기 전 황궁에서 자신에게 지난 이야기를 말했던 모든 일들이 주마등처럼 스치고 지나갔다.

제자인 로빈 앞에 무릎을 꿇고 앉은 프레드릭은 라페이시스를 향해 기도를 드렸다. 그러자 그의 전신에서 뿜어져 나온 푸른 연기 같은 기운이 로빈의 몸으로 스며들었다.

그리고 얼마 후,

"으음, 어? 스승님!"

"이제 정신이 드니?"

"예? 예."

황급히 대답한 로빈은 자리에서 일어섰다. 프레드릭을 향해 반가운 표정을 짓던 로빈은 자신의 곁에 잠을 자듯 기절해 있는 일행들을 발견하고는 프레드릭에게 사과를 했다.

"스승님, 죄송합니다. 먼저 해야 할 일이 있습니다."

말을 마친 로빈은 미처 프레드릭이 뭐라고 할 사이도 없이 일행들을 향해 무릎을 꿇었다.

"라페이시스여, 당신들을 위해 자신의 모든 것을 바친 사람들입니다. 이들을 위해 당신의 한없는 자비를 내려주소서. 그리고 이들의 앞길에 당신의 가호를 내려주소서. 당신의 영원한 종인 저 로빈이 부탁드리나이다, 라페이시스여."

제45장

스나이벤

곁에서 아무 말도 없이 그 모습을 지켜보던 데미안은 네로브의 눈꺼풀이 움찔하는 모습을 발견했다. 재빨리 그녀 곁으로 다가간 데미안은 네로브가 눈을 뜨기만을 안타깝게 지켜보았다.

잠시 후 네로브가 눈을 뜨는 모습을 확인한 데미안은 황급히 입을 열었다.

"정신이 드니, 네로브야?"

"으음."

정신이 들기는 했지만 네로브는 제대로 눈을 뜨지 못하고 있었다. 그런 네로브의 모습을 안타깝게 보고 있던 데미안은 자신이 그녀에게 대체 무엇을 해주어야 좋을지 몰랐다.

그런 데미안의 모습에 곁에 있던 프레드릭은 데미안의 팔을 잡고는 고개를 저었다.

"아직 정신을 차리시려면 좀 더 시간이 지나야 합니다. 그러니 조금 기다리시는 것이 좋을 것 같습니다."

그런 프레드릭의 제지에 데미안은 그의 팔을 뿌리쳤지만 네로브의 몸을 잡지는 못하고 그저 안쓰러운 시선으로 그녀를 바라볼 뿐이었다. 그런 데미안의 모습을 바라보는 프레드릭의 눈에는 안타까운 빛이 가득했다.

자신이 10여 년 전 데미안을 처음 보았을 때 그가 이런 막중한 일을 맡으리라고는 짐작도 못했었다. 그저 여행 중인 예쁘장한 청년으로밖에 안 보였던 데미안이 지금은 트렌실바니아 왕국을 구하고, 또 뮤란 대륙 전체를 구하기 위해 악의 소굴을 찾아 이곳까지 온 것이다.

프레드릭이 그런 생각을 하는 동안 각 종단에서 파견된 신관들은 정신을 잃고 있는 일행들에게 자신들이 가진 디바인 아티펙트로 몇 차례에 걸쳐 리커버리를 펼쳤다. 하지만 일행들의 탈진이 너무 극심했기 때문인지 일행들은 쉽사리 깨어나지 못했다.

다만 먼저 정신을 차린 네로브가 자리에서 일어났을 뿐이었다. 그런 그녀를 데미안은 조심스럽게 안아주었다.

"괜찮니?"

"응, 조금 지치기는 했지만 다친 데는 없어."

"그래? 다행이구나."

다시 한 번 네로브를 품에 안은 데미안은 그녀의 머리를 하염없이 쓰다듬고 있었다.

왜 자신이 이 일을 맡게 된 것일까?

왜 일행들이 이런 고통을 당해야 하는 것일까?

지금이라도 포기하면 이 괴로움에서 벗어날 수 있을까?

네로브의 머리를 쓰다듬으면서 데미안의 머리 속에서는 끊임없이 의문이 스치고 지나갔다.

"데미안님, 비록 현재는 뮤란 대륙 사람들이 지금은 데미안님과 동료 분들의 희생을 알진 못하겠지만 그들이 후일 이 일을 알게 된다면 모두 여러분들을 칭송할 겁니다."

"칭송? 겨우 남에게 칭송받으려고 우리가 목숨을 버려야 한단 말이야? 왜 내가, 또 우리가 희생을 해야만 하는 거지? 왜 다른 사람들은 나설 생각도 하지 않는데 우리가 나서야만 하는 거냐고. 신의 섭리란 말은 할 생각도 하지 마."

특히 마지막 말을 할 때 데미안의 음성은 금방 고드름이라도 맺힐 것같이 싸늘하게 들려 프레드릭은 아무 말도 할 수 없었다.

남을 위해 자신을 희생한다는 것이 결코 쉬운 일은 아니었다. 종교에 투신한 자신 같은 성직자들도 행하기 쉽지 않은 일을 지금 직접하고 있는 데미안에게 대체 무슨 말로 위로를 할 것인가?

아마 자신이 다쳤으면 이렇게 고통스러워하거나 괴로워하진 않았을 것이다. 그것이 자신의 딸이고 동료들의 일이기에 이토록 괴로워한다는 것을 알고 있는 프레드릭은 그저 입을 다물고 묵묵히 바닥에 누워 있는 일행들의 모습을 살필 뿐이었다.

로빈은 창백한 안색으로 치유의 구슬을 앞으로 내세운 채 기도에 열중하고 있었다. 곁에 있던 신관들이 몇 번이나 제지했지만 로빈은 들은 척도 하지 않았다.

그렇게 간절한 로빈의 바램을 알았는지 일행들은 차례로 눈을 떴다. 일행들과 눈이 마주친 데미안은 조금은 어두운 표정으로 그들에게 사과했다.

"미안해. 내가 곁에 있었으면서도 아무런 도움도 되지 못해서…
정말 미안해."

"무슨 소릴 하는 거야? 이봐, 데미안. 분명히 이번엔 우리가 맡
겠다고 했잖아. 조금 피곤하기는 하지만 우리 힘만으로도 중급인
지 하급인지는 모르지만 마신을 소멸시킬 수 있어서 얼마나 기분
이 좋은데. 로빈, 뮤렐, 안 그래?"

"맞습니다. 저희가 데미안님을 도울 수 있게 된 것 같아서 정말
다행이라고 생각합니다. 그것에 비교하면 이 정도 후유증은 아무
것도 아닙니다."

힘이 없기는 했지만 뮤렐의 얼굴에는 분명 만족스런 미소가 지
어져 있었다. 또 곁에 있던 로빈도 고개를 끄덕였다.

"이 치유의 구슬로 난생처음 공격을 해보았는데 효과가 있는
것 같아 저도 너무나 기뻐요. 그러니 데미안님께서 저희에게 미안
해할 필요는 없어요."

로빈마저 데보라의 말에 찬성을 하자 데미안도 고개를 끄덕일
수밖에 없었다. 그 모습을 보면서 데보라는 창백한 안색을 하고
있는 레오에게 질문을 했다.

"레오, 아까 그 공격이 네로브가 가르쳐 준 파륜느로 할 수 있
는 최강의 공격이야?"

"그렇다."

"정말 대단한 공격이었어. 왜 진작 쓰지 그랬어?"

"레오, 힘없다. 잔다."

그 말을 한 레오는 데보라의 허벅지를 베고는 그대로 잠이 들
어버렸다. 이제껏 단 한 번도 힘들다는 말을 한 적이 없는 레오가
지쳐 쓰러질 정도면 파륜느를 이용한 공격이 얼마나 많은 신성력

이나 마나를 소모시키는지 충분히 짐작이 갔다.

"저들의 모습을 보니 오늘 이동은 불가능하겠군. 오늘은 이곳에서 야영을 하도록 하세."

"감사합니다."

자신들에게 신경을 써주는 샤드에게 데미안은 인사를 하지 않을 수 없었다.

결국 그날은 그곳에서 야영을 하기로 했고, 새로 여행에 합류한 신관들은 바쁘게 움직이며 식사 준비와 야영 준비를 했다.

이제 데미안 일행은 50명으로 늘었다.

*　　　　*　　　　*

거대한 동굴 안.

지상으로부터 거의 1킬로미터는 내려온 지하.

간간이 동굴 벽에 붙은 작은 마법등이 간신히 어둠을 밀어내고 있었다. 어두운 동굴 안을 돌아다니는 생물들은 인간들 세상에는 한 번도 모습을 보인 적이 없는 괴상한 몰골을 하고 있었다.

뱀의 몸통에 지네 다리가 달렸다거나 새하얀 색을 띤 주먹만한 모기라든가, 또 두 쌍의 날개를 가진 박쥐라든가 하는 괴상한 생물들이 동굴 안을 돌아다니고 있었다. 그리고 더 깊은 곳에는 거대한 실험실이 자리하고 있었다.

흡사 과거 신인들이 사용했었다고 전해지는 던전의 실험실의 몇 배에 달하는 거대한 실험실이었다. 그리고 지금 그 실험실 안에서는 인간의 몸에 하이에나의 머리가 달린 놀Gnoll 수십 마리가 바쁘게 돌아다니고 있었다.

거대한 유리관 안에는 괴상하게 생긴 물체들이 여러 가지 색의 액체 속에서 둥둥 떠 있었고, 그 앞에는 수련 마법사와 같은 복장을 한 서너 명의 인간들이 뭔가를 열심히 상의를 하고 있었다. 또 한쪽에서는 완전히 해부된 서너 종의 동물과 괴물들이 돌로 만든 실험대 위에 늘어져 있었다. 뻘겋고, 누렇고, 푸른 갖가지 체액들이 돌 실험대 위 곳곳에 고여 있었고, 또한 고약한 냄새가 풍기고 있었다.

실험실 안은 수십 개의 파트로 나뉘어져 있었고, 각 파트마다 갖가지 실험이 이뤄지고 있었다.

"나구로이스와 루카로스는 어디 있기에 보이지 않는 것이냐?"

"두 분께서는 오래전 이곳을 떠났기 때문에 지금은 어디에 계신지 저희는 모르고 있습니다."

"뭐라고? 그럼 아직도 인간들을 습격하러 다닌단 말이냐? 지금 즉시 그들을 호출해라."

"알겠습니다."

허리를 숙이고 있던 놀 한 마리가 연구실 밖으로 달려나가자 조금 전 놀이 서 있던 자리로 한 사람이 모습을 드러냈다. 허리까지 내려오는 엷은 푸른색의 긴 머리에 신의 축복이 내린 듯 아름다운 얼굴을 가진 엘프였다.

신경질적으로 머리를 흔들던 그는 근처에 있던 짙은 회색의 옷을 걸치고 있던 사내에게 질문했다.

"투베이도스는 언제 완성이 되는 거냐?"

"지금 막 생체 결합 실험이 끝났으니 몇 가지 테스트만 거치면 곧 완성이 될 겁니다."

사내의 말에 엘프는 돌로 만든 실험대 위에 놓여 있는 괴상한 생물을 바라보았다.

트롤의 상반신에 하반신은 레이미어의 몸통, 팔은 넷이었는데 둘은 오거의 팔, 나머지 둘은 거대한 사마귀의 다리였다. 그리고 등에는 와이번의 날개가 붙어 있었다. 게다가 머리는 도마뱀의 머리가 달려 있었다.

6, 7미터는 족히 넘을 듯 보이는 몸통 곳곳에는 짙푸른 색의 체액이 묻어 있었다.

고개를 끄덕이던 엘프의 시선이 다른 쪽으로 향하려는 순간 조금 전 연구실을 빠져나갔던 놀이 다급한 표정으로 엘프를 향해 달려왔다.

"무슨 일이냐?"

"죄송하지만 두 분께 연락을 하기 위해 전령을 보냈지만 찾지 못하고 그냥 돌아왔습니다."

"뭐라고? 이것들이 기껏 생명을 부여해 주었더니……."

무섭게 분노하는 엘프의 모습에 곳곳에 서 있던 연구원들이나 놀, 괴상하게 생긴 수십 마리의 생물들은 그대로 지면에 엎드려서는 부들부들 떨고만 있었다.

"감히 나 스나이벤의 권위를 우습게 여기는 놈들이 있을 줄은 상상도 못했군. 어피어 다크 미러Appear Dark Mirror!"

엘프, 스나이벤의 손에서 뻗어 나간 검은 연기가 뭉치더니 곧 거대한 거울로 변했다. 거울이 나타나자 스나이벤은 냉혹한 음성으로 말을 내뱉었다.

"루카로스와 나구로이스를 찾아라!"

스나이벤의 명령에 거울에서 검은 오로라가 잠시 뿜어져 나오다 사라졌다. 하지만 보이는 것은 아무것도 없었다.

그 모습에 스나이벤은 눈살을 찌푸렸다.

거울에 루카로스와 나구로이스의 모습이 비추지 않는 경우는 그들이 신의 보호를 받는 경우와 그들이 지상에서 소멸했을 상황 밖에는 없었다.

자신의 마력으로 살아갈 수밖에 없는 존재들이 신의 보호를 받는 일은 절대 있을 수 없는 일이고 보면 결론은 하나, 상대할 수 없는 강한 적을 만나 그들이 소멸당한 경우뿐이었다. 하지만 자신이 만들어낸 루카로스나 나구로이스는 강인한 육체와 상당한 마력을 지니고 있어 감히 어지간한 존재들이 상대할 수 있는 존재가 아니었다.

그렇다면 대체 누가 자신의 노예를 죽인 것인가?

혹시 신이 개입한 것은 아닐까 하는 생각도 들었지만 만약 그것이 사실이라면 이건 보통 심각한 일이 아니었다. 자신의 주인인 지하르트의 대업에 치명적인 장애를 초래할 수도 있는 일이었기 때문이다.

즉시 지하르트에게 보고를 준비하던 스나이벤은 자신이 직접 확인한 다음에 보고를 해도 늦지 않을 것이란 생각이 들었다. 혹시 몽쿠리아가 다스리는 지역에 침입했다가 그에게 사로잡힌 것인지도 모르는 일이기 때문이었다.

"투베이도스, 일어서라!"

스나이벤의 손이 테이블 위에 누워 있던 키메라 투베이도스를 가리키는 순간 검은 오로라가 뿜어져 나와 그의 몸을 휘감았고, 잠시 후 천천히 눈을 떴다.

크어엉!

투베이도스가 요란한 울음소리를 터뜨리자 스나이벤은 날렵하게 그의 등에 올라탔다.

"가자."

스나이벤의 말이 끝나자마자 스나이벤과 투베이도스의 모습은 연구실에서 감쪽같이 사라졌다. 그들이 떠나고 한참의 시간이 지나서야 바닥에 엎드려 있던 놀과 연구원들, 그리고 괴상한 생물들은 다시 일어나 자신의 일을 계속했다.

*　　　　　*　　　　　*

루카로스를 공격했던 데보라 등은 2, 3일이 지났음에도 불구하고 아직 제대로 기운을 차리지 못하고 있었다. 신관들이 몇 차례에 걸쳐 리커버리를 해주었기에 그나마 정신이라도 차릴 수 있었던 것이다.

그런 일행들의 모습을 보며 데미안이 얼마나 가슴속으로 후회를 했는지 주위 사람들은 짐작도 못했다. 그런 데미안과는 다른 이유 때문에 괴로워하는 사람도 있었다.

바로 헥터였다.

루카로스와 싸울 때 기절할 정도로 전력을 다해 공격을 퍼붓기는 했지만 최후의 공격 주문인 익스플로전 오브 솔라를 쓰진 않았다. 그것을 쓰는 순간 마지막일지도 모른다는 생각이 들었기 때문이다.

당장 루카로스를 물리치는 것이 문제가 아니라 정작 자신의 도움을 필요로 할 지하르트와의 대결에서 자신이 없어 일행들에게 더 큰 피해를 줄지 모른다는 생각 때문이었다. 하지만 그런 사실을 다른 사람에게 말할 수 없기에 헥터의 상심은 클 수밖에 없었다.

그런 생각에 빠졌기 때문일까? 일행들에게 이상이 생긴 것을 가장 먼저 알아챈 사람은 샤드와 프레드릭이었다.

"조심해라!"

"조심하십시오. 뭔가 사악한 기운이 저희 쪽으로 다가오고 있습니다."

두 사람의 말에 일행들은 재빨리 세 무리로 나뉘었다.

데미안과 일행들이 한 무리, 소드 마스터들과 하크, 파프가 한 무리를 이루었고, 신관들이 다시 한 무리를 지어 자신의 아티펙트를 가슴 앞에 세운 채 적이 다가오기를 기다렸다.

잠시 후 상대의 모습을 확인한 프레드릭이나 신관들은 당황하지 않을 수 없었다. 자신들이 세상에 태어나 이렇게 괴상하게 생긴 생물은 난생처음 보았다.

투베이도스의 모습이 너무나 기괴한 탓에 처음 그의 등에 타고 있는 스나이벤의 모습은 미처 발견하지도 못했다. 투베이도스의 등에 타고 있던 스나이벤은 자신의 눈앞에 있는 수십 명의 인간들을 발견하고 이상한 생각이 들었다.

자신이 거처를 이곳으로 정한 이유가 지하르트가 있는 아공간과 가까운 이유도 있지만 잡스런 인간들의 발길이 끊긴 곳이기 때문이었다. 그런데 하나둘도 아니고 이렇게 많은 인간들의 모습을 발견한 것이다. 게다가 하나같이 지저분한 신의 기운이 어려 있었다.

눈살을 찌푸린 스나이벤은 루카로스와 나구로이스의 행방불명과 이들이 무슨 연관이 있을 것만 같았다.

"너희는 누군데 감히 이곳에 발을 들여놓은 것이냐?"

"지하르트의 부하냐?"

한 걸음 앞으로 나선 데미안의 질문에 스나이벤은 깜짝 놀라며 고개를 갸웃거렸다. 투베이도스의 등에서 뛰어내린 스나이벤은 데미안을 향해 거침없이 걸음을 옮겼다.

"인간에 불과한 네가 어떻게 지하르트님을 알고 있는 거지? 누구에게서 들었느냐?"

"그러는 넌 누구냐?"

"본인은 아누비스 일족의 족장이자 지하르트님 휘하 37군단의 군단장을 맡고 있는 스나이벤이다."

"스나이벤? 그렇다면 얼마 전 우리를 공격한 루카로스와 나구로이스의 주인이라는 그 스나이벤이란 말이냐?"

데미안의 말에 스나이벤은 자신의 눈앞에 있는 일행들이 자신의 부하들을 해치운 당사자들이라는 것을 쉽게 짐작할 수 있었다. 그들 둘이 인간을 보고 그냥 두었을 리 만무했고, 무엇보다 그들은 행방불명이 된 것에 비해 멀쩡한 이들의 모습에 그 결과가 간단하게 읽힌 것이었다.

자신이 만들기는 했지만 그들 둘을 해치운 인간들이라면 보통 인간이라곤 볼 수 없었다. 게다가 무엇보다 그의 신경을 건드리는 것은 그들이 손에 들고 있는 무기와 아티펙트에 어려 있는 신의 기운이었다. 멀쩡한 인간들에 비해 루카로스와 나구로이스가 행방불명이 된 것을 보면 그들이 이들에게 당한 것이 분명했다. 하지만 그가 이해할 수 없는 것은 이 인간들에게서 상당한 신성력이 느껴지기는 하지만 절대 루카로스와 나구로이스를 해치울 정도는 아니었다.

그래서일까?

신관들이 들고 있는 디바인 마크나 아티펙트가 상당히 눈에 거슬렸다. 또 데미안 일행들이 가지고 있는 무기나 소드 마스터들이 가진 무기에서도 상당한 신성력을 느낄 수 있었다.

비록 자신이 엘프의 몸에 영혼을 집어넣기는 했지만 그가 가진 마력은 루카로스나 나구로이스가 가진 마력에 비할 바가 아니었다. 비록 상대가 꺼림칙한 기운이 서려 있는 아티펙트나 무기를 들고 있다고 하지만 자신에게 문제될 것은 아무것도 없었다.

자신이 처음 이 엘프의 몸을 차지했을 때 흥미로웠던 것은 정령술이나 마법이 아니었다. 그것보다 몇 배나 강한 마력을 가진 스나이벤의 관심을 끈 것은 바로 검술이었다.

한낱 쇠뭉치를 휘두르면서 육체가 가진 능력을 극대화시킨다는 점이 그의 호기심을 자극한 것이었다. 물론 그에 대한 자료를 뽑아 검술의 단계를 훨씬 높였고, 그에 합당한 무기까지 직접 만들었다.

마검 다크 문Dark Moon.

상대의 몸에 상처를 내는 순간 그 상처를 통해 상대의 생명력과 피와 기력을 빼앗는 힘을 가진 마검이었다. 물론 만들고 한 번도 사용해 본 적은 없지만 스나이벤은 한 번도 그 위력을 의심해 보지 않았다.

자신의 마력으로 상대를 몰살시키는 것은 너무나 간단한 일, 스나이벤은 다크 문의 위력을 시험해 보고 싶다는 생각이 들었다. 스나이벤이 천천히 다크 문을 뽑아 들자 데미안은 재빨리 몇 걸음 뒤로 물러서며 미디아를 뽑아 들었다.

상대의 검은 자신이 루벤트 제국과 전쟁 때 11군단을 돕기 위해 왔던 카스텔로가 사용했던 시미터Scimitar와 흡사해 보였다.

완만하게 휘어진 검인(劍刃)을 가진 상대의 검은 찌르기보다는 베기 공격이 더 맞을 듯 보였다. 하지만 시미터와 다른 점은 검의 색이 특이하게도 검은색이란 것이었다. 그리고 시미터 주위에 검은 오로라가 어려 있어 심상치 않게 보인다는 것이었다.

데미안은 스나이벤과 대치를 하면서 조금은 묘한 기분이 들었다. 분명 상대는 지하르트의 부하이고 단지 엘프의 모습에 스며들어 있다는 것을 알면서도 그에게서 과거 일행이었던 카프의 모습을 발견한 것이었다.

대치하고 있는 두 사람의 모습을 보며 샤드는 나름대로 현재의 상황을 파악하고 있었다.

상대의 덩치가 너무 큰 것도 문제이지만 지금과 같은 상황도 문제가 되지 않을 수 없었다. 자신들의 수가 많고 상대가 적으면 포위를 해서 공격을 하면 된다.

단 이것은 개개인의 실력이 비슷할 경우뿐이다.

지금처럼 엄청나게 강한 마력을 소유한 스나이벤이 만약 그가 자신들 일행들을 헤집고 다니면서 공격을 퍼붓는다면 자신들로서는 속수무책일 수밖에 없었다.

그런 의미에서 샤드는 제발 데미안이 그를 막아주기를 간절히 바랬다.

"흐흐흐, 대체 얼마만한 힘을 가졌기에 루카로스와 나구로이스를 해치웠는지 그 솜씨를 감상해 볼까? 흐흐흐."

"후후후, 좋아. 내가 아주 화끈하게 보여주지. 네 몸뚱이가 박살이 나서 공기 중에 먼지가 될 정도로 말이야. 후후후."

스나이벤의 말에 데미안은 그의 말투를 그대로 흉내 내서 되돌려 주었다. 그러자 미소를 짓고 있던 스나이벤의 얼굴이 단번에 굳어졌다.

그 모습을 본 데미안의 일행들은 자신도 모르게 고개를 저었다. 대상이 인간에서 마신으로 변했을 뿐 상대를 열받게 만드는 천부적인 능력만은 조금도 줄어들지 않았다.

일정한 거리를 두고 있던 스나이벤의 몸이 갑자기 움직이더니 데미안을 향해 달려들었다. 그리고 그의 손에 들려 있던 다크 문이 더욱 빨리 데미안의 목을 향해 날아들었다.

호흡을 정리한 데미안은 지체없이 미디아에 마나를 집어넣고 다크 문을 막았다.

쾅!

도저히 검과 검이 부딪친 소리라고는 상상할 수도 없는 소리와 함께 주위로 엄청난 충격파가 퍼졌다.

실전 경험이 풍부한 데미안 일행은 지체없이 자신들 주위에 보호막을 펼쳐 자신들의 몸을 보호했지만 멍하니 구경을 하던 신관들 가운데 몇몇은 그대로 뒤로 날아가 버렸다.

소드 마스터들 역시 지면에 몸을 낮춰 겨우 중심을 잡을 수 있었다. 하지만 그들의 눈은 두 사람의 모습을 놓치지 않고 쫓고 있었다.

데미안은 상대의 공격을 막아내는 순간 손목이 시큰거리는 것을 느끼며 상대의 힘에 깜짝 놀랐다. 그리 근육질이 아닌 몸에도 불구하고 그의 찍어누르는 힘은 정말 엄청났다. 하지만 데미안의 놀람보다는 스나이벤의 놀라움이 더욱 컸다.

신체 개조가 취미인 그가 손에 넣은 엘프의 신체를 개조하지 않았을 리 만무했다. 엘프의 어깨와 팔 근육에 오거의 근육을 집어넣어 엄청난 힘을 가지게 만들었는데 인간에 불과한 데미안이 그 공격을 간단히 막아낸 것이었다. 게다가 다크 문에는 자신의 마력도 상당히 실려 있는데 말이다.

스나이벤이 놀라 잠시 굳어 있는 틈을 타 데미안은 자신의 발에 마나를 집어넣어 그대로 상대의 복부를 걷어찼다.

펑!

데미안의 공격에 스나이벤의 육체를 감싸고 있던 검은 오로라가 극심하게 흔들렸다. 맥없이 뒤로 물러서는 스나이벤을 데미안이 그냥 두고 볼 리 만무했다.

"슈팅 스타—!"

붉은 마나가 자신을 향해 날아오는 것을 발견한 스나이벤은 정신없이 왼손을 내밀었다.

"다크 베리어!"

쾅!

그의 외침과 동시에 그의 앞에는 검은 반원형의 방어막이 생겼고, 데미안의 공격은 간발의 차이로 방어막에 부딪쳐 요란한 소리를 내며 폭발했다.

데미안은 아쉬워하면서도 공격의 고삐를 늦추지 않았다.

지체없이 미디아에 마나를 집어넣었고, 미디아가 붉은 마나에 휩싸이는 것을 확인한 데미안은 다시 한 번 스나이벤의 방어막을 향해 미디아를 휘둘렀다.

다시 폭발이 일어날 것이라고 짐작한 일행들의 예상과는 달리 미디아는 스나이벤의 방어막을 두 쪽으로 갈라 버렸다.

그 모습에 당황한 스나이벤은 다크 문을 휘둘러 데미안의 오른

팔을 공격해 갔다. 하지만 데미안이 재빨리 손을 바꾼 채 계속 공격을 하자 당황하지 않을 수 없었다. 설마 왼손까지 사용할 줄은 미처 예상하지 못했기에 놀람은 더욱 컸다.

정말 놀람의 연속이었다.

헛바람을 들이킨 스나이벤은 지체없이 마력을 뿜어냈다.

"다크 스피어!"

"블러드 스크린—!"

방전을 일으키는 세 개의 긴 막대 모양을 한 검은 연기가 데미안을 향해 날아든 것과 데미안이 미디아를 휘둘러 자신 앞에 붉은 장막 같은 방어막을 만든 것은 거의 동시였다.

쾅쾅!

조금 전보다 더욱 거센 충격파가 일행들을 다시 한 번 휩쓸었고, 두 사람이 있던 곳은 짙은 흙먼지에 쌓여 그들의 모습을 확인할 수 없게 되었다. 하지만 흙먼지 속에서도 두 사람의 검이 부딪치는 소리는 끊임없이 들렸다.

일행들이 데미안의 모습을 확인하려고 가슴을 졸일 때 스나이벤이 내린 후 멍청하게 서 있던 투베이도스가 천천히 일행들을 향해 움직이기 시작했다. 하반신이 레이미어의 몸통인 뱀이었기 때문일까?

소리도 없이 일행들을 향해 다가왔다, 마치 한 마리 뱀처럼. 하지만 사람이 많기 때문이었는지 곧 한 사람의 신관에게 그 모습이 발견되었다.

"저 괴물이 이쪽으로 옵니다. 모두 조심하십시오."

그의 말에 고개를 돌린 소드 마스터 가운데 지오르니가 샤드에게 말을 건넸다.

"저 괴물은 저희가 처리할 테니 싸일렉스 공작을 도와주십시오."

"조심하시오, 루트리히 공작."

"저 정도 괴물은 문제없습니다. 라이포트 공작, 쿠르나스 공작, 따라오시오."

"옛."

세 사람의 소드 마스터들은 투베이도스를 향해 달려나갔고, 신관들은 자신들의 아티펙트를 손에 든 채 자신들 주위에 강력한 방어막을 만들기 시작했다.

처음 푸르스름하게만 보였던 방어막은 시간이 지날수록 점점 짙은 푸른색을 띠기 시작했다. 같은 신을 모시는 신관들의 방어막이 합쳐지기 시작했고, 다시 그 방어막은 다른 신을 모시는 신관들의 방어막과 합쳐지며 몇 겹의 방어막을 다시 형성했다.

결론적으로 신관들은 몇 겹의 방어막에 둘러싸인 셈이었다. 아마도 이것이 프레드릭이 말했던 신관들이 마물을 상대하기 위한 나름대로의 방법인 것 같았다.

한편 스나이벤을 공격하던 데미안은 그래도 상대가 자신에게만 관심을 보이자 조금은 안심할 수 있었다. 그가 만약 일행들 속으로 뛰어들었다면…… 생각만 해도 끔찍한 일이었다. 그리고 또 한 가지 데미안을 안심시킨 것은 자신이 겨루어본 적이 있는 키기모카보다 스나이벤의 능력이 조금 떨어진다고 느껴진다는 점이었다.

하지만 그것은 자신이 그를 상대했을 때의 상황이지 다른 사람들은 목숨을 잃을 수밖에 없을 것이 분명했다. 자신이 미디를 가졌다는 것이 오늘처럼 안심이 되기는 처음이었다.

그런 반면 스나이벤은 오늘처럼 황당한 꼴을 당하기는 난생처음이었다.

자신의 눈앞에서 검을 들고 날뛰는 저 생물은 분명 인간이 확실한데 어떻게 자신에 비견될 힘을 가지고 있는지 도무지 이해가 가지 않았다. 게다가 재수없게 생긴 저 검을 휘두를 때마다 자신의 마력이 흩어져 버려 당황한 적이 한두 번이 아니었다.

비록 자신이 다른 동료 마신들에 비해 마력이 약간 떨어진다고는 하지만 그것은 단지 같은 마신급에서의 이야기였다. 그런데 지금 자신의 눈앞에서 설쳐 대는 저 인간은 어떻게 된 인간이기에 마신이라고 불리는 자신을 이렇게 몰아세울 수 있는 것인지……

생각을 길게 할 수도 없었다. 지치지 않는 신체를 가졌는지 저 인간은 자신을 끝없이 몰아세웠다. 도저히 자신이 숙주로 삼은 엘프가 생전에 익혔던 검술로는 상대할 수 없다고 생각한 스나이벤은 온몸의 마력을 끌어올려 왼손에 집중을 시켰다. 그리고는 데미안의 틈을 노렸다. 하지만 이번에도 데미안이 조금 빨랐다.

"라이트닝 마인Lightning Mine!"

외침과 함께 데미안이 미디아를 머리 위로 치켜들자 미디아 끝에서 환한 빛을 뿌리는 구체(球体) 수십 개가 쏟아져 나와 스나이벤의 주위에 흩어졌다.

그 모습에 처음 대수롭지 않게 생각했던 스나이벤은 자신의 생각을 바꾸지 않을 수 없었다. 그 정체 모를 구체가 미디아를 통해서 나왔기 때문인지 상당한 신성력을 가지고 있었던 것이다.

물론 그 하나하나는 자신에게 큰 피해를 줄 수 없었지만 그 모든 것이 한꺼번에 공격한다면 자신도 상당한 피해를 감수해야만 할 정도였다.

구체에 신경을 쓰다 보니 데미안을 공격할 찬스를 잡기가 더욱 힘들어졌다.

자신의 머리를 향해 떨어지는 미디아를 막아내는 순간 데미안의 입가에 의미심장한 미소가 떠올랐다. 그 미소에 스나이벤이 잠시 움찔하는 순간 데미안은 재빨리 뒤로 물러섰고, 스나이벤의 주위에 흩어져 있던 환한 빛을 뿌리던 구체가 일제히 스나이벤을 향해 날아들었다.

쾅쾅쾅—! 콰르르르—

섬광과 함께 요란한 폭음이 터져 나왔고, 물러서 있던 데미안은 마지막 공격을 퍼부었다.

"헬 버스트—!"

순간 사방으로 날아가던 흙먼지가 갑자기 시간이 정지하기라도 한 듯 움직임을 멈추었고, 희미하게 붉은 빛을 뿌리는 날카로운 수십 줄기의 바람이 조금 전 스나이벤이 서 있던 자리를 휩쓸었다. 붉은 바람에 걸리는 것은 돌이든 지면이든 사정없이 잘려 나가고 깎여 나갔다.

그 광경을 보던 소드 마스터들은 그 모습에 소름이 오싹 끼쳤다. 세상에 이런 공격 방법이 있을 줄은 상상도 못했고, 만약 자신이 이런 공격을 받게 된다면 속수무책으로 당할 수밖에 없다는 걸 자인하지 않을 수 없었다.

미디아를 잡은 손에 힘을 풀지 않은 데미안은 여전히 긴장을 풀지 않은 채 전면을 노려보고 있었다. 여느 때와는 달리 뭔가 이상한 느낌이 들었기 때문이다.

자욱하게 피어 오르던 흙먼지 속에서 갑자기 바람이 일기 시작하더니 곧 거센 회오리바람으로 변해 주위의 모든 것을 빨아들였다. 그리고 그 바람 속에서 스나이벤의 음성이 들려왔다.

"크크크, 훌륭해. 본인을 상당히 놀라게 만들었다는 것을 솔직하게 인정하마."

회오리바람 속 10여 미터쯤 허공에 둥둥 떠 있는 스나이벤의 모습은 조금 전과는 달리 엉망으로 변해 있었다.

탐스럽던 긴 머리는 마치 쥐가 뜯어먹은 듯 잘려 나가 있었고, 왼팔은 어디가 잘못되었는지 축 늘어져 있었다. 또 어깨와 가슴에 생긴 상처에서 피를 흘리고 있었는데 검은색을 띠고 있었다. 하지만 스나이벤은 지혈할 생각은 하지 않고 오른손을 번쩍 치켜들었다. 그러나 역시 이번 공격도 데미안보다 늦었다.

순간 미디아의 끝에서 붉은 광선이 일직선으로 스나이벤을 향해 날아갔고, 그의 가슴을 사정없이 꿰뚫어 버렸다. 아니, 상체 전부를 날려 버렸다. 그야말로 눈 깜짝할 사이에 벌어진 일이었고, 붉은 광선이 사라지고 나서야 데미안의 음성이 들렸다.

"이 블러드 라이트닝이야말로 내가 네게 보여주겠다고 장담한 화끈한 맛이다. 마음에 드는가? 부족하다면 한 가지 더 보여주지. 블러드 서클!"

굳은 듯 허공에 떠 있는 스나이벤을 향해 크기와 방향이 제각기 다른 서른여섯 개의 눈이 아리도록 붉은 원이 날아갔다. 그리고 그의 몸을 산산조각으로 난도질했다.

주먹만한 크기로 잘려진 스나이벤의 잔해는 지면에 떨어지기 전 모두 검은 연기로 변해 공기 중으로 흩어졌다.

그 모습을 지켜보던 샤드는 자신도 모르게 몸을 떨었다. 아니,

그뿐만 아니라 그 모습을 지켜보던 모든 사람들이 몸서리를 쳤다. 상상해 본 적도 없는 끔찍한 장면이었다.

그런 사람들의 반응에는 아랑곳하지 않고 데미안은 조금 전 스나이벤이 타고 왔던 투베이도스를 찾았다. 하지만 투베이도스는 만들어진 지(?) 얼마 되지 않아서인지 지오르니와 르네, 그리고 벨리시아의 공격을 당해내지 못하고 이미 목숨을 잃은 후였다.

그 모습에 안도의 한숨을 내쉬며 미디아를 다시 등에 멘 데미안은 일행들 쪽으로 발걸음을 옮겼다.

"싸일렉스 공작, 다친 곳은 없는가?"

"예, 다행히 다른 마신들에 비해 마력이 약해 쉽게 상대할 수 있었습니다."

고개를 끄덕인 샤드는 곧 심각한 어조로 입을 열었다.

"내 말을 오해하지 않았으면 고맙겠네."

"무슨 말씀이신지?"

"오늘 싸일렉스 공작의 솜씨를 보니 공작의 검술 솜씨가 얼마나 뛰어난지 다시 한 번 감탄을 했네. 하지만 앞으로 얼마나 많은 혈전을 치러야 하는지 모르는 상황에서 우리들과 자네의 격차가 커지면 커질수록 우리 모두가 위험하다는 말이 되지 않는가? 그래서 하는 말인데…… 앞으로의 싸움은 우리들에게 맡겨주지 않겠나?"

데미안이 아무런 말도 하지 않자 바이샤르 제국에서 온 미나스가 고개를 끄덕였다.

"나 역시 샤드 대공 전하의 생각과 마찬가지요. 우리가 싸일렉스 공작과 실력 차이가 나면 날수록 곤란해지는 것은 공작이 아니오? 그리고 내가 알기로 공작의 동료들도 완전하게 신의 무기를 다루는 것이 아니라고 알고 있소. 그러니 앞으로의 싸움은 우리에게 맡겨주시오. 우리나 저기 신관들께서 이곳까지 온 이유는 모두 공작을 돕기 위해서가 아니오?”

“나도 워렌시아 공작의 생각에 찬성하는 바이네, 싸일렉스 공작.”

단테스마저 샤드의 의견에 찬성을 하고 나오자 데미안은 조금 난감함을 느꼈다. 조금 전 자신이 나선 것도 잘난 척하기 위해서가 아니라 다른 사람이 나섰다가 부상을 당할지도 모른다는 생각이 들어 거의 본능적으로 나선 것이었다.

모두들 이구동성으로 이야기하자 결국 데미안도 승낙하지 않을 수 없었다.

“알겠습니다. 하지만 위험하다고 느끼시면 즉시 저에게 맡겨주십시오. 부탁드리겠습니다.”

데미안의 말은 어찌 들으면 그를 돕기 위해 온 소드 마스터들을 무시하는 말로 들릴 수도 있었다. 하지만 그들이 어찌 데미안이 말한 속뜻을 모르겠는가?

비록 쓴웃음을 짓기는 했지만 소드 마스터 전원이 고개를 끄덕이는 모습을 자신의 눈으로 확인하고서야 데미안은 굳은 얼굴을 폈다.

“자, 이제 출발합시다.”

단테스의 말에 일행들 모두는 일제히 말의 옆구리를 힘차게 걷어찼다.

히히히힝—

말들이 기운차게 울음을 토하고는 일제히 지면을 박찼다.

자욱한 흙먼지를 남기고 데미안 일행은 일제히 북쪽을 향해 달려갔다.

　데미안 일행이 사라지고 난 잠시 후 격전이 벌어졌던 곳에 모습을 드러내는 세 사람이 있었다.
　골드와 블루, 그리고 그린의 머릿결을 가진 청년들이었다. 그들은 데미안 일행이 달려간 북쪽을 제각기 다른 눈으로 바라보고 있었다.
　카르메이안은 상당한 충격을 받은 눈으로,
　레이시아드는 불신의 기색이 가득한 눈으로,
　타아르카스는 이 황량한 벌판에 뭘 심으면 좋을까 하는 눈으로 주위를 둘러보고 있었다.
　그들이 거의 1킬로미터 이상 떨어진 곳에서 데미안과 스나이벤의 결투 장면을 지켜보고 있었다. 감히 드래곤도 상대가 되지 않았던 마신을 맞이해 데미안이 검을 뽑아 들 때까지만 해도 데미안이 곧 목숨을 잃을 것이 분명하다고 생각을 했었다. 하지만 결과는 데미안의 압승이었다.
　음모를 꾸미고 있던 카르메이안으로서는 충격이 아닐 수 없었다.
　데미안을 자신이 꾸민 음모의 조연으로만 생각했던 그였기에 놀라움은 더욱 컸다. 대체 언제 데미안이 저런 힘을 가지게 되었단 말인가? 그저 데미안의 일행들에게 신의 무기를 찾을 수 있는 단서를 남기기는 했었지만 그것은 봉인을 파괴하기 위한 음모의 일환이었다. 그런데 데미안마저 신의 무기를 가지고 있을 줄은 상상도 하지 못했다. 게다가 그가 데미안을 마지막으로 본 것은 루벤트 제국과 전쟁 중일 때였다.

　당시 데미안은 소드 마스터 초입에 든 애송이에 불과했다. 자신과 마브렌시아가 그들의 뒤를 따라 이스턴 대륙으로 갔을 때도 카르메이안은 나름대로의 계획이 있었기 때문에 데미안을 찾을 생각은 조금도 없었다.

　하찮게만 여겼던, 드라시안에 불과한 데미안이 대체 언제 저런 힘을 가졌는지 모든 것이 의문스러웠다.

　"카르메이안님, 대체 저 인간은 뭡니까? 멀리서만 봐도 상당한 마력을 가진 마신 같았는데…… 대체 어떻게 인간이 마신을 해치울 수 있는 겁니까?"

　"인간처럼 보이나?"

　"그럼 인간이 아니란 말입니까?"

　깜짝 놀란 레이시아드의 반문에 카르메이안은 얼굴의 표정을 바꾸지 않은 채 고개를 끄덕였다.

　"그렇다면 마브렌시아와 함께 만드셨다는 그 드라시안?"

　"그렇네. 아마 인간식(人間式)의 이름으로는 데미안이라고 부른다지 아마."

　"아아, 그럼 카르메이안님께서는 이런 일이 있을 줄 알고 오래 전부터 드라시안을 키운 것이었군요. 정말 존경스럽습니다, 카르메이안님."

　레이시아드의 감탄 서린 얼굴에 카르메이안은 할 말을 잃었다. 한동안 데미안의 생활을 지켜본 적이 있었기 때문에 그가 자신이나 마브렌시아에게 가지고 있는 감정이 어떤 것인지 잘 알고 있었다. 하지만 당시에는 데미안이 가진 힘이나 능력이 너무나 보잘 것없어 신경도 쓰지 않았다.

　그렇지만 지금의 데미안이라면 웬만한 드래곤은 상대도 되지 않을 듯싶었다. 그런 데미안이 자신을 돕는다?

생각을 정리한 카르메이안은 여전히 같은 표정으로 입을 열었다.

"혹시나 해서 마브렌시아를 끌어들여 저 드라시안을 만든 것인데 이렇게 해서 이용하게 될 줄은 몰랐군. 저들이 향하는 곳을 보니 옛날 뮤란 제국의 수도였던 메탈리언 같군. 아마도 저들이 메탈리언에 도착하면 지하르트의 부하들과 혈전을 치를 것이네. 그때 우리가 지하르트를 해치우면 문제는 간단히 해결되지. 그 길로 인간들의 왕국을 찾아가 항복을 받아내 모든 신전들을 폐쇄시키면 지상에서 우리를 거역할 존재들은 모두 없어지게 되는 것이지."

"하지만 카르메이안님, 아까 데미안이라고 불렸던 드라시안 곁에 있는 존재들은 전부 엄청난 실력을 가진 존재들입니다. 만약 그들이 힘을 합쳐 공격을 퍼붓는다면 그들을 상대할 수 있는 드래곤들이 얼마 되지 않을 겁니다. 설사 우리가 지하르트란 마신을 소멸시킨다고 하더라도 인간들의 왕국을 항복시키는 것은 그리 간단한 문제가 아닐 것 같습니다."

지하르트쯤은 아무것도 아닌 것처럼 말하는 레이시아드의 태도가 너무 답답하기는 했지만 데미안과 그의 일행이 가진 실력과 능력을 확인한 카르메이안은 새로운 힘이 솟았다.

두 드래곤들이 대화를 나누는 동안에도 타아르카스는 지면의 토질과 그 토질에 맞는 식물을 찾아 분류하느라 상당히 바쁘게 돌아다니고 있었다.

"감히 우리 드래곤을 우습게 보는 존재는 절대 있어서는 안 되네. 무슨 수를 쓰더라도……"

"카르메이안님의 말씀이 맞습니다. 감히 인간 따위가 드래곤을 우습게 보는 일은 절대 없을 겁니다."

"지금 즉시 돌아가 모두를 소집해야겠네."

"지하르트를 공격하는 시기 때문입니까?"

"그렇네. 내가 예상하기에 대략 열흘 후가 될 것 같군. 그러니 우리도 준비를 서둘러야 할 것 같네."

"알겠습니다. 그럼 연락은 제가 취하도록 하겠습니다. 장소는 어디로 하는 것이 좋겠습니까, 카르메이안님?"

"내 레어에서 만나도록 하지."

"그렇게 전하도록 하겠습니다. 그럼 잠시 후에 뵙겠습니다. 워프."

카르메이안에게 목례를 취한 레이시아드는 즉시 워프를 이용해 그 자리를 떠났다. 주위를 두리번거리던 카르메이안은 쭈그리고 앉아서 뭔가를 열심히 하고 있는 타아르카스를 발견했다.

"뭘 하고 있어?"

"으응? 아, 아무것도 아니야."

애써 손을 뒤로 감추는 타아르카스의 태도가 의심스럽기는 했지만 괜히 말을 꺼냈다가 그의 수다가 시작되면 골치가 아팠기 때문에 애써 모른 척했다.

"돌아가자."

그런 카르메이안의 어깨를 두드리며 타아르카스가 입을 열었다.

"카르메이안, 넌 정말 좋은 드래곤이야."

"무슨 소리야?"

"날 이렇게 황량한 곳으로 안내한 이유가 내 취미 생활을 위해서잖아? 정말 고맙게 생각해."

“뭐라고?”

하도 어이가 없는 타아르카스의 말에 카르메이안은 갑자기 두통이 시작되었다. 자신도 모르게 머리를 쓰다듬은 카르메이안은 신경질적으로 시동어를 외쳤다.

“워프—!”

제46장

메탈리언

데미안과 일행들이 메탈리언을 향해 여행을 시작한 지도 어느 덧 40여 일이 지났다.

그동안 그들 일행이 겪어야만 했던 고초(苦楚)는 이루 말로 다 할 수 없을 정도였다.

스나이벤과의 결투 이후 일행들은 거의 매일 한두 번씩 마물들과 대결을 벌여야 했고, 많을 때는 혈전으로 밤을 꼬박 지샌 적도 적지 않았다. 게다가 마물들의 본거지에 가까워졌는지 그들을 공격하는 마물들의 수도 엄청나게 많아졌다.

처음 일행들은 자신들의 종적이 발각되어 많은 수의 마물들이 공격을 한다고 생각했지만 그런 것 같지는 않았다. 그 점에 안심하기는 했지만 그렇다고 모든 문제가 해결된 것은 아니었다.

여행이 길어지면서 그들이 준비한 식량도 거의 떨어져 갔지만 인적이 끊긴 곳이라 달리 식량을 구할 곳도 없었다. 사냥감이라도 있으면 다행이지만 그런 사냥감을 구하는 것은 하늘에서 별 따기보다 힘들었다. 게다가 황폐한 땅 곳곳에 습지와 늪지가 산재해 있어 일행들의 발걸음을 더욱 힘들게 만들었다.

그런 고난을 겪으며 일행들은 마침내 메탈리언의 외곽에 도착할 수 있었다. 도착한 시각이 한밤중이었기 때문에 일행들은 더 이상의 이동은 무리라고 판단을 하고 그곳에서 야영을 하기로 결정했다.

50명이던 일행들은 이제 파프와 하크, 그리고 예닐곱 명의 사제들이 빠져 마흔한 명이 되어 있었다.

파프와 하크는 자신들의 실력이 데미안 일행들에게 아무런 도움도 되지 못한다는 것을 그동안의 경험을 통해 뼈저리게 느꼈다. 마음 같아서는 일행들과 같이 끝까지 가고 싶었지만 자신들 때문에 일행들에게 피해를 입힐 수는 없는 일이기에 눈물을 머금고 되돌아가기로 결정을 내린 것이었다. 또 신관들 가운데 일곱 명이 체력이 달린다든지, 아니면 아티펙트가 가진 힘이 너무 약해서라든지, 그것도 아니면 공포에 질렸기 때문이라는 이유를 들어 발걸음을 돌렸다.

데미안은 나머지 일행들도 발걸음을 돌렸으면 했지만 더 이상 그들을 설득하는 것을 포기했다. 다만 지하르트를 소멸시키든, 아니면 자신들이 모두 목숨을 잃든 간에 소드 마스터들이나 신관들만은 끝까지 무사했으면 좋겠다는 생각이 들었다.

데미안은 어쩌면 내일 하루가 자신들이 맞이하는 마지막 날이 될지도 모른다는 생각을 하니 일행들을 위해 무엇이든 해야겠다는 생각이 들었다.

야영을 결정하고 말을 멈춘 일행들은 누가 먼저랄 것도 없이 모두 지쳐 쓰러지고 말았다. 그동안 그들이 마물들과 싸우면서 이곳까지 목숨을 잃은 사람 없이 온 것은 거의 기적과도 같은 일이었다.

물론 부상당한 사람은 상당수에 달했다.

제때 상처를 치료했다면 모두 완쾌되었거나 아주 경미한 상처에 불과했을 것이 마물들과 끝없는 전투를 벌이느라 작았던 상처가 이내 덧나 이제는 로빈이 치유의 구슬로 상처를 치료해도 쉽게 낫지 않을 정도가 되었다.

특히 신성력이 조금 약했던 신관들 대부분은 거의 기절하기 일보 직전의 상태였다. 나름대로 수련 생활을 한다고는 하지만 거의 매일같이 마물들과 싸워야 하는 지금과는 비교도 할 수 없었을 것이다.

상처는 고사하고 육체적으로 쌓인 피로조차 풀지 못해 쓰러져 잠이 들기 일쑤였다.

일행들이 여기저기 쓰러져 잠들어 있는 것을 본 데미안은 안쓰러운 마음이 들었지만 고개를 세차게 한번 흔들고 라일을 바라보았다.

라일은 얼마 전 데미안에게 목숨을 잃은 스나이벤의 마검인 다크 문을 가슴에 꼭 끌어안고 있었다. 보통 사람 같으면 당장 그 마력에 정신을 제압당해 미쳐 버렸을 테지만 라일은 오히려 다크 문에게서 상당한 마력을 흡수할 수 있어 그의 검술 실력을 한 단계 높이는 결과를 가져왔다.

그래서인지 어둠 속에서 빛나는 그의 붉은 안광이 더욱 크고 밝아진 것처럼 보였다.

"스승님, 잠시 다녀올 곳이 있습니다. 잠시 이들을 지켜주십시오."

"알았다."

라일의 대답과 함께 데미안은 어둠 속으로 사라졌다.

다음날 아침.

일행들은 자신들의 후각을 자극하는 구수한 냄새에 저절로 눈이 떠졌다. 여행을 시작하고 처음으로 맡아보는 식욕 당기는 냄새였다.

자리에서 일어난 일행들은 커다란 두 개의 모닥불에서 지글지글 소리를 내며 익고 있는 멧돼지와 사슴을 발견하고는 황급히 모닥불가로 몰려들었다.

"대체 누가 이걸?"

"데미안이 밤새 준비한 것이네, 데보라 양."

라일의 무뚝뚝한 말에 데보라와 일행들은 쓰러져 자고 있는 데미안의 모습을 물끄러미 바라보았다.

도저히 그 나이 대의 청년이라고는 볼 수 없을 만큼 사려가 깊고 자기 희생 정신이 강한 청년. 소드 마스터들인 자신들도 견디기 힘들 만큼 지쳤는데 남들보다 몇 배 더 움직인 데미안의 피로야 말할 필요도 없지 않은가? 그럼에도 불구하고 일행들을 위해 사냥까지 해오다니…….

소드 마스터들이나 신관들은 자신도 모르게 콧날이 찡해오는 것을 느꼈다. 그리고 그들 만나게 해준 신의 안배에 감사를 드렸다.

잠시 그들이 침묵을 지키고 있을 때 데미안이 기지개를 켜며 일어났다. 그러다 일행 모두가 자신을 바라보고 있는 것을 발견하고는 어색한 표정을 지으며 팔을 내렸다.

"왜 식사를 하지 않으셨습니까? 지금쯤이면 맛있게 익었을 겁니다. 어서 식사를 하시지요."

"싸일렉스 공작, 이것을 어디에서 구했나?"

샤드의 말에 데미안은 머리를 긁적이며 대답했다.

"재수 좋게 근처를 지나는 것을 발견해 잡을 수 있었습니다. 그러니……."

"데미안은 그것을 사냥하기 위해 밤새 이 주변을 샅샅이 뒤졌소이다."

라일의 뜻하지 않은 말에 일행들의 시선이 그에게 향했고, 데미안의 표정은 더욱 어색하게 변했다.

"아마도 오늘…… 이건 내 생각이지만 어쩌면 지상에서 맞이하는 마지막 날이 될지도 모르겠소."

라일의 그 말에 일행들의 얼굴엔 긴장감이 흘렀다. 그들도 거의 본능적으로 그렇게 느끼고 있었기 때문이다.

"내 정체에 대해 이미 다 알고 있겠지만 다시 한 번 소개를 하겠소. 난 200여 년 전 레토리아 왕국에서 공작의 작위를 가지고 있던 라일 페리우스라고 하오. 지금은 데미안의 스승 자격으로 지금까지 같이 동행해 왔소. 물론 이곳까지 오는 데 많은 우여곡절을 겪었지만 결국 이곳까지 왔소. 이제 남은 것은 지하르트와의 대결뿐이오. 내가 꼭하고 싶었던 말은 다름이 아니라 우리를 돕기 위해 이곳까지 와주신 여러분께 마음 깊이 감사드린다는 것이오."

심각하게 듣고 있던 일행들은 너무나 단순한 라일의 말에 한동안 어이없어했다. 하지만 그의 말이 가슴 깊이 파고들어 마음을 흔드는 것을 막을 수 없었다. 스스로 생각해 봐도 그 말 이상의 말은 생각나지 않았기 때문이다.

"싸일렉스 공작, 이제 와서 이야기하는 것이지만 나 역시 공작에게 감사하다는 인사를 하고 싶었소. 내가 싸일렉스 공작을 만난 지 10년이 넘었지만 언제나 공작의 도움만을 받는구려. 이번 역시 마찬가지고. 하지만 마신과 싸울 수 있는 기회를 준 공작에게 감사하고 싶소."

"나 역시 싸일렉스 공작을 만나게 되어 영광이었소. 게다가 뮤란 대륙을 구하는 이런 성전(聖戰)에 참가할 수 있어 더욱 영광이오. 오늘 공작에게 얼마나 도움이 될지는 모르지만 최선을 다하겠소."

샤드에 이어 미나스 역시 데미안에게 정중하게 고개를 숙였다. 아니, 그 자리에 있던 다른 소드 마스터들과 모든 신관들이 같이 감사의 인사를 했다.

일행들은 데미안에게 감사의 인사를 했지만 데미안이 듣기에는 마치 마지막 유언처럼 들려 가슴이 답답해졌다.

"싸일렉스 공작 각하, 오늘 일의 승패와는 상관없이 이 싸움에 참가하게 되어 정말 고맙게 생각합니다. 그리고 뮤란 대륙의 모든 사람들을 대신해 감사를 드리겠습니다."

프레드릭마저 감사의 인사를 하자 데미안의 얼굴은 더욱 어색하게 변했다.

"저어, 고기가 다 타겠습니다. 일단 식사부터 하도록 하십시오."

데미안의 말에 일행들은 각자 먹을 만큼의 고기를 잘라 식사를 시작했다. 소드 마스터들은 그들끼리, 신관은 신관들끼리 모여 식사를 했다.

데미안은 동료들과 식사를 시작했지만 조금 전 나눴던 대화 탓인지 모두들 어두운 얼굴을 하고 있었다. 그런 일행들의 모습이 데미안의 가슴을 아프게 했다.

"저어, 내가 어제 꿈을 꿨는데 우리가 지하르트를 간단하게 처치하는 거였어. 그러니까 틀림없이……"

"데미안님, 말씀 중에 죄송하지만 이 말씀만은 꼭 드리고 싶었습니다. 제가 부모님과 여동생, 그리고 마을 사람들의 복수를 할 수 있었던 것은 모두 데미안님 덕분입니다. 또 능력이 부족했던 제가 이곳까지 오게 된 것도 데미안님께서 보살펴 주시지 않았다면 불가능했을 겁니다. 설사 오늘 제가 목숨을 잃는다고 하더라도 데미안님에 대한 고마움은 절대 잊지 못할 겁니다."

뮤렐의 말에 로빈이 말을 이었다.

"저 역시 뮤렐 형과 같은 생각입니다. 신을 모시는 사제로서 모자란 것이 많은 제가 여기까지 무사히 올 수 있었던 것도 따지고 보면 데미안님과 여러분들께서 절 보살펴 주셨기 때문입니다. 오늘 어떤 결과를 맞이하든 데미안님과 여러분들께서 그동안 저에게 보여주셨던 온정에 감사를 드립니다."

두 사람의 말에 그렇지 않아도 침울하던 분위기는 더욱 침울하게 변했다. 어느 누구도 입을 열지 않는 분위기에서 입을 연 사람은 헥터였다.

"제가 데미안님과 만난 지도 벌써 여러 해가 지났군요. 어찌 보면 데미안님과 함께 싸일렉스를 떠나면서부터 여행이 시작되었는지도 모릅니다. 데보라님을 만나고, 라일님을 만나고, 또 레오님과 뮤렐, 로빈을 만나 일행이 되었습니다. 그동안 많은 사건이 있었습니다만 모두가 힘을 합쳤기에 위기에서 벗어날 수 있었습니다."

평소의 헥터답지 않게 계속 말을 이었다.

"그러나 오늘 지하르트와의 싸움에서는…… 어쩌면 저희가 이
길 수 없을지도 모릅니다만 저희가 다시 한 번 힘을 합친다면 틀
림없이 지하르트를 막아낼 수 있을 거라고 생각합니다. 그리고 데
미안님."

"응."

"데미안님과의 여행, 정말 즐겁고, 행복하고, 보람찬 여행이었습
니다. 아마 제가 살아온 날 가운데 가장 즐거웠던 시간으로 기억
될 겁니다. 고맙습니다, 데미안님."

'나 역시 그랬어.'

하지만 데미안은 그 말을 할 수 없었다. 만약 그 말을 하게 된
다면 일행들의 죽음을 기정사실로 인정하는 것 같았기 때문이다.
그런 데미안의 마음을 아는지 곁에 있던 데보라가 그의 어깨를
어루만져 주었다.

"데미안, 조금 전 네가 했던 꿈 이야기대로 우리는 오늘 승리할
거야. 그러니 인상을 펴. 지금 네 모습은 전혀 너답지 않아."

"하지만 데보라……."

"꽤 긴 여행이었어. 내 욕심으로는 여기 있는 사람들과 다시 한
번 더 긴 여행을 하고 싶지만 나 역시 오늘이 마지막이 아닐까 하
는 생각이 들어. 이봐, 데미안. 인상 풀라니까. 한마디만 더 할게.
데미안, 널 사랑해. 지금도 사랑하지만 앞으로도 영원히 널 사랑할
거야. 그리고 널 만나게 해주신 아레네스에게 진심으로 감사드려."

말을 마친 데보라는 갑자기 데미안에게 길고 정열적인 키스를
했다. 데미안은 처음엔 깜짝 놀랐지만 곧 그녀의 얼굴을 감싸며
열렬한 키스를 했다.

두 사람은 한참의 시간이 지나서야 떨어졌다.

평소 같으면 얼굴이 시뻘겋게 변했을 두 사람이지만 마지막일지도 모르는 상황 때문인지 그저 담담한 미소를 지으며 서로의 얼굴을 바라보고 있었다. 그런 두 사람의 손은 꼭 움켜쥐어져 있었다.

"앞으로는 쉴 시간도 없을지 모르니까 식사 후에 충분하게 쉰 다음 출발하도록 하자고."

데미안의 말에 일행들은 고개를 끄덕이고는 서둘러 식사를 마친 후 휴식에 들어갔다.

＊　　　　＊　　　　＊

"뭐라고?!"

휘이익─!

지하르트의 분노에 찬 음성이 들리고 실내는 그의 몸에서 뿜어져 나온 엄청난 마력 때문에 주위의 모든 것이 부르르 진동을 일으켰다.

보고를 하러 왔던 피아나는 바닥에 바짝 엎드려 두려움에 부들부들 떨고 있었고, 홀의 한쪽 벽에 서 있던 마브렌시아도 온몸을 조여드는 압박감 때문에 제대로 숨을 쉬기조차 힘들 정도였다.

"피아나, 이리 오너라."

지하르트가 손을 뻗자 바닥에 엎드려 있던 피아나의 몸이 둥실 떠오르더니 지하르트를 향해 날아갔다. 하지만 날갯짓을 하며 거부하는 그녀의 모습으로 보아 그녀가 원해서 지하르트 쪽으로 날아간 것은 아닌 듯했다.

날아온 피아나의 목을 움켜쥔 지하르트는 그녀를 자신의 얼굴

가까이로 끌어당겼다.

"그 보고를 왜 이제야 하는 것이지?"

"펴, 평소 지상에 내려가 있는 군단장들에게 연락을 취하려고 해도 그들이 거부하면 달리 연락할 방법이 없었기 때문이었습니다. 이번에도 연락이 되지 않기에 평소처럼 그들이 고의적으로 응답을 하지 않은 줄 알고…… 크윽."

호흡 곤란 때문인지, 아니면 지하르트의 몸에서 뿜어지는 엄청난 마력 때문인지 피아나의 얼굴은 당장 시뻘겋게 변했다. 하지만 지하르트는 그녀의 목을 움켜쥔 손에 힘을 빼지는 않았다.

"그러니까 네 말은 군단장 녀석들이 협조를 하지 않아서 늦게 알았다 그런 말이냐?"

"그, 그렇습니다. 큭─!"

"빌어먹을 놈들."

신경질적으로 말을 내뱉은 지하르트는 그대로 피아나를 바닥에 팽개쳤다. 신음을 흘리던 피아나는 황급히 일어나 다시 무릎을 꿇고 머리를 조아렸고, 그런 그녀를 향해 지하르트가 짜증이 섞인 음성으로 물었다.

"다시 한 번 상세하게 보고를 해봐라."

"군단장들의 지상 활동을 정기적으로 보고받고 있었습니다만 몇몇 군단장들은 전혀 보고를 하지 않았습니다. 해서 은밀하게 그들의 행적을 조사하던 중 그들이 누군가와 싸운 것으로 보이는 흔적을 발견할 수 있었습니다. 싸운 흔적과 행방불명이 된 군단장, 이 두 가지의 연관성을 따지다 보니 혹시 상대할 수 없을 만큼 강한 적을 만나 그들이 소멸당한 것은 아닐까 하는 생각을 하게 되었습니다."

"너는 그것이 현실적으로 가능하다고 생각하느냐?"

지하르트의 몸에서 다시 검은 오로라가 뿜어져 나와 주위에 엄청난 충격을 주며 홀 안을 휩쓸었다. 그때까지 이를 악물고 버티던 마브렌시아는 더 이상은 견디지 못하고 결국 무릎을 꿇어야만 했다. 하지만 온몸을 짓누르는 압력은 전혀 사라지지 않았다.

"저, 저도 알 수 없는 일이긴 하지만 지하르트님께 대한 충성으로 무장된 그들이 갑자기 모습을 감출 이유가 없다고 보면 조금 전 말씀드린 그런 상황이 그들에게 닥쳤다고밖에 판단할 수 없습니다."

"연락이 끊긴 녀석들은 누구냐?"

"83군단장인 키기모카와 37군단장인 스나이벤, 6군단장인 토리우스, 71군단장인 에브레이즈들입니다."

피아나의 보고에 지하르트는 치미는 분노를 억누르기 힘들었다.

"대체 어떤 놈들이냐?"

지하르트의 질문에 무릎을 꿇고 있던 마브렌시아는 곰곰이 생각해 보았지만 누가 그들을 소멸시킨 것이지 전혀 짐작할 수 없었다.

테미안과 그 동료들이 마신들을 처치했다는 생각은 아예 젖혀 놓았기에 그녀는 카르메이안이 다른 드래곤들과 함께 힘을 합쳐 마신을 상대한 것은 아닐까 하는 생각을 했다.

그러면서도 자신이 카이시아네스에게 분명 드래곤들이 피아나와 데자베로스에게 제압당하는 장면을 전하라고는 했지만 전했을지도 의문이었고, 또 카르메이안이 순순히 자신의 말대로 움직일지도 의문이었다. 하지만 지상에서 하급이나 중급 마신인 군단장급의 마신들을 상대할 수 있는 자는 카르메이안과 다른 드래곤

외에는 있을 수 없다고 생각했었다.

"제가 조사를 한 것에 의하면 놀랍게도 한 무리의 인간들로 밝혀졌습니다."

"뭐? 그럼 인간 따위가 군단장들을 소멸시켰단 말이냐?"

"예, 그런 것으로 짐작되옵니다."

조금 전까지 치미는 분노를 참지 못하던 지하르트는 갑자기 호기심 어린 얼굴로 자리에 앉았다. 그들의 이야기를 듣고 있던 마브렌시아는 깜짝 놀랐다가 황급히 고개를 숙여 놀란 얼굴을 감추며 조용히 귀를 기울였다.

"좀 더 자세하게 이야기해 봐라."

"잠깐 이것을 보아주십시오. 다크 이미지―!"

피아나의 짧은 시동어에 지하르트 앞에 데미안과 일행들의 모습이 비쳤다. 데미안과 데보라, 뮤렐, 헥터, 라일, 로빈, 레오, 그리고 네로브의 모습이 실물 크기로 생생하게 보였다.

"이것들이 군단장들을 해치웠다는 인간들이냐?"

"그렇습니다, 지하르트님."

피아나가 공손히 고개를 숙이자 한쪽 편에 엎드려 있던 마브렌시아는 피아나의 몸 너머로 보이는 데미안 일행의 모습을 발견하고는 깜짝 놀라 자신도 모르게 고개를 숙였다.

군단장급에 해당되는 마신들은 자신도 상대하기 어려운 존재들인데 대체 인간에 불과한 데미안과 일행들이 어떻게 그들을 소멸시킬 수 있었던 것인지 의문이 아닐 수 없었다.

데미안들의 모습을 유심히 살피던 지하르트는 평범하기 이를 데 없는 인간들이 자신의 부하를 소멸시켰다는 것을 도저히 믿을 수가 없었다. 의구심을 감추지 못하던 지하르트의 눈에 그들이 들고 있는 무기가 보였다. 그리고 평범해 보이는 그들의 무기에서 분명 신의 기운을 느낄 수 있었다.

지하르트가 이상하다는 눈빛으로 피아나를 바라보자 피아나는 머리를 바닥에 붙이며 입을 열었다.

"이해할 수는 없지만 그들은 저희들과는 극성인 신성력을 가진 무기를 가지고 있었습니다. 아마도 우연한 기회에 신성력을 지닌 무기를 습득한 것 같습니다만 그들이 어떤 방법으로 군단장들을 소멸시킨 것인지는 알 순 없습니다."

'역시 신의 무기가 가지고 있는 어떤 힘이, 내가 찾지 못한 바로 그 힘이 인간들에게 마신을 소멸시킬 수 있는 힘과 능력을 준 것이 틀림없어.'

마브렌시아는 자신의 생각이 틀림없을 것이라고 생각했다.

그때였다.

"흐흐흐, 인간들이 단지 신성력이 있는 무기를 가졌기 때문에 군단장들을 소멸시킬 수 있었단 말이지. 크하하하!"

나직하게 중얼거리던 지하르트는 통쾌하다는 듯 웃음을 터뜨렸다. 하지만 그의 웃음은 어느 한순간에 그쳤다.

"현재 그들의 위치는?"

"조사한 것에 의하면…… 과거 뮤란 제국의 수도였던 메탈리언으로 향하고 있다고 합니다."

"메탈리언이라고?"

지하르트는 자신이 있는 아공간과 연결시켜 놓은 메탈리언으로 데미안 일행이 향하고 있다는 말에 기가 막히다는 듯 입을 열었다.

"그렇습니다."

"지금 메탈리언을 맡고 있는 군단장은 누구냐?"

"몽쿠리아와 베네트리온, 카디에르, 르베르발, 포루자 등 총 다섯 명의 군단장이 있고, 현재 지하르트님께서 거처할 왕궁을 짓고 있습니다."

"그래? 내 직접 가서 과연 그들이 얼마나 대단한 존재들인지 확인하겠다."

"예에? 그 따위 하찮은 인간들을 지하르트님께서……."

"닥쳐라! 넌 한발 앞서 군단장들에게 나의 강림을 알려라. 그리고 저년과 함께 드래곤들도 데리고 가도록 해라."

"아, 알겠습니다."

"아니다. 같이 가도록 하지."

"곧 준비하도록 하겠습니다."

공손하게 절을 한 피아나는 그때까지 정신을 차리지 못하고 있던 마브렌시아를 끌고 지하르트의 면전에서 물러섰다.

"흐흐흐, 고작 신의 기운이 서린 무기를 가졌을 뿐인데 인간 주제에 내 노예들을 죽이는 것이 가능하단 말이지? 좋아, 얼마나 대단한 능력을 가졌는지 내 눈으로 직접 확인해 주마. 그러나 세상이 내 손에 들어온다는 사실은 변함이 없다는 것을 너희 쓰레기 같은 신들은 알고 있는가? 크하하하—!"

득의만만한 지하르트의 웃음소리는 끝없이 이어졌다.

＊　　　　＊　　　　＊

메탈리언으로 향하던 데미안 일행은 처음 메탈리언이 황폐한 건물의 잔해들이 사방에 널려 있는 폐허가 자신들을 맞이할 것으

로 생각했었다. 하지만 그들의 눈에 비친 광경은 그들의 예상을
철저히 벗어난 것이었다.

도저히 5,000년도 넘는 세월이 지났다고는 믿을 수 없을 만큼
장엄하고, 웅장하고, 또 아름답게 잘 정리된 모습이었다.

지금 그들이 들어선 곳이 아마 메탈리언의 남쪽 성문인 것 같
았는데 그 넓이가 무려 7, 80미터는 족히 될 듯 보였다. 또 그들이
지금 딛고 서 있는 도로만 하더라도 가로세로가 40센티미터쯤 되
는 정사각형의 돌들이 조금의 빈틈조차 발견할 수 없을 만큼 정
밀하게 맞물려져 있었다. 제아무리 무거운 마차가 지난다고 하더
라도 흠집조차 내지 못할 것 같았다.

단순히 그 정도였다면 그리 놀라지는 않았을 것이다. 착색을 한
것인지, 아니면 원래 돌의 색인지는 알 수 없었지만 색색의 돌들
로 거대한 그림을 완성하고 있었다. 워낙 넓은 지역에 펼쳐져 있
어 그 그림이 무엇을 뜻하는 것이지 확인할 수는 없었지만 왠지
경건해지는 기분이 드는 것은 분명했다.

대체 당시에 얼마나 많은 사람들이 살았었는지는 모르지만 보
이는 모든 건물이 대부분 3층 이상이었다. 건물의 상태 역시 만들
어진 지 얼마 되지 않은 듯 깨끗해 보였다.

곳곳에 서 있는 갖가지 동상과 석상들은 아름다운 여인이나 어
린아이의 모습, 전사들의 모습을 조각해 놓은 것이 대부분이었다.
하지만 간간이 부서진 석상이 보여 그 점이 조금 아쉽기는 했다.
게다가 곳곳에 만들어놓은 연못과 분수 가운데 절반가량은 믿을
수 없게 아직도 시원스럽게 물을 뿜어 올리고 있었다.

그 모습에 일행들은 탄성을 터뜨렸다.

"설마 뮤란 제국의 수도였던 메탈리언이 이렇게 아름답고 웅장

할 줄은 상상도 못했군."

"그러게 말입니다. 저 역시 이렇게 웅장한 도시는 처음이군요. 저희 바이샤르 제국의 수도인 로스바인이 뮤란 대륙에서 가장 크고 아름답다고는 하지만 여기 메탈리언에는 비교도 할 수 없군요."

샤드의 말에 미나스도 감탄을 터뜨리며 대꾸했다.

"더욱 놀라운 것은 이미 5,000년의 시간이 지났음에도 불구하고 금방 지어진 듯 보인다는 겁니다. 정말 놀라운 솜씨가 아닐 수 없군요."

"스승님의 말씀처럼 정말 놀라운 곳이군요."

프레드릭의 말에 로빈이 맞장구쳤다.

데미안도 주위의 놀라운 모습이 보이지 않는 것은 아니었지만 그보다는 주위가 너무 조용하다는 것에 더 신경이 쓰였다. 하다못해 바람조차 불어오지 않았다.

그들이 주위의 광경에 신경을 빼앗기며 전진하고 있을 때 로빈이 일행들에게 외쳤다.

"뭔가 사악한 기운이 몰려오고 있어요! 모두 조심하세요!"

갑작스런 로빈의 말에 일행들은 황급히 자신의 무기를 빼 들었다. 드디어 최후의 결전이 시작된다는 생각이 들어서인지 모두들 딱딱하게 굳은 표정들이었다.

쿵! 쿵! 쿵!

지축을 울리는 소리와 함께 저 멀리서 검은 그림자가 일행들 쪽으로 다가오는 것이 보였다. 대체 얼마나 거대하기에 이렇게 지축을 울리는 것인지… 일행들이 잔뜩 긴장하고 있을 때 그들의 눈에 믿을 수 없이 거대한 몸집을 가진 거인의 모습이 보였다.

그 모습을 발견한 프레드릭의 입에서 신음 같은 음성이 흘러나왔다.

"사이클롭스Cyclops!"

"전설에서 전해지는 외눈박이 몬스터 사이클롭스?"

"하지만 저렇게 크다니……."

사람들은 자신들 앞에서 걸음을 멈춘 거대한 사이클롭스의 모습에 숨을 들이켰다.

발끝에서 머리끝까지의 높이가 무려 10미터에 달했고, 옷이라곤 아랫도리를 가린 한 장의 가죽이 전부였지만 드러난 살은 검붉은 색을 띠고 있어 상당히 단단하게 느껴졌다.

사이클롭스의 가장 큰 특징은 역시 외눈박이 눈.

크기가 50센티미터 이상 되어 보이는 커다란 눈으로 데미안 일행들을 노려보는 동안 사이클롭스의 뒤를 따라온 괴상한 몰골의 마물들이 금방이라도 일행들을 덮칠 것처럼 거친 숨결을 토해내고 있었다.

일행들이 팽팽하게 긴장하고 있을 때 사이클롭스의 입이 열렸다.

"잡스런 존재에 불과한 인간들이 마신의 위대한 대지에 감히 발을 들여놓다니……. 나 카디에르가 네놈들을 모두 사로잡아 위대하신 지하르트님의 제물로 삼아주마."

말과 함께 처든 배틀 엑스는 웬만한 집의 담벼락만큼이나 거대한 것이었다. 그 모습에 서로 눈빛을 주고받은 소드 마스터들이 일제히 앞으로 달려나갔다. 그와 동시에 신관들은 아티펙트를 쥔 손을 가슴 앞으로 모아 커다란 방어막을 만들어냈다.

데미안 일행들도 자신들을 향해 달려드는 마물들을 막기 위해 둥글게 원형으로 늘어섰다. 순간 라일이 앞으로 달려나갔다. 그런 라일의 행동에 데미안은 그의 행동이 너무 성급하다고 느끼고 그를 제지하려 했다.

며칠 전, 그러니까 데미안이 스나이벤을 물리치고 난 후 스나이벤의 마검인 다크 문을 가지고 난 후부터 라일의 행동이 이상하게 변했다는 것을 느끼고 있었던 것이다. 하지만 데미안의 행동보다는 라일의 행동이 더욱 빨랐다.

그가 달려오는 마물들을 향해 다크 문을 휘두르자 마치 검기처럼 검은 연기 같은 것이 마물들을 향해 날아갔다. 그 검은 연기에 적중된 십여 마리의 마물들은 일제히 폭발을 일으키며 산산조각이 나 사방으로 날아갔다.

자신의 예상보다 더욱 강한 다크 문의 파괴력에 라일은 만족스러운 듯 사방의 마물들을 향해 마구 검을 휘둘렀다. 그의 검에 닿는 마물들은 일순간에 말라 먼지로 변하거나 폭발해 사방으로 날아갔다.

갑자기 미친 듯이 움직이는 라일의 행동에 데미안과 일행들은 놀라움을 감추지 못했다.

이스턴 대륙에서 돌아온 이후로 그렇지 않아도 평소 말이 없던 사람이 며칠 전부터 더욱 말이 없어졌기에 일행들은 은근히 신경을 쓰고 있었다. 특히 며칠 전 다크 문을 얻고 난 후부터는 단 한 마디도 하지 않았다가 오늘에서야 입을 연 것이다. 그리고는 이런 모습을 보여주니 일행들이 놀라지 않을 수 없었다. 게다가 공격을 하면 할수록 힘이 나는 듯 파괴력은 갈수록 커져 갔다.

한편 카디에르를 공격한 샤드와 지오르니와 미나스는 상대편 살가죽의 단단함에 고개를 내저었다. 상처는커녕 신성력이 실린 검이 카디에르의 팔과 다리를 공격할 때마다 생기는 마력과의 반발력 때문에 오히려 손목이 시큰거릴 정도였다.

사이클롭스의 약점이 하나뿐인 눈이라는 것을 모를 소드 마스터들은 아니었지만 그 눈을 공격하는 것이 그리 간단한 일은 아니었다.

사이클롭스가 움직일 때마다 몰아치는 바람은 그들의 몸조차 뒤로 밀어내고 있었고 이가 갈릴 정도로 두꺼운 그의 피부는 소드 마스터들의 검을 너무나 간단히 퉁겨내고 있었기 때문이다.

그런 반면 체로크와 나머지 소드 마스터들, 그리고 신관들은 밀려드는 마물들을 상대로 상당히 효율적으로 상대하고 있었다. 하지만 그들은 여전히 마물들에게 포위된 상태였고, 마물들에게 위협을 당하고 있는 것만큼은 사실이었다.

이곳 메탈리언에서 최후의 결전이 벌어진다는 것을 알고 온 데미안으로서는 한시라도 빨리 상대들을 해치우고 전력을 보전해야만 했다. 앞으로도 얼마나 많은 마물들이 쏟아져 나올지 전혀 모르는 상황, 그리고 마지막에는 레드 드래곤 마브렌시아조차 당하지 못했던 지하르트가 등장할 것이란 사실을 누구보다 잘 알고 있었다.

눈앞에서 샤드 등과 함께 카디에르를 공격하고 싶은 것을 억지로 참으며 데보라와 일행들은 네로브를 중심으로 주위에서 몰려드는 마물들에게 공격을 퍼붓고 있었다. 지금이라도 당장 카디에르에게 신의 무기로 퍼부을 수 있는 최강의 공격을 하고 싶었지만 지금 힘을 썼다가 정작 지하르트가 나타났을 때 아무것도 할 수 없을 것을 염려해 이를 악물 수밖에 없었다.

샤드와 지오르니, 그리고 미나스의 공격을 받던 카디에르는 머리끝까지 분노가 치밀었다. 하지만 너무나도 빠른 그들의 움직임을 잡기에는 그의 덩치가 너무 컸고, 동작도 너무 커 상대에게 몸을 피할 수 있는 충분한 여유를 주었다.

도저히 육체적인 싸움으로는 그들을 잡을 수 없다고 판단한 카디에르는 무기를 들지 않은 왼손을 앞으로 뻗었다.

"디스토르션 스페이스Distortion Space!"

그러자 카디에르의 전면에 검은 안개가 피어나며 샤드 등 세 사람의 몸을 눈 깜짝할 사이에 휘감았다. 검은 연기에 휘감긴 세 사람은 잠시 주위를 두리번거리더니 아무것도 없는 빈 공간을 향해 마구 검을 휘두르기 시작했다.

데미안이 보기에 카디에르가 만든 왜곡된 공간에 갇혀 샤드나 지오르니들이 지독한 환상에 시달리는 것 같았다. 저대로 놔둔다면 탈진은 물론이고 서로의 검에 목숨을 잃을 것만 같았다.

빠른 시간 내에 결심을 굳힌 데미안은 즉시 왼손에 끼고 있던 쿠로얀에게 자신의 마나를 보냈다.

"디바이드 셀프!"

몸이 두 개로 나뉘어지자마자 데미안은 카디에르를 향해 달려갔다. 지면을 박차는 순간 그의 몸은 수직으로 치솟았고, 데미안은 카디에르의 왼팔이 점점 가까워지는 것을 확인하고는 그대로 미디아를 휘둘렀다.

툭—

믿을 수 없게도 잘려 나가리라 생각했던 카디에르의 팔은 상처는 고사하고 생채기조차 생기지 않았다. 하지만 미디아에 실린 신성력에 의한 충격 때문에 카디에르는 고개를 돌려 데미안을 노려보고는 왼손으로 옮긴 배틀 엑스를 휘둘렀다. 그러나 그보다 먼저 데미안은 그의 어깨를 박차고 다시 위로 공중제비를 넘으며 몸을 날렸다.

아슬아슬하게 배틀 엑스가 데미안의 몸을 스쳐 지나갔고, 머리가 밑으로 향한 데미안의 눈에 카디에르의 얼굴이 보였다. 데미안은 그 순간을 놓치지 않고 미디아에 힘껏 마나를 집어넣고는 카디에르의 귓속으로 꽂아 넣었다.

"슈팅 스타—!"

퍽— 쾅!

"크아악!"

데미안의 외침과 섬광, 카디에르의 처절한 비명 소리, 그리고 사방으로 흩날리는 시커먼 핏줄기.

그 소리에 깜짝 놀란 소드 마스터들과 신관들이 소리가 들린 쪽으로 고개를 돌렸고, 자신의 눈에 비친 광경에 놀람을 감추지 못했다.

카디에르의 머리가 그대로 날아가 버린 것이다. 그럼에도 불구하고 카디에르의 손에 들린 배틀 엑스는 끝없이 사방을 난도질하고 있었다.

카디에르의 머리가 날아가는 순간 그가 만든 결계는 해제되었고, 결계 안에 갇혀 있던 샤드와 지오르니들은 겨우 결계에서 빠져나올 수 있었다. 그들이 일행들에게로 돌아왔을 때에도 머리를 잃은 카디에르는 사방을 향해 배틀 엑스를 휘두르고 있었다.

카디에르의 손에 들린 배틀 엑스는 건물이든 마물이든 가리지 않고 모조리 두 쪽으로 갈랐다.

일행들과 뒤로 멀찍이 피한 데미안은 머리가 날아간 카디에르가 계속해서 움직이자 놀란 눈으로 바라보았다. 설마 머리가 날아가고도 쓰러지지 않고 움직일 수 있을 줄은 상상도 못했기 때문이다.

그대로 두었다간 일행들에게 위험이 될 것만 같았다. 한편 데미안과 일행들을 위협하던 마물들도 카디에르의 배틀 엑스를 피해 물러서서 광란하는 그의 모습을 두려움이 섞인 눈으로 바라보고 있었다.

언제 쓰러질지 모르는 카디에르를 계속 지켜보고만 있을 수는 없는 일이었다. 미디아를 움켜쥔 데미안은 다시 한 번 카디에르를 향해 달려갔다.

자신을 공격하는 데미안의 존재를 깨달은 것인지, 아니면 우연인지 순간 데미안의 머리를 향해 거대한 배틀 엑스가 날아들었다. 재빨리 댄싱 스텝으로 피한 데미안은 그의 어깨를 향해 몸을 날렸다.

그런 데미안에게 지면에 박힌 배틀 엑스를 뽑으려고 몸을 숙이는 카디에르의 상체가 보였다. 그리고 조금 전 자신의 공격에 박살이 난 그의 목 역시 드러났다.

레비테이션 마법으로 허공에서 몸을 멈춘 데미안은 그대로 그 목을 향해 미디아를 찔러 넣었다. 그리고는 다시 한 번 슈팅 스타를 날렸다.

"슈팅 스타!"

미디아의 끝에서 분명히 뭔가가 날아간 것을 확인하는 순간 데미안은 자신을 향해 날아오는 카디에르의 손을 발견했다. 생각할 겨를도 없이 그의 어깨를 박차고 허공으로 치솟아오른 데미안은 자신의 곁을 스치고 카디에르의 목으로 내려꽂히는 수십 개에 달하는 불의 창을 발견할 수 있었다.

"파이어 랜스!"

쾅쾅쾅!

공중에서 몸을 멈춘 데미안은 그제야 카디에르를 향해 누바케인을 겨누고 있는 뮤렐의 모습을 발견할 수 있었다. 수십 개의 파이어 랜스를 날린 뮤렐은 숨을 몰아쉬면서도 조심스런 눈길로 카디에르의 모습을 살피고 있었다.

전신이 불길에 휩싸인 카디에르는 몹시 괴로운 듯 지면을 뒹굴고 있었다. 그도 그럴 것이 일반적인 불이라면 그에게 아무런 위협도 될 수 없을 테지만 뮤렐이 날린 파이어 랜스는 라포이네의 신성력이 그대로 담겨져 있었던 것이다.

카디에르의 몸을 이루고 있던 암흑의 힘이 신성력이 담긴 불길에 의해 조금씩 바스러지고 있었다. 조금씩 작아지던 카디에르의 몸은 결국 한줄기 검은 연기로 변해 불어오는 바람에 날려가 버렸다.

그 모습을 발견한 마물들은 일제히 비명을 지르며 메탈리언의 중심을 향해 달아나 버렸고, 일행들은 그제야 안도의 한숨을 쉬면서 휴식을 취할 수 있었다.

큰 싸움 없이 지하르트의 부하를 없애자 소드 마스터와 신관들 가운데 일부는 처음과는 달리 지하르트의 부하는 물론 지하르트조차 우습게 보기 시작했다. 조금 전 카디에르가 데미안과 뮤렐에게 별다른 반항도 못하고 소멸당하는 것을 봤기 때문에 그런 경향이 더욱 심했다.

하지만 그런 사람들과는 달리 샤드와 지오르니, 그리고 미나스는 조금 풀이 죽어 있었다. 만약 조금 전 데미안이 카디에르의 머리를 날려 자신들을 가둔 디스토르션 스페이스를 해제하지 않았다면 서로를 향해 검을 휘둘렀을지도 모른다는 사실을 깨달았기 때문이다.

칠흑처럼 어두운 공간 속에서 자신을 공격하는 정체 모를 존재들. 소드 마스터 중급에 이른 그들로서도 전혀 대처 못할 상황이었다. 자신을 공격하는 존재들에게 반격은 고사하고 방어밖에, 아니, 방어만 겨우 할 수 있었다.

자신이 눈을 감고 있는 것인지, 아니면 뜨고 있는 것인지 구별할 수 없는 곳. 마치 자신이 검술을 익히기 이전의 시절로 돌아가 동굴 안에 갇힌 것 같은 생각에 샤드나 다른 두 사람은 치미는 본능적인 두려움을 느껴야만 했었다.

샤드는 당장이라도 웃고 떠드는 신관들에게 주의를 주려고 했지만 끝내 입을 열지 못했다. 데미안의 제지도 있었지만 그들에게 괜한 두려움을 주어 긴장하게 만들 것 같은 생각이 들었기 때문이다.

그러는 동안 뮤렐은 자신이 만든 신성탄을 신관들에게 나누어 주고 있었다. 하지만 마법사 복장을 하고 있는 뮤렐을 바라보는 신관들의 눈길은 그리 곱지 않았다. 신을 믿음으로써 생긴 신성력을 여러 사람들을 위해 사용하는 자신들과는 달리 개인적인 목적을 위해서 마나를 사용하는 마법사들이 달가울 리 만무했기 때문이다.

물론 뮤렐도 그런 신관들의 눈길을 느끼지 못했을 리 없지만 자신들의 일을 돕기 위해 이렇게 먼 곳까지 와준 그들이기에 그런 그들의 눈길을 미처 발견하지 못한 척하며 신성탄을 나누어 주었다.

조금 전엔 너무도 갑작스럽게 카디에르와 마물들이 등장했기 때문에 일행들에게 미처 신성탄을 나눠 줄 시간도 없었다.

그동안 뮤렐이 만든 신성탄은 200여 개쯤 되었다. 하지만 사람들에게 골고루 나누어 주고 나자 불과 20여 개밖에 남지 않았다. 그것을 다시 네로브와 로빈과 나누어 가졌다.

일행들이 충분히 쉰 것을 확인한 데미안은 이동을 제의했고, 사람들은 다시 메탈리언의 중심을 향해 이동을 시작했다.

그들이 약 1킬로미터쯤 전진했을 때 그들은 자신들의 앞을 가로막은 거대한 건물을 발견했다. 끝도 없이 이어진 담은 까마득히 먼 곳까지 뻗어 있었다. 일행들은 오른쪽과 왼쪽으로 뻗은 대로(大路) 가운데 한쪽을 선택해야 했다.

잠시 망설이던 일행들은 곧 오른쪽 대로를 선택해 이동을 하기 시작했다. 어느 쪽을 선택하든 메탈리언의 중심으로 향해야 하는 이상 일행들에게는 달라질 것이 없었다.

50미터가량의 폭을 가진 잘 정비된 도로를 걷던 일행들은 주위를 구경하기 바빴다. 비록 사람의 모습은 보이지 않았지만 제각기 독특한 아름다움을 간직한 건물들의 멋들어진 모습을 발견할 수 있었다.

샤드와 지오르니의 주의 때문인지 긴장하는 소드 마스터들과는 달리 신관들은 주변 경관의 아름다움에 정신이 팔려 있었다. 게다가 몇몇 신관들은 품에서 작은 종이를 꺼내 뭔가를 열심히 적고 있었다.

완전 폐허로 변한 줄 알고 있었던 메탈리언이 이렇게 아름다운 모습을 하고 있을 줄은 상상도 못했기에 감격해하는 신관들의 기분을 데미안이 이해하지 못하는 것은 아니었다. 하지만 엉뚱한 곳에 정신을 팔고 있는 그들의 모습을 보는 기분이 유쾌할 수는 없었다.

뭔가를 열심히 적던 신관들 가운데 하나가 웃음을 터뜨리며 대

로변에 있던 가옥 중 하나의 문을 열려고 하는 모습이 데미안의
눈에 띄었다.

"조심……!"

퍽!

데미안의 말이 끝나기도 전 신관의 몸은 들어갔을 때보다 훨씬
빠른 속도로 퉁겨져 나왔다. 그런 그의 몸에는 머리가 사라지고
없었다.

케케케!

키익!

킥킥킥—!

귓전을 자극하는 소리와 함께 일행들의 머리 위로 헤아릴 수
없이 많은 마물들이 쏟아져 내렸다.

갑작스런 공격 탓일까? 신관들은 당황하며 주위로 피하기 바빴
고, 소드 마스터들은 정신없이 움직이는 신관들 때문에 제대로 검
을 휘두를 수조차 없었다.

그 모습을 발견한 뮤렐은 가지고 있던 신성탄 가운데 세 개를
집어 들어 일행들의 머리 위로 던졌다.

펑!

그리 작지 않은 소리와 함께 신성탄은 공중에서 폭발을 했고,
적지 않은 양의 성수를 주위에 뿌렸다. 소드 마스터들이나 신관들
에게는 별다른 영향이 없었지만 성수를 뒤집어쓴 마물들은 몸에
서 검은 연기를 피워 올리며 맹렬하게 타 들어갔다.

개중에 체격이 작은 마물들은 그대로 불이 붙어 일행들의 시야
에서 소멸되어 버렸고, 덩치가 커다란 마물들은 지독한 통증을 느
끼는지 괴성을 지르며 바닥을 미친 듯 뒹굴었다.

비록 짧은 순간이었지만 소드 마스터들이나 신관들이 정신을 차릴 시간은 충분했다.

그들이 원형으로 등을 맞대고 서는 사이에서도 마물들은 곳곳에서 끝없이 쏟아져 나왔다. 50미터는 족히 될 듯 넓어 보였던 대로가 어느새 마물들로 넘쳐 났다. 일행들이 겨우 대응을 하기 시작했을 때 이를 악문 데보라가 지면에 아로네아를 꽂았다.

"웨이브 어택!"

그리고 10여 초 후 사방에서 잘 정비된 보도블록을 날려 버리며 세찬 물줄기가 치솟기 시작했다. 거의 높이 10여 미터까지 치솟은 분수는 주위를 물바다로 만들어 버렸고, 그 물에 닿은 마물들은 비명을 지르며 뒤로 도망쳤다.

그 물에 아레네스의 신성력이 포함되어 있다는 것을 알았기 때문이다. 동작이 느린 상당수의 마물들이 물속에서 녹아내리는 모습을 그들은 공포가 서린 눈으로 바라보고 있었다.

그 모습에 안심하던 데미안은 문득 라일이 생각나 그의 모습을 찾았지만 그의 모습은 어디에도 보이지 않았다. 설마 하는 생각에 주위를 두리번거리던 데미안의 눈에 마물들의 무리 속에서 토막 토막 난 마물들의 잔해가 허공으로 치솟는 것이 보였다.

간간이 휘날리는 검은 망토는 그 존재의 정체가 라일임을 가르쳐 주었다. 지금 라일의 모습은 검은 폭풍과 흡사했다. 그의 앞을 가로막는 것은 그것이 무엇이든 모조리 두 쪽으로 가르고 있었다.

두려움을 모르는 마물들도 라일과 그가 들고 있는 검인 다크 문만은 두려운지 도망치기 바빴다. 하지만 사방에서 밀려드는 다른 마물 때문에 달리 도망칠 곳도 없었다.

다크 문을 휘두르던 라일은 다크 문을 통해서 기이한 힘이 자신에게 계속해 전해지는 것을 느끼고 있었다. 처음엔 다크 문이 가지고 있는 마력이 자신에게 전해지는 것으로만 생각했었지만 곧 그것이 자신의 손에, 아니, 다크 문에게 목숨을 잃은 마물들의 마력이라는 것을 깨달을 수 있었다.

자신이 목숨을 잃든, 아니면 마신 지하르트를 소멸시키든 지상에 있는 마지막 날을 오늘이라 결심을 했기에 그의 검은 조금의 용서도 없이 마물들의 목을 날리고 몸을 두 토막으로 갈랐다.

검은 사신 같은 라일의 모습에 신관들은 자신도 모르게 각자 자신이 믿는 신의 이름을 중얼거렸다.

"저분에게만 맡길 순 없는 일이지 않소?"

"그럼 슬슬 움직여 볼까요?"

눈빛을 맞춘 소드 마스터들은 일제히 앞으로 달려나갔다. 그리고는 마물들을 향해 사정없이 자신의 무기를 휘둘렀다.

30분 정도의 시간이 지났을까?

마물들의 모습은 감쪽같이 사라졌다. 라일과 샤드 등이 일행들에게 다가올 때 신관들은 목숨을 잃은 신관의 시신을 수습하고 있었다.

신관들이 데미안 일행에 동참한 후 발생한 최초의 희생자였다. 그 시신의 처리를 두고 일행들은 작은 언쟁이 있었다.

앞으로 어떤 위험이 있을지 모르니 그 시신을 두고 가자는 의견과 마물들이 판치는 이런 곳에 그의 시신을 방치한다면 얼마 가지 않아 훼손될 것이 분명하니 가지고 가야 한다는 의견이 팽팽히 맞선 것이다.

물론 도의적으로 따진다면 그의 시신을 수습하는 것이 당연하지만 어쩌면 자신들은 이곳에 뼈를 묻어야 할지도 모르는 상황에서 원리원칙만 생각하는 사람들이 너무나 답답하지 않을 수 없었다. 하지만 데미안은 그런 자신의 생각을 함부로 이야기할 수 없었다.

또 희생자가 생겼다는 사실에 신관들 가운데 몇 명은 의기소침해져 있었다.

"여기서 살아 돌아갈 수 있는 사람은…… 어쩌면 아무도 없을지 몰라."

네로브의 조용하지만 단호한 말에 일행들의 입은 일제히 닫혔다. 그녀의 나이가 일행들 가운데 가장 어릴지는 모르지만 그녀가 아레네스의 축복을 받고 있다는 사실을 모르는 사람은 없었다. 다시 말하자면 지금 그녀가 한 말이 아레네스의 말인지도 모른다는 사실이었다.

"레이디의 그 말은 우리가 이곳에서 모두 목숨을 잃는단 말인가? 아레네스께서 그렇게 말씀하시던가?"

미나스의 조금은 굵은 음성에 네로브는 고개를 저었다.

"아레네스께서 그런 말씀을 직접 하신 적은 없어요. 다만 저희 인간들이 받아야 할 고통이 너무 가슴 아프다는 말씀밖에는."

네로브의 그 말에 일행들은 일제히 입을 다물었다.

그와 동시에 그들의 머리 속에서는 과연 자신이 이곳에서 살아서 나갈 수 있을까 하는 의구심이 들었다. 하지만 어느 누구도 입을 열어 확인하려는 사람은 없었다.

무거운 침묵이 그들의 어깨를 짓눌렀다.

"지금이라도 늦지 않았습니다."

제47장
최후의 결전 I

갑작스런 말에 일행들의 눈길이 일제히 데미안을 향했다.

"방금 네로브가 한 말을 들었다시피 어쩌면 오늘 저희 모두는 이곳에서 목숨을 잃을지도 모릅니다. 그러니 내키지 않는 분들께서는 지금이라도 제발 돌아가십시오."

데미안의 간곡한 말에 소드 마스터들은 담담한 표정을 짓는 반면 신관들 가운데 일부는 갈등하는 기색이 역력하게 보였다. 하지만 서로의 눈치만 볼 뿐 돌아가겠다고 선뜻 말을 꺼내는 사람이 없었다.

그런 신관들의 모습에 프레드릭은 자신도 모르게 눈을 감고 기도를 올렸다.

'라페이시스여! 저들의 나약한 마음에 힘을 주소서. 그리고 일행 모두에게 당신의 가없는 축복을 내려주시옵소서. 그리하여 그들이 자신 앞에 놓인 고난의 길을 기꺼이 선택할 수 있는 용기를

주시옵소서.'

그런 프레드릭의 마음이 전해졌기 때문일까?

"싸일렉스 공작 각하, 정말 부끄럽습니다. 지금까지 형극(荊棘)의 길을 걸어오신 공작 각하도 계신데 자신의 안전만 도모해 온 저희들이 너무나 부끄럽습니다. 게다가 저희는 신의 말씀을 따라 다른 사람들을 위해 스스로 희생해야 할 성직자임에도 불구하고 말입니다. 하지만……."

중년의 신관은 잠시 말꼬리를 흐렸다. 그리고는 주위에 있던 신관들의 얼굴을 바라보며 그들의 손을 잡아주었다. 그런 신관들의 얼굴에는 훈훈한 미소가 걸려 있었다. 그들의 얼굴에 떠 있던 갈등의 빛은 어느샌가 사라지고 없었다.

"하지만 지금부터는 어떤 순간이 닥쳐도 절대 흔들리지 않겠습니다. 만약 저희들이 목숨을 바쳐 뮤란 대륙과 사람들의 목숨을 구할 수 있다면 기꺼이 그렇게 하겠습니다. 그것이 우리를 이곳으로 보내신 신들의 뜻일 테니까요."

담담한 그의 말에 데미안은 그게 아니라고 소리치고 싶었다.

'여러분은 그것이 신의 뜻이라고 생각할지 모르지만 난 여러분들 스스로의 의지라고 생각합니다. 남을 구하기 위해 자신을 희생하려는 인간의 의지, 바로 여러분은 그 인간의 의지를 가지고 계신 분들이십니다. 하지만……. 그리고 정말 고맙습니다.'

그런 생각 때문일까? 그의 얼굴에는 안타까운 기색이 완연해 보였다.

"자아, 의견이 통일되었다면 어서 이동하도록 합시다. 또 어떤 괴물이 우리를 기다리고 있는지 어디 한번 만나봐야 할 것 아니겠소?"

샤드의 말에 일행들은 일제히 고개를 끄덕이고는 앞으로 전진했다. 그들이 떠난 자리에는 목숨을 잃은 신관의 시신 한 구만이 외롭게 누워 있었다.

*   *   *

데미안과 일행들이 떠나고 얼마 후 금발과 블루의 머릿결을 가진 두 청년이 홀연히 모습을 드러냈다. 그들은 잠시 신관의 시신을 흘낏 쳐다보고는 다시 고개를 들어 이미 사라지고 없는 데미안 일행이 향한 곳을 바라보았다.

카르메이안의 얼굴이 무표정한 것에 비해 레이시아드의 얼굴은 왠지 잔뜩 긴장한 모습이었다. 이 거대한 메탈리언 곳곳에 자신의 능력에 버금가는 존재들이 버티고 있음을 깨닫고 있었기 때문이다.

"배치는 모두 끝났나?"

"네, 카르메이안님. 그런데…… 정말 저희의 힘만으로 지하르트를 물리칠 수 있을까요?"

며칠 전까지만 해도 그렇게 자신만만해하던 레이시아드가 왜 이렇게 약한 모습을 보이는 것인지 도무지 알 도리가 없었다. 하지만 카르메이안은 신경도 쓰지 않았다.

이미 모든 드래곤들에게 자신의 레어에 있는 신성력을 가진 아티펙트로 무장을 하라는 지시를 내렸고, 또 단독으로는 절대 행동하지 말라는 당부의 말도 빠뜨리지 않았다. 자신의 신호가 없으면 공격을 하지 말도록 했으니 아마 자신의 말대로 행동을 할 것임을 믿기 때문이었다.

하지만 결코 인간의 뒤를 따를 수 없다는 드래곤으로서의 자존심 때문일까? 데미안과 일행들이 사라진 곳과는 반대 방향으로 걸음을 옮겼다. 레이시아드는 영문도 모르면서 카르메이안의 뒤를 따라갔다.

거의 3, 4킬로미터쯤 전진했을 때였다.

카르메이안은 여전히 무표정한 얼굴이었고, 조바심을 느끼는지 레이시아드는 연신 주위를 살피고 있었다. 그런 레이시아드의 눈에 망가진 분수대에 앉아 있는 괴상한 존재가 앉아 있는 것이 보였다.

반들반들한 대머리에 엘프를 연상케 하는 길다란 귀와 매부리코, 입술 밖으로 뻗어 나온 날카로운 두 개의 송곳니, 그리고 등에는 커다란 박쥐 날개 같은 것이 붙어 있었고, 짙푸른 색의 살결은 햇볕을 받아 번들거리는 것이 징그럽게만 여겨졌다.

손톱과 발톱은 길게 자라 있었고, 무엇보다 그의 인상을 특징적으로 만드는 것은 이마에 염소의 뿔처럼 돋은 두 개의 뿔이었다.

그 존재는 따분한 듯 목을 돌리다 카르메이안과 레이시아드를 발견하고는 분수대에서 훌쩍 뛰어내렸다. 그리고는 두 드래곤을 향해 걸어왔다.

"호호호, 드래곤이 둘이라…… 자네들의 이름은 어떻게 되는가?"

너무나 태연한 상대의 말에 레이시아드는 상대가 어떻게 자신들을 알아본 것인지보다 자신들이 드래곤인 줄 알면서도 가로막은 상대방의 건방진 태도에 더욱 분노했다.

"건방진 놈, 감히 우리들이 누구인지 알면서도……"

"우리를 기다리고 있었나?"

"아니, 그런 것은 아니야. 겁없는 인간 몇몇이 이곳으로 온다는 말을 듣고 그들을 기다리던 중이었지. 자아, 다시 한 번 묻겠네. 자네들의 이름은?"

"난 카르메이안, 그리고 이 친구는 레이시아드다."

"호오, 드래곤 로드를 시켜주겠다는 제의를 거절했다는 멍청한 황금 도마뱀이 자네였군. 그리고 저기 있는 파랑 도마뱀은 자네 다음으로 나이가 많다는 그 도마뱀이군."

"닥쳐!"

상대의 말에 레이시아드는 치미는 분노를 참지 못해 소리를 질렀다. 하지만 상대는 아주 태연한 얼굴로 두 드래곤을 쳐다보기만 할 뿐이었다. 그런 그의 빙그레 미소 짓는 얼굴은 왠지 자신들을 비웃고 있는 것처럼 보였다.

레이시아드가 분노를 참지 못하고 있을 때 카르메이안은 가슴 속이 서늘해지는 것을 느꼈다.

자신의 이야기는 마브렌시아를 통해 들었을 수도 있었겠지만 레이시아드에 대한 이야기는 대체 누구에게 들었을까? 마브렌시아 다음으로 납치를 당했던 다섯 드래곤들에게 들었을까? 그럼 지하르트와 그의 부하들이 알고 있는 드래곤들에 대한 정보는 얼마나 될까?

그런 반면 자신들 드래곤들이 지하르트나 그의 부하들에 대해 알고 있는 것은 대체 무엇인가? 상대는 자신을 알고 있는데 자신들은 상대에 대해 전혀 모르고 있다? 이건 말도 안 되는 소리였다.

"그렇게 말하는 자넨 누구인가? 지하르트의 부하인가?"

"그렇다. 난 지하르트님의 영원한 종인 포루자라고 한다."

"포루자?"

분명 해가 천공에서 환한 빛을 뿌리고 있음에도 불구하고 포루자를 보고 있으면 그의 몸 주위에만 짙은 어둠이 드리워져 있는 것처럼 느껴졌다.

"지하르트님께서 너희 도마뱀들을 상당히 귀여워하시는 것 같아 기분이 별로 좋진 않지만, 감히 그분께서 하시는 일에 노예에 불과한 내가 뭐라고 할 수는 없는 일. 하지만 너희 두 마리를 잡아 그분의 애완 동물로 바치마."

포루자의 말에 레이시아드는 치밀어 오르는 극한의 분노 때문에 자신의 머리가 그대로 터져 버리는 것 같았다. 그리고 그의 생각보다 그의 손이 훨씬 빠르게 포루자에게 화답했다.

"메가 라이트닝!"

역시 라이트닝 브레스를 쓰는 블루 드래곤답게 메가 라이트닝이 무서운 속도로 포루자를 향해 날아갔다.

레이시아드와 포루자의 거리는 불과 10미터. 도저히 피하고 말고 할 시간적 여유도 없었다. 하지만 포루자는 뜻을 알 수 없는 미소를 짓고 있었다. 그리고는 등에 매달려 있던 날개가 휘어지며 눈 깜짝할 사이 그의 전면을 감쌌다.

쾅! 콰르르르—

폭음과 함께 주위에 엄청난 방전이 일어나며 폭발이 일어났다. 바닥에 깔려 있던 포석(鋪石)들이 사방으로 날아가는 모습을 보며 레이시아드는 자신의 공격이 성공했음을 전혀 의심치 않았다.

"피해—"

쾅!

카르메이안이 자신만만한 표정을 짓고 있는 레이시아드의 손을 잡고 급하게 뒤로 몸을 날린 것과 레이시아드가 서 있던 곳이 폭발을 일으킨 것은 거의 동시에 일어난 일이었다.

"호오~ 내 공격을 피했단 말이지? 과연 도마뱀도 나이를 많이 먹으면 한 가지 재주 정도는 익히는군. 좋아, 어디 이 공격도 막아 보시지."

가소롭다는 듯 조소를 띠고 있는 포루자의 손에는 어디서 난 것인지 눈이 아릴 정도로 하얀 빛을 뿌리고 있는 검이 들려 있었다. 자신을 조롱하는 듯한 포루자의 태도에 레이시아드는 다시 한 번 발끈해 공격을 퍼부으려 했지만 카르메이안의 제지로 참아야만 했다.

카르메이안은 레드 드래곤들보다 더 성급하게 행동하는 레이시아드의 모습에 짜증이 치밀었지만 일단 중요한 것은 자신들의 앞길을 가로막은 포루자를 해치우는 것이었다.

상대의 하얀 레이피어를 발견하는 순간 카르메이안은 바스타드 소드를 뽑아 들었다.

그렇다고 카르메이안이 자신의 마법 실력보다 인간의 검술 실력이 뛰어나다고 생각했기 때문에 바스타드 소드를 뽑아 든 것은 아니었다. 지하르트의 부하 마물들이 거의 마신급의 마력을 가지고 있어 자신들의 마법이 전혀 통하지 않는다는 것을 잘 알고 있기에 취한 행동이었다.

물론 카르메이안도 검술을 익힌 적이 있었다. 한때의 호기심 때문이었지만 거의 소드 마스터에 이를 정도로 검술을 익혔다. 그렇기에 자신의 레어에서 신성력을 가진 바스타드 소드를 들고 온 것이었다.

카르메이안이 바스타드 소드를 뽑아 들자 레이시아드도 자신의 레어에서 가지고 온 롱 소드를 뽑아 포루자를 향해 겨누었다. 하지만 포루자는 그런 모습을 보고도 입가에 걸린 조소를 지우지 않았다.

"크크크, 감히 지하르트님의 종들 가운데 최강의 검술을 익히고 있는 나에게 검술로 대항할 생각을 하다니……. 그것이 얼마나 어리석은 선택이었는지 똑똑히 가르쳐 주마."

포루자가 휘두른 검에서 검은 연기 같은 검기가 뿜어져 나오며 두 드래곤의 머리로 떨어져 내렸다. 그렇지 않아도 포루자의 움직임을 주시하고 있던 카르메이안과 레이시아드는 즉시 자신들의 무기에 잔뜩 마나를 주입하고는 마주쳐 갔다.

번쩍— 콰르르르—

눈이 멀 것 같은 섬광이 터지며 동시에 레이시아드는 자신에게 엄청난 충격파가 전해지는 것을 느꼈고, 본능적으로 방어막을 펼쳤다.

"피지컬 베리어!"

순간 그의 전면에는 파르스름한 반원형의 방어막이 생겨났다. 하지만 방어막 전체가 극심하게 흔들리는 것과 동시에 그의 몸은 뒤로 쭉 밀려갔다.

물론 본체로 돌아갔다면 그의 몸이 뒤로 밀릴 리 없겠지만 현재는 인간의 몸으로 폴리모프한 상태이기에 전해지는 충격파를 버티기에는 무리가 있었다.

사방에서 이는 자욱한 흙먼지.

그 속에 갇힌 레이시아드는 포루자와 카르메이안, 둘의 행방을 놓쳐 당황하고 있었다.

이건 정말 말도 안 되는 소리였다.

아무리 자신이 인간의 몸으로 폴리모프했다고는 하지만 이렇게 어이없이 밀려나리라고는 상상도 못했다. 게다가 방어막을 펼쳤음에도 불구하고 자신의 몸을 뒤로 밀려 나가게 한 이 거대한 힘의 정체는 대체 뭐란 말인가?

당황, 분노, 어이없음, 불신, 그리고 불안감을 동시에 느낀 레이시아드는 정말 미칠 것 같았다. 그런 심정으로 주위를 두리번거릴 때 자신을 향해 뭔가가 날아드는 것을 발견했다.

직접 본 것이 아니라 단지 그런 느낌을 받았을 뿐이었다. 황급히 레비테이션 스펠을 이용해 허공으로 치솟은 레이시아드는 피어 오르는 흙먼지를 휘감으며 조금 전 자신이 서 있던 곳을 스치고 지나가는 하얀 레이피어를 발견했다.

정말 간발의 차이였다. 하지만 이해할 수 없는 것은 똑같은 흙먼지 속에 갇힌 상태인데 어떻게 포루자는 자신을 공격할 수 있고, 자신은 상대의 위치조차 확인할 수 없느냐 하는 것이었다. 정말 자신의 능력으로는 지하르트는 고사하고 그의 부하조차 막지 못한단 말인가?

"픽싱 타킷! 기가 라이트닝—"

허공을 향해 뻗은 레이시아드의 왼손에서 어마어마한 섬광이 뻗어 나와 하늘로 치솟았고, 곧 이어 레이시아드의 왼손이 가리킨 곳을 향해 수십 줄기의, 아니, 헤아릴 수 없이 많은 번개가 떨어져 모든 것을 파괴해 나갔다.

거의 1분 이상 계속된 번개는 주위의 모든 것을 먼지로 만들었고, 조금 전 카르메이안과 레이시아드가 서 있던 곳은 짙은 흙먼지에 가려 아무것도 확인할 수 없게 되었다.

레이시아드는 찬찬히 흙먼지 속을 조사했지만 어디에서도 포루자의 존재는 확인할 수 없었다.

어느새 자신의 곁에 비행 마법으로 다가온 카르메이안을 보고 레이시아드는 불안한 듯 질문을 건넸다.

"카르메이안님, 소멸했을까요?"

"글쎄……?"

말꼬리를 흐리던 카르메이안은 포루자가 겨우 이런 공격에 소멸했을까 하는 생각이 들었다.

물론 기가 라이트닝은 9싸이클에 해당되는 마법이다. 그것도 라이트닝 브레스를 쓰는 블루 드래곤이 사용했으니 위력이 더욱 강했을 것은 분명한 사실이다. 하지만 상대는 자신들의 정체가 드래곤인 줄 알면서도 앞길을 가로막은 존재가 설마 이 정도 공격에 소멸했으리라 보기는 힘들었다.

그때 자신의 발 밑에서 일어나는 흙먼지를 바라보는 카르메이안의 눈에 이상한 모습이 보였다. 자욱하게 주위를 암흑의 세계로 만들던 흙먼지가 조금씩 소용돌이를 일으키며 중앙으로 모여들었던 것이다.

만약 포루자가 소멸당했다면 소용돌이가 생기지 않을 것이다라고 생각해 보면, 그가 목숨을 잃지 않았기 때문에 소용돌이가 생기는 것이라고밖에 생각할 수 없었다.

그런 그의 예상을 증명하려는 것처럼 소용돌이를 일으키는 흙먼지의 한가운데에서 무엇인가가 맹렬한 속도로 솟구치는 모습이 보였다. 자신의 몸을 무섭게 회전시키며 흙먼지를 뚫고 올라오는 것은 역시 포루자였다.

그의 옆구리는 뻥 뚫려 있는 것이 심각한 부상을 입은 것 같았다. 하지만 그의 옆구리는 빠른 속도로 아물고 있었다.

"다크 아이스 레인!"

포루자의 손에 들린 레이피어가 지상에서 천공으로 향하는 순간 햇볕을 받아 번쩍이는 뭔가가 카르메이안과 레이시아드를 향해 수도 없이 날아들었다. 미처 반격을 준비할 시간도 없었다.

카르메이안과 레이시아드는 자신들의 앞에 거의 동시에 방어막을 쳤다.

쾅! 콰르르르—

폭음과 함께 카르메이안과 레이시아드의 몸은 충격을 견디지 못하고 하늘로 퉁겨졌다. 그리고 그들의 몸을 스치고 지나갔던 검은 얼음 조각들이 다시 그들을 향해 날아들었다. 계속되는 포루자의 공격에 둘은 정신을 차릴 새도 없이 몸을 피해야 했다.

레이시아드가 허공으로 피신한 것에 비해 재빨리 지상에 내려선 카르메이안은 자신이 며칠 전 새로 만든 스펠을 캐스팅하기 시작했다.

자신이 6,000살이 훌쩍 넘은 에인션트 드래곤이었기에 만들 수 있는 스펠일지도 몰랐다. 원래대로라면 제법 긴 룬어를 캐스팅해야만 쓸 수 있는 스펠이었지만 카르메이안, 바로 그였기에 쓸 수 있었다.

드래곤들만이 사용할 수 있는 브레스를 마법 공격으로 이용하는 것. 그것이 카르메이안이 새로 만든 스펠이었다.

드래곤이 인간의 모습으로 폴리모프했을 때 가장 큰 약점이 바로 본체에서 발휘할 수 있는 능력의 수십 분의 일에 불과한 능력밖에는 사용할 수 없다는 것이었다.

물론 9싸이클의 마법만 해도 인간들은 감히 상상도 할 수 없는 환상의 경지인 것만은 사실이지만 본체에서 내뿜을 수 있는 브레스와는 비교도 안 되었다. 폴리모프한 상태에서 브레스를 쓸 수 있는 방법을 찾던 카르메이안은 비록 시간이 걸리기는 했지만 브레스를 사용할 수 있는 방법을 결국 찾아낼 수 있었다.

"브레스 스피어Breath Sphere—!"

순간 카르메이안의 몸 주위로 커다란 황금색 구체가 나타났다. 평소 자신이 사용하던 브레스의 3분의 1에 불과한 위력을 가진 것에 불과했지만 그가 에인션트 드래곤인 것을 감안하면 2,500살 정도 된 드래곤들이 전력을 다한 브레스보다 파괴력 면에서 앞섰다.

다시 한 개의 브레스 스피어를 만들어낸 카르메이안은 재빨리 포루자를 찾았다. 그런 카르메이안의 눈에 포루자를 피해 꽁지가 빠져라 도망 다니는 레이시아드의 모습이 보였다.

포루자를 타깃으로 정한 카르메이안은 브레스 스피어를 날렸다.

자신을 피해 달아나는 레이시아드를 향해 레이피어를 휘두르던 포루자는 무시무시한 기운을 가진 황금색 구체가 자신을 향해 날아오는 것을 발견했다. 그리고 그것을 조종하는 카르메이안을 발견했다.

그 기세가 심상치 않은 것을 깨달은 포루자는 재빨리 허공에서 날개로 자신의 온몸을 감싸고는 다시 그 앞에 방어막을 설치했다.

"다크 베리어!"

콰콰콰쾅—!

허공에서 황금색의 화려한 폭발이 일었다.

가쁜 숨을 몰아쉬며 내려선 레이시아드의 모습을 발견한 카르메이안의 얼굴은 저절로 찌푸려졌다. 그의 의복이 갈가리 찢긴 것은 그렇다 치더라도 자잘한 상처와 왼쪽 어깨와 허벅지에 입은 상처는 제법 깊어 보였다.

스스로의 몸에 치유 마법을 걸던 레이시아드는 허공에서 연속
해서 섬광을 뿌리며 폭발을 일으키는 것을 조금은 불안한 눈으로
바라보고 있었다.

지금껏 5,700년 동안 살아오면서 이렇게 망신스러운 날은 처음
이었다. 아니, 단순히 망신스러운 것뿐만 아니라 이렇게 목숨에 직
접적인 위협을 받아본 적이 없었다.

대체 뭘로 만들어진 존재인지 자신의 공격이 하나도 통하지 않
았다. 통하기는커녕 날아오는 그의 검을 막아내는 데 급급해 다른
것은 생각할 여유도 없었다. 검술로도 상대가 안 되고, 마법도 안
통하고, 그렇다고 본체로 돌아갈 수도 없었다. 설사 자신이 본체로
돌아간다고 하더라도 과연 포루자에게 자신의 브레스가 통할까
하는 회의가 들었기 때문이다.

다행히 카르메이안의 공격이 성공해 안도의 한숨을 쉬는 지금
도 혹시 포루자가 갑자기 나타나지 않을까 불안하기 이를 데 없
었다.

"괜찮은가?"

"예? 예, 다행히 상처는 별것 아닙니다. 그보다 처음 보는 공격
스펠이군요. 파괴력이 대단한 것 같던데……."

"맞네. 우리 드래곤들만이 사용할 수 있는 브레스를 몇 개의 조
각으로 나누어 상대를 공격할 수 있도록 한 것이네."

"아! 브레스를 나누어서……. 정말 대단한 공격 스펠이었습니
다. 대체 어떤 방법으로……."

레이시아드의 말이 미처 끝나기 전 그들의 앞에 소리도 없이
내려서는 존재가 있었다. 포루자였다.

왼팔과 왼쪽 다리가 날아갔고, 한쌍의 날개 역시 갈가리 찢겨

있었다. 조금 전까지 짙푸른 색을 띠고 있던 포루자의 몸이 어느새 새까맣게 변해 있었다.

그래서일까? 조금 전과는 달리 공포스럽게 변한 포루자의 모습에 두 드래곤은 움찔하지 않을 수 없었다.

"흐흐흐, 내가 너희들을 너무 가볍게 본 것 같군. 이제부터는 정중하게, 아주 정중하게 너희들을 상대해 주지."

그의 말이 끝났을 땐 이미 어디론가 끊겨져 날아가 버린 그의 팔과 다리, 그리고 날개가 원래대로 재생되어 있었다. 그와 함께 포루자의 몸 주위에 기분을 불쾌하게 만드는 검은 오로라가 계속해서 피어 올랐다.

그렇지 않아도 상대에게 겁을 먹고 있던 레이시아드는 자신도 모르게 뒤로 주춤주춤 물러서고 있었다. 그런 레이시아드의 모습을 발견하지 못할 카르메이안은 아니었지만 당장 자신의 공격에 상처 입었음에도 곧바로 재생해 버리는 포루자를 우선 처리해야 했다.

카르메이안이 믿었던 것은 에인션트 드래곤의 브레스였다. 물론 포루자를 공격한 브레스의 위력이 원래 브레스의 3분의 1에 불과한 위력이었다고 본체로 돌아갈 생각은 꿈에도 없었다. 화이트 드래곤 카이시아네스가 보여준 영상이 아직도 선명한데 브레스의 위력만 믿고 본체로 돌아갈 정도로 카르메이안은 멍청하지 않았다. 다만 지금 신경 쓰이는 것은 과거 신마대전에서 자신이 보았던 마신들처럼 무시무시한 능력을 포루자가 가지지 않았기만을 기대할 뿐이었다.

비릿한 미소를 지으며 자신에게로 다가오는 포루자의 모습을 보면서도 카르메이안은 꼼짝도 하지 않았다. 그런 카르메이안을 바라보는 포루자의 표정에도 전혀 변화가 없었다.

지레 겁을 먹고 허공으로 몸을 피한 레이시아드는 그런 자신의 모습이 수치스럽게 생각됐는지 입술을 깨물면서도 카르메이안과 포루자의 대치를 눈도 깜빡이지 않으며 지켜봤다.

그러기를 잠시, 포루자가 카르메이안을 향해 달려드는 순간 카르메이안의 모습이 사라졌다. 워프를 사용한 것이었다.

그렇다고 그가 꼬리를 말고 사라진 것은 아니었다. 오히려 곧바로 포루자의 뒤로 워프를 했다. 거의 동시에 품에 집어넣었던 손을 허공에 뿌리며 날카롭게 외쳤다.

"홀리 젬 바인딩Holy Gem binding!"

일곱 가지 색으로 빛나는 보석이 포루자를 향해 날아가는 순간 칠각형(七角形)으로 늘어서서 마법진을 만들었고, 보석과 보석 사이에는 눈부신 황금색의 방전이 일어나고 있었다.

갑작스런 카르메이안의 행동에 포루자는 잠시 흠칫 놀라며 그 자리에 멈춰 섰고, 마법진을 이룬 보석들에게서는 눈이 아리도록 밝은 빛이 포루자를 향해 쏟아졌다.

처음 대수롭지 않게 생각하던 포루자는 마법진에서 전해지는 밝고 맑은 기운에 몸이 굳어지는 것 같았다. 아니, 실제로 서서히 굳어지고 있었다.

그것을 놓칠 카르메이안이 아니었다. 당장이라도 포루자에게 공격을 퍼부어 그를 소멸시키고 싶었다. 하지만 경솔하게 행동할 일이 아니기에 좀 더 기다리기로 했다.

그의 몸으로 좀 더 많은 신성력이 스며들게 해서 한 방에 그를 소멸시킬 수 있는 기회를 잡으려는 것이었다.

그 보석은 그가 인간들 세상으로 유희를 즐기고 있을 때 우연히 얻은 어떤 종파의 보물 가운데 하나였다. 신앙심 깊은 일곱 명의 대주교들이 죽기 전 자신들의 모든 신성력을 하나의 보석 안에 집어넣어 그 종단을 지키는 디바인 아티펙트로 삼으려 한 것인데 그것을 카르메이안이 가로챈 것이었다.

크기, 모양, 종류가 모두 다르기는 했지만 그 보석들 안에 담겨 있는 신성력만은 카르메이안도 무시할 수 없었다. 그렇기에 그가 그것을 노린 것이다. 그 종단 사람들은 그것을 달리 '레인보우 Rainbow'라고 부르기도 했지만 카르메이안에게 중요한 것은 그것이 아니었다.

1, 2분 정도 시간이 지났을까? 포루자의 움직임이 완전히 멈춘 것을 카르메이안도 알았지만 쉽사리 마지막 공격을 하지 못하고 있었다. 만약 이것이 포루자가 자신을 속이기 위해 취한 행동일지 모른다는 생각 때문이었다.

"브레스 스피어!"

이미 자신의 몸 주위에 황금색을 띤 브레스 스피어가 있었지만 카르메이안은 다시 브레스 스피어를 만들었다. 그리고 재차 스펠을 외쳐 또 하나의 브레스 스피어를 만들었다. 그리고는 포루자를 노려보며 나직하게 시동어를 외쳤다.

"트리플 스피어 익스플루전Triple Sphere Explosion."

번쩍—

콰콰콰쾅!

카르메이안의 손짓에 따라 세 개의 황금색 구체는 거의 동시에 포루자의 몸에 부딪쳤고, 그 순간 섬광과 함께 지상이 종말을 고하는 것 같은 굉음이 터졌다. 방어막을 쳤음에도 불구하고 카르메이안의 몸은 거의 수십 미터 뒤로 미끄러져 갔다.

300여 미터 높이로 치솟은 버섯 모양의 흙먼지와 구름, 그리고 밀어닥친 가공할 충격파.

이건 도저히 버티고 자시고의 문제가 아니었다. 카르메이안이 복수를 결심하고 난 후 처음으로 겪어보는 엄청난 폭발이고 충격이었다.

골드 드래곤의 브레스는 다른 드래곤들과는 달리 두 개의 성질을 가지고 있었다. 모든 드래곤들의 브레스가 파괴를 목적으로 내뿜는 것이라면 골드 드래곤의 브레스는 조금 성질이 달랐다.

소생(蘇生)과 소멸(消滅).

판이하게 다른 두 가지의 브레스.

물론 그린 드래곤의 포이즌 브레스가 식물들에게는 영양분이 되긴 하지만 인간들이나 동물들에게는 치명적인 독으로 작용한다. 하지만 감히 그린 드래곤의 브레스는 골드 드래곤이 가진 브레스의 위력과는 비교도 할 수 없었다. 게다가 카르메이안은 골드 드래곤 가운데에서도 에인션트 급에 해당되는 드래곤. 그가 전력을 다해 내뿜은 브레스의 위력이란 상상할 수도 없을 정도로 대단한 것이었다.

그렇기에 폭발의 충격파 때문에 허공에서 몇 번이나 허우적거리던 레이시아드가 놀란 눈으로 카르메이안을 보는 것도 어쩌면 당연한 것이었다.

카르메이안은 디텍트 계열의 마법으로 주위를 살폈지만 어디에서도 포루자가 내뿜던 기분 나쁜 기운은 느껴지지 않았다. 아마도 자신이 가지고 온 레인보우라는 그 보석이 가진 신성력이 포루자에게 도망갈 기회를 주지 않은 듯싶었다.

지하르트가 아닌 그의 부하에게 사용한 것이 조금 아쉽기는 했지만 그 위력만은 흡족하기 이를 데 없었다. 주위에 흩어져 있는 일곱 가지의 보석들을 회수한 카르메이안은 이상 유무를 살폈다.

포루자가 가지고 있는 마력도 보통이 아닌 듯 보석의 표면에 희미하게 금이 가 있었다. 그래도 한 번 정도는 더 사용할 수 있을 것 같았다. 레인보우를 회수해 품에 집어넣은 카르메이안은 다시 걸음을 옮겼다.

자신이 포루자를 소멸시켰음에도 불구하고 아직까지 메탈리언 안에서 엄청난 마력을 가진 존재가 넷, 그리고 그들에게는 미치지 못하지만 상당한 마력을 소유한 존재도 셋이나 버티고 있었다.

오늘 결전의 결말이 어찌 될지는 자신도 모르지만 드래곤 일족들은 상당한 피해를 감수해야 할 것만은 분명했다. 그렇다고 다른 드래곤들을 위해 자신을 희생할 생각은 전혀 없었다. 다만 자신이 원했던 복수를 할 수만 있다면 다른 드래곤 따위는 어떻게 되든 상관이 없었다.

다급한 발걸음으로 자신의 뒤를 따라오는 레이시아드를 흘낏 보고 옮기는 발걸음에는 아무런 망설임도 없었다.

*   *   *

메탈리언의 중심부를 향해 걸음을 옮기던 데미안은 멀리서 들려오는 폭발음에 흠칫 놀라 발걸음을 멈췄다. 그리고 소리가 들린 곳을 향해 재빨리 고개를 돌렸다.

이 정도의 폭발음 소리는 흔하게 들을 수 있는 소리가 아니었다. 거의 10킬로미터나 떨어져 있는 것 같은데도 이렇게 크게 들릴 정도라면 그 폭음이 들린 진원지는 엄청난 폭발이 일었을 것이다.

과연 인간이 이런 폭발을 일으킬 수 있을까? 적어도 데미안이 알고 있는 모든 지식을 다 동원해도 이런 폭발음이 들릴 정도의 공격은 불가능했다. 그럼 이 폭음을 일으킨 주인공은 누구일까? 혹시 지하르트의 부하이거나 지하르트 본인은 아닐까?

생각이 거기에 미치자 데미안은 마음이 조급해졌다.

그때 다시 엄청난 섬광과 함께 폭음이 들려왔다. 이번에는 믿을 수 없게도 조금 전 폭음보다 몇 배나 커다란 폭음이 들렸다. 지상에 종말이라도 찾아왔단 말인가?

그런 생각은 다른 사람들도 마찬가지인 모양이었다. 모두들 고개를 돌려 폭음이 들린 곳을 바라보고 있었다.

높다란 건물에 가려 보이지도 않건만 일행들은 자신도 느끼지 못하는 사이에 몸을 떨고 있었다. 이런 굉음은 난생처음 듣는 것이었다. 대체 무엇이 폭발한 것일까? 설마 화산이 폭발하기라도 했단 말인가?

만약 이 폭발음의 주인공이 지하르트가 아닌 그의 부하라면 자신들은 절대 이곳에서 살아서 걸어나갈 수 없을 것이라고 내심 생각을 하고 있었다. 일행들이 그런 생각을 하고 있을 때 엄청난 소리와 함께 세 번째 폭발음이 들리며 미세하지만 대지가 흔들리는 것을 느꼈다.

10킬로미터 밖에서 폭발한 충격이 자신들이 서 있는 곳까지 전해질 정도면 대체 무엇이 터졌단 말인가? 일행들의 안색이 어두워질 때 그들의 눈에 기묘한 광경이 들어왔다.

갑자기 지면에서 무엇인가가 허공으로 치솟더니 점차 거대한 버섯 모양으로 변한 것이었다.

데미안은 그것이 흙먼지가 치솟은 것임을 깨달았지만 어째서 저런 모습으로 솟구쳐 오른 것인지는 알 수 없었다. 버섯 모양으로 치솟았던 흙먼지는 점점 옆으로 퍼져 얼마 지나지 않아 일행들의 눈에서 서서히 사라졌다.

무거운 마음을 감추며 데미안은 일행들과 함께 다시 메탈리언의 중심을 향해 걸음을 옮겼다.

하늘은 여전히 가슴이 시리도록 파란 코발트색을 자랑하고 있었다.

＊　　　＊　　　＊

한편 메탈리언의 북쪽 성문이 있었을 것으로 예상되는 곳에서는 지금 조금은 묘한 일이 벌어지고 있었다.

그린 드래곤 타아르카스와 올해로 4,000살이 된 블랙 드래곤 에로이언스, 그리고 2,000살이 채 안 된 그린 드래곤 플로레이드가 카르메이안의 공격 신호를 기다리고 있었다. 그런데 도착한 직후 타아르카스가 이상한 행동을 시작한 것이다.

그들도 처음 메탈리언의 웅장하고 화려한 모습을 발견하고 감탄을 터뜨리기는 했지만 단지 그뿐이었다. 어차피 그곳에서 살 것이 아니라면 제아무리 화려하다고 하더라도 자신들에게는 아무런 필요가 없었기 때문이다. 하지만 타아르카스의 생각은 그렇지 않은 모양이었다.

그의 눈에는 메탈리언이 비록 웅장하고 화려하기는 했지만 살아 있는 생명이 하나도 보이지 않아 삭막하게만 보였던 모양이었다. 그러니 그가 할 행동은 뻔했다.

즉시 바닥에 깔려 있는 포석을 드러내고 토질을 조사하기 시작했다.

그 모습을 보고 있던 에로이언스는 대체 그런 타아르카스를 어떻게 판단해야 좋을지 몰랐다.

자신보다 1,000살이나 더 먹은 존재이기에 처음 존경하는 마음으로 그를 따라 이곳 메탈리언의 북쪽 성문을 맡겠다고 자청한 것인데 그가 보여준 행동은 철저히 상식에서 벗어나 있었다. 어쩌면 이곳에서 목숨을 잃을지도 모르는데 토질 따위를 조사해서 대체 어쩌겠단 말인가?

에로이언스가 그렇게 생각한 반면 플로레이드는 타아르카스의 행동을 에인션트 드래곤의 자신감에서 표출된 여유있는 행동이라고 판단했다. 그렇기에 그가 하는 행동을 호기심 어린 눈으로 바라보고 있는 것이었고.

에로이언스는 자신이 왜 타아르카스를 따라오겠다고 자청을 했는지 어리석은 판단을 내린 자신을 탓했다. 혹시 자신들 블랙 드래곤들이 일반적으로 무식하다고 알려진 레드 드래곤들보다 더 멍청한 존재들은 아닐까 하는 생각이 들었다.

그래서일까? 저절로 한숨이 흘러나왔다.

그때였다.

그의 눈에 아득하게 먼 곳이기는 하지만 섬광이 번쩍이는 것이 보였다. 그리고 얼마 지나지 않아 천공에서 하얀 빛이 수도 없이 지상으로 내리꽂히는 것이 보였다. 자신이 잘못 본 것이 아니라면 9싸이클의 기가 라이트닝이 분명했다.

카르메이안과 레이시아드가 아마 적을 만난 것 같았다.

잠시 후 은근히 긴장하던 에로이언스의 귀에 기가 라이트닝이 작렬했을 때보다 더욱 강한 폭음이 들렸다. 그와 동시에 느껴지는 기운은 분명 드래곤의 브레스가 확실했다. 그것도 골드 드래곤만이 가지고 있는 익스팅션 브레스가 분명했다. 또한 폭발의 위력이나 브레스의 특성상 카르메이안이 상대를 향해 브레스를 토해낸 것으로 보였다.

카르메이안의 공격을 받은 대상은 대체 누구일까? 아마도 지하르트 본인이거나 그의 부하가 틀림없을 것이다. 카르메이안이 공격을 시작했다면 자신들도 공격을 시작해야 하는 것은 아닐까?

에로이언스는 쉽게 결론을 내릴 수 없어 타아르카스에게 물으려 했을 때 타아르카스는 플로레이드와 함께 열심히 씨를 뿌리고 있었다. 그리고는 지면을 향해 손을 뻗었다.

"자라라!"

타아르카스의 묵직한 음성과 함께 그의 손에서 푸른색을 띤 마나가 지면으로 쏟아졌다. 그러자 지면을 뚫고 작고 여린 싹이 모습을 드러냈다. 타아르카스의 손에서 뿜어지는 마나가 더욱 많아진다고 느껴지는 순간 싹은 순식간에 자랐고, 대로(大路) 가득 갖가지 색의 화려한 꽃망울을 터뜨렸다.

꽃밭으로 변한 곳의 한가운데 선 타아르카스는 자신의 작품을 만족스러운 듯 환하게 미소를 짓고 있었고, 그런 타아르카스의 모습을 플로레이드는 경탄이 섞인 눈으로 바라보고 있었다.

그러는 사이에도 꽃과 풀들은 계속해서 자라며 무서운 속도로 주위를 향해 퍼져 나갔다.

"타아르카스님, 지금 꽃이나 보면서 웃고 즐길 때가 아닙니다. 타아르카스님의 귀에는 저 소리가 안 들리십니까?"

"나도 귀가 있는데 못 들을 이유가 없지."

다급한 에로이언스의 질문에 비해 타아르카스의 대답은 너무나 태연하게 들려 곁에서 듣고 있던 플로레이드는 웃음을 참기 힘들었다.

"어떻게 해야 되는 겁니까? 저희들도 공격에 참가해야 되지 않겠습니까?"

"왜? 카르메이안이 도와달래?"

"예?"

멍한 얼굴을 짓고 있는 에로이언스를 바라보는 타아르카스의 얼굴에는 '넌 대체 어떻게 생긴 놈이기에 그렇게 멍청한 소리를 할 수 있지?' 란 표정이 역력했다.

"카르메이안이 도와달란 말도 하지 않았는데 왜 그렇게 안달을 하는 거야? 그리고 지금 들린 소리가 비록 크긴 했지만 카르메이안이 이야기한 공격 신호는 아니잖아. 그러니까 진정하고 좀 더 기다려 보도록 해."

자신을 타이르는 타아르카스의 행동에 에로이언스는 뭐라고 해야 좋을지 몰랐다. 그의 말대로 카르메이안이 도와달라는 말이나 공격하라는 신호를 하지 않은 것은 사실이었다. 자신이 너무 긴장한 탓에 성급한 판단을 내렸다는 것을 인정하지 않을 수 없었다.

하지만 자신은 그렇다고 하더라도 타아르카스는 어떻게 저렇게 태연할 수 있는 것인지 이해할 수 없었다. 자신들 드래곤 일족의 미래가 달렸다고 할 수도 있는 오늘 싸움에 그는 아무런 부담도, 또 불안도 느껴지지 않는 모양이었다.

그래서일까?

갑자기 타아르카스가 새롭게 보였다.

에로이언스를 달랜 타아르카스는 다시 플로레이드와 대화를 나누기 시작했다. 그러다 갑자기 굳은 얼굴로 입을 열었다.

"이봐, 그만큼 훔쳐봤으면 이젠 등장을 하시지."

갑작스런 타아르카스의 말에 에로이언스와 플로레이드는 주위를 두리번거렸다. 그런 두 드래곤의 눈앞에 약 15미터가 훨씬 넘을 정도로 보이는 거대한 악어(鰐魚)와 악어의 목 부분에 요염하게 걸터앉아 있는 여자의 모습이 보였다.

화려한 금발을 가진 여인. 아름다운 얼굴을 가진 여인은 타아르카스와 에로이언스, 그리고 플로레이드의 모습을 미소 띤 얼굴로 바라보고 있었다. 그렇지만 그 미소는 왠지 상대를 깔보는 듯한 조소처럼 느껴졌다.

여인이 타고 있는 악어는 자신의 뱃가죽에 와 닿는 풀과 꽃의 느낌이 마음에 들지 않는지 꼬리를 마구 휘젓고 있었다. 악어의 꼬리가 휘둘러질 때마다 꽃과 풀들이 뿌리 채 뽑혀 사방으로 날아가고 있었다.

그 모습을 지켜보던 타아르카스의 얼굴이 딱딱하게 굳어졌다. 역시 에인션트 드래곤이라서 그럴까? 타아르카스 주위의 공간이 무겁게 가라앉고 있었다.

"넌 누구냐?"

타앙!

타아르카스의 질문에 대답을 한 것은 여인이 타고 있던 악어였다.

꼬리를 하늘 높이 쳐든 악어는 그대로 꼬리를 지면을 향해 내려쳤다. 그와 함께 가냘픈 풀잎과 꽃잎이 하늘 높이 치솟아 부는 바람에 날렸다. 꽃잎에 휘말린 여인의 모습은 환상적으로 아름다워 보였다.

"호호호, 본인은 지하르트님의 충실한 종 르베르발이라고 한다. 너희가 감히 주제도 모르고 지하르트님께 대항한다는 드래곤들이냐?"

제48장
최후의 결전 II

그런 르베르발의 말에 즉각적인 반응을 보인 것은 역시 가장 나이가 어린 플로레이드였다.

"건방진 년, 감히 우리 드래곤을 뭘로 보고……."

"뭘로 보냐고? 호호호, 당연히 멍청한 도마뱀으로 보고 있지. 지하르트님께서 말씀하시길 너희 드래곤이라 불리는 도마뱀들은 지난 5,000여 년 동안 조금도 변한 것이 없는, 멍청하기 이를 데 없는 존재들이라고 하시더군. 하긴 내가 봐도 멍청해 보이긴 해. 깔깔깔—"

르베르발의 높은 톤의 웃음소리에 플로레이드는 즉시 본체로 돌아가 상대를 짓밟으려 했다. 하지만 타아르카스의 제지로 멈춰야만 했다.

"그대가 우리 앞에 모습을 드러낸 것은 우리를 막기 위해서인가?"

한참 동안을 웃던 르베르발은 갑자기 웃음을 멈추고는 휘둥그레진 눈으로 타아르카스를 바라보았다.

"너희들의 발길을 막아? 누가? 내가? 왜 그렇다고 생각을 하는 거지? 내가 그렇게 하겠다고 말했나?"

르베르발이 오히려 반문을 하자 타아르카스는 어리둥절함을 감추지 못했다.

"그렇다면 우리를 숨어서 지켜본 것은 어째서인가?"

"너희들이 노는 것이 재미있어서."

그때였다.

대낮임에도 불구하고 터져 나오는 섬광을 분명히 볼 수 있었다. 그리고 잠시 후 은은하게 폭음이 들려왔다. 수십 킬로미터 밖에서 터진 폭발을 이곳에서도 볼 수 있다면 이건 틀림없이 드래곤의, 그것도 카르메이안의 전력을 다한 브레스밖에 없었다.

잠정적인 드래곤 로드라 할 수 있는 카르메이안이 전력을 다해 상대를 공격해야만 했다면… 설마 지하르트라도 만났단 말인가?

세 드래곤들이 놀라고 있는 사이 르베르발은 자신의 동족이라고 할 수 있는 포루자의 존재감이 폭발음과 함께 갑자기 사라진 것을 느낄 수 있었다. 그렇지 않아도 조금 전 카디에르의 존재감이 갑자기 사라져 신경이 날카로워져 있었는데 지금은 포루자의 존재감마저 사라진 것이다.

설마 드래곤들이 가진 능력이 자신들을 소멸시킬 수 있을 정도였단 말인가? 르베르발은 도저히 믿을 수 없었다. 이곳 북쪽 성문을 책임져야만 하는 자신의 임무가 아니라면 당장 포루자나 카디에르가 있는 곳으로 달려갔을 것이다.

대체 그들은 어떻게 된 것인가?

은근히 불안감을 느끼던 르베르발은 자신이 타고 있던 악어의 머리를 쓰다듬었다. 그러자 악어의 등과 꼬리에 오돌토돌하게 솟아 있던 가죽의 돌기 부분이 점점 솟아오르더니 날카로운 가시처럼 변했다. 가시의 색이 검게 변한다고 느껴지는 순간 솟아오른 가시가 세 드래곤들을 향해 날아갔다.

세 드래곤들은 깜짝 놀라며 주위의 마나를 끌어들여 황급히 방어막을 쳤다.

쾅쾅쾅—!

도저히 2, 30센티미터에 달하는 가시와 드래곤들이 친 방어막이 부딪쳐서 났다고는 볼 수 없는 엄청난 소음과 충격이 주위를 휩쓸었다.

자신의 노예에 불과한 악어의 공격으로는 상대에게 피해를 주지 못한다고 생각했기 때문일까?

르베르발의 쳐든 손에서 검은 방전이 일었다.

"다크 퍼펙트 아이스 스톰Dark Perfect Ice Storm!"

검은빛의 소용돌이.

태양 빛을 받아 반짝이는 뭔가가 소용돌이를 일으키며 천공으로 치솟았다. 그리고 그 소용돌이가 끝나는 곳에는 세 마리의 드래곤이 있었다.

"안티 마나 섹터Anti Mana Sector!"

타아르카스의 시동어가 외쳐짐과 동시에 주위의 마나는 마치 시냇물이 얼어붙은 듯 요동을 하지 않았다. 그러자 르베르발이 펼친 다크 퍼펙트 아이스 스톰 역시 위력을 잃고 지상으로 떨어져 내렸다.

르베르발은 자신의 마력을 이용한 공격이 실패했다는 것 때문

에, 타아르카스는 자신의 생각이 맞았다는 생각 때문에 잠시 멈칫
했다. 옆에서 그 모습을 지켜보던 에로이언스는 지체없이 자신의
본체로 돌아갈 결심을 굳혔다.

"폴리모프Polymorph!"

그의 입에서 시동어가 외쳐지는 순간 그의 몸은 갑자기 커지기
시작해서 순식간에 250여 미터에 달할 정도로 커졌다. 에로이언스
는 본래의 모습으로 돌아가는 즉시 브레스를 준비했다.

블랙 드래곤의 에시드 브레스.

모든 광물이나 식물, 동물, 금속을 녹이는 블랙 드래곤만의 브레
스였기에 자신의 눈앞에 있는 존재를 녹여 버릴 수 있을 것이라
고 장담했다.

"크아아앙—!"

블랙 드래곤 특유의 검은색의 브레스가 르베르발에게 쏟아졌다.
그 모습에 르베르발이 황급히 검은색의 방어막을 펼쳐 자신과 악
어를 보호하는 모습을 발견했지만 에로이언스는 아랑곳하지 않고
전력을 다해 브레스를 쏘았다.

지상에 존재하는 물체라면 당장 녹았어야 정상이었다. 하지만
에로이언스의 그런 예상과는 달리 르베르발과 악어의 모습은 조
금 전과 조금도 달라진 것이 없었다.

그 모습에 에로이언스가 당황해할 때 르베르발의 입가에 의미
를 알 수 없는 미소가 지어졌다. 물론 그녀는 아무런 뜻도 없이
띤 미소였는지도 모르지만 보는 드래곤들에게는 기분을 아주 더
럽게 만드는 기분 나쁜 미소였다.

"조금 전의 그 공격은 약간 신경 쓰였어. 하지만 역시 너희 드
래곤들은 내 털끝조차도 건드리지 못하는 수준에 불과했어. 이제

부터는 내 공격을 막아보시지. 다크 파이어 링Dark Fire Ring!"

르베르발이 양손을 타아르카스 등을 향해 내뻗자 검은 불꽃에 싸인 작은 반지 같은 것들이 날아갔다.

자신의 전력을 다한 브레스에도 불구하고 르베르발에게 작은 상처도 주지 못했다는 사실에 에로이언스는 풀이 죽어 다시 인간의 몸으로 폴리모프를 한 상태였다. 본체에서는 브레스를 사용할 수 있었지만 동작이 느려 르베르발의 공격을 피할 자신이 없었기 때문이다.

자신들을 향해 날아오는 검은 불꽃을 발견한 세 드래곤은 피하거나 방어막을 펼쳐 르베르발의 공격을 막았다. 타아르카스와 에로이언스는 피하는 쪽을 택했지만 나이 탓인지 플로레이드는 직접 방어막을 펼쳐 상대의 공격을 막았다. 하지만 그것이 바로 르베르발이 노린 점이었다.

푸른색으로 뒤덮인 방어막 때문에 잠시 전방을 확인하지 못한 사이 다가온 르베르발이 에스터크처럼 긴 가시를 방어막을 향해 힘껏 찔러 넣었다.

그 모습을 발견한 플로레이드는 당연히 코웃음 쳤다. 자신 역시 그녀의 방어막을 뚫을 자신은 없었지만 그녀의 공격 역시 자신이 만든 방어막을 뚫을 리 없을 것이라 생각했기 때문이었다. 하지만 현실은 냉혹한 것. 소리도 없이 방어막을 뚫고 들어온 가시는 사정없이 플로레이드의 어깨를 꿰뚫어 버렸다. 그나마 플로레이드가 몸을 틀었기 때문에 그 정도 상처로 끝낼 수 있었다. 그러나 플로레이드는 미처 뒷걸음질을 치기도 전에 다시 한 번 방어막을 뚫고 들어온 가시에 허벅지를 찔려야 했다.

한편 옆으로 피한 타아르카스는 르베르발이 플로레이드를 향해 달려들자 자신이 원했던 기회가 왔음을 직감했다. 지체없이 지면에 손을 댄 타아르카스는 그런 드래곤만의 능력이라고 할 수 있는 식물과의 교감을 꾀했다. 그리고는 자신의 마나를 지면에 쏟아넣으며 짧게 명령을 내렸다.

"자라라!"

그러자 조금 전 에로이언스가 에시드 브레스를 쏟았던 지역에 좀처럼 발견하기 힘든 변화가 생겼다. 빠르게, 하지만 은밀하게 식물과 덩굴들이 뿌리를 뻗고 자라기 시작한 것이다. 그러나 조금 전 보기 좋을 정도로 자라던 것과는 달리 하늘 높은 줄 모르고 자라기 시작했다.

르베르발이 타고 있던 악어는 또 한 마리의 드래곤인 에로이언스의 행방을 비록 눈으로나마 열심히 뒤쫓고 있었다.

악어 주위로 완전히 풀과 덩굴로 덮인 것을 확인한 타아르카스는 회심의 미소를 지었다. 그리고는 조용히 주먹을 쥐었다. 그러자 마치 긴 뱀이 꿈틀거리며 전진하듯 풀의 뿌리와 덩굴들이 악어를 향해 기어가기 시작했다.

마치 먹이를 노리는 뱀처럼 악어 주위로 다가들던 뿌리와 덩굴들은 일제히 악어를 향해 자신의 몸을 뻗었다. 그리고 순식간에 악어의 팔과 다리, 그리고 그의 몸을 얽맸다. 자신에 대한 갑작스런 공격에 몸부림치던 악어는 자신의 몸을 조여드는 식물들의 공격에 상당히 당황한 모습이었다.

놀란 악어는 자신의 몸에서 솟은 가시를 사방으로 뿌리며 자신의 몸을 보호하려 했지만 소용이 없었다.

폭발을 일으킨 쪽의 뿌리들은 놀란 것처럼 움츠러들었지만 나머지 뿌리들은 마치 제 세상은 만난 것처럼 사방을 향해 확장을 계속해 나갔다.

15미터에 달하는 악어가 가느다란 식물의 뿌리에 휘감겨 꼼짝도 못하고 있다는 것을 보고도 에로이언스는 믿기 힘들었다. 비록 악어의 모습을 하고 있기는 했지만 그래도 마신의 부하인데 겨우 식물 뿌리 따위로 악어를 제압할 수 있을까 하는 의심이 들기는 했지만 숨을 돌릴 수 있는 시간을 얻은 것도 사실이었다.

르베르발이 타고 다니던 악어를 휘감은 식물의 뿌리들은 시간이 지날수록 점점 굵어져 종래에는 악어의 몸을 완전히 뒤덮었다.

플로레이드를 공격하기에 여념이 없었던 르베르발은 자신의 심령상에서 전해지는 부하의 애달픈 비명 소리에 공격을 멈추어야 했다. 그리고 고개를 돌렸을 때 식물 뿌리에 휘감겨 꼼짝도 못하고 있는 악어의 모습이 보였다.

그때였다.

갑자기 르베르발의 앞에 누군가가 나타났다.

당황한 그녀의 눈에 비친 것은 녹색의 머리에 아름다운 얼굴을 가진 청년 타아르카스였다.

갑작스런 상대의 등장에 르베르발은 깜짝 놀랐지만 상대에게 자신의 당황한 모습을 보이지는 않았다. 타아르카스는 유연하고 부드러운 동작으로 르베르발에게 다가와 조용한 음성으로 입을 열었다.

"죽어."

그의 말이 끝나기 무섭게 지면에서 가느다란 식물의 뿌리 같은 것이 솟구쳐 올라 그녀의 발을 휘감았고 종아리를 타고 올라오기 시작했다. 르베르발은 황급히 그 자리를 벗어나려 했지만 발은 꼼짝도 하지 않았다. 그녀의 얼굴이 자신도 모르게 지면을 향하는 순간 타아르카스의 손이 그녀의 머리 위로 다가와 있었다.

"퓨즈 오브 베넘Fuse of Venom!"

타아르카스의 손에서 뿜어져 나온 녹색의 안개 같은 것이 자신의 머리 위로 쏟아지는 순간 그녀의 생각은 더 이상 이어지지 못했다. 그도 그럴 것이 그녀의 머리가 반 이상 녹아버렸기 때문이었다.

생명의 위협을 느꼈기 때문에 일어난 반사적인 동작이었을까?

그녀는 자신 앞에 있는 타아르카스를 향해 무의식적으로 손을 뻗었고, 그녀의 손에 들려 있던 가시는 타아르카스의 가슴을 너무도 가볍게 꿰뚫어 버렸다. 그러는 사이 그녀의 목은 완전히 녹아버렸고 어깨와 가슴까지 녹아내리고 있었다.

르베르발의 상반신이 완전히 녹아내릴 때쯤 근처에서 섬뜩한 소리가 들려왔다.

우두둑—!

소리가 들린 쪽으로 플로레이드의 눈이 향했을 때 르베르발이 타고 있던 악어의 머리가 몸통과는 완전히 다른 방향으로 뒤틀려 있는 것을 발견했다. 그는 그린 드래곤이었기 때문인지 악어가 어떻게 죽었는지 쉽게 짐작할 수 있었다. 그리고 악어를 그런 식으로 처치한 타아르카스의 능력에 감탄을 감출 수 없었다.

녹아내리고 있는 르베르발의 주위에 에로이언스와 플로레이드가 다가왔다. 그리고 그녀의 몸이 완전히 녹아 사라졌을 때 타아르카스가 털썩 지면으로 쓰러지는 것을 발견하고는 깜짝 놀랐다.

"타아르카스님, 괜찮으십니까?"

"어디 다치시기라도……?"

다급하게 질문을 하던 두 드래곤은 그제야 타아르카스의 가슴에서 선혈이 흐르는 것을 발견하고는 황급히 그의 옷을 열어젖혔다. 그러자 오른쪽 가슴 한가운데 생긴 자상(刺傷)에서 선혈이 흐르는 것을 발견할 수 있었다.

타아르카스의 상처에 몇 번이나 리커버리를 베푼 에로이언스는 피가 멎고 상처가 아무는 것을 확인하고서야 안심할 수 있었다. 잠시 시간이 흐른 후 정신을 차린 타아르카스는 먼저 르베르발의 존재부터 물었다.

"그 마물은?"

"완전히 녹아버렸습니다."

그 말에 안도의 한숨을 내쉬자 플로레이드는 존경의 빛이 어린 얼굴로 타아르카스를 치켜세웠다.

"타아르카스님, 정말 대단했습니다. 설마 식물의 뿌리를 이용하실 줄은 상상도 못했습니다. 역시 에인션트 드래곤이 가진 능력은 엄청난 것이군요. 저였다면 그렇게……."

플로레이드의 말에 타아르카스는 뭐라고 반박하고 싶었지만 그만두었다.

타아르카스 역시 카이시아네스가 보여준 영상을 보고 충격을 받아 나름대로 준비한 것이 조금 전 르베르발을 공격했던 '퓨즈 오브 베넘'이었다. 그린 드래곤이 가진 브레스의 특징은 식물을 제외한 모든 것을 녹이고 부식시키는 독액에 있다. 그 독액을 이용한 공격이 바로 퓨즈 오브 베넘이다. 하지만 그 한 번의 공격으로 타아르카스는 자신이 가진 독액의 거의 절반가량을 소모해야만 했다.

게다가 자신의 가슴에 상처를 낸 르베르발의 가시에는 성분을 알 수 없는 독액이 스며들어 있었다. 지상에 존재하는 모든 독을

다 알고 있다고 자부해 왔던 타아르카스로서도 처음 접하는 독이
었다.

자신의 몸 자체가 독이라고 할 수 있는 그런 드래곤으로서도
해독할 수 없는 독. 지금 타아르카스가 가진 의학적인 지식이나
마법, 그리고 어떤 방법으로도 해독이 불가능했다. 지금의 몸 상태
로는 당장 휴식을 취해야 하는 것이 옳지만 에로이언스나 플로레
이드 앞에서 그런 내색을 할 순 없었다.

두 드래곤의 부축을 받으며 일어난 타아르카스는 에로이언스에
게 말을 건넸다.

"아마도 곧 공격 신호가 올 것 같으니까 자네는 주위에 흩어져
있는 다른 드래곤들을 부르게."

"알겠습니다, 타아르카스님. 그런데 정말 괜찮겠습니까?"

에로이언스도 수천 년을 산 드래곤답게 타아르카스의 상태를
비교적 정확하게 짐작하고 있었다.

"내 걱정은 하지 말게. 그리고 다른 드래곤들이 함부로 행동하
지 못하도록 주의를 주는 것도 잊지 말게. 잘못하면 목숨을 잃을
수도 있으니까."

"명심하겠습니다."

에로이언스가 굳은 얼굴로 사라진 후에도 플로레이드는 타아르
카스를 치켜세우기에 여념이 없었다. 그 모습에 타아르카스는 나
직하게 한숨을 쉬었다.

'휴우, 정말 짜증나게 수다스런 녀석이야.'

*　　*　　*

일행들과 함께 메탈리언의 중심으로 향하던 데미안은 조금 전 그 폭발이 어떻게 해서 일어난 것인지를 생각하느라 자신의 곁으로 네로브가 다가오는 것조차 깨닫지 못하고 있었다.

"아빠."

"……"

"아빠?"

조금은 높아진 네로브의 음성에 데미안은 정신을 차리고 그녀를 바라보았고 주위에 있던 사람들도 무의식 중에 그녀를 바라보았다.

"지금 아빠가 생각하는 것이 조금 전 폭발의 원인 아니야?"

"응? 그, 그걸 어떻게……?"

"아레네스께서 알려주셨어."

네로브의 너무나 간단한 대답에 데미안은 그녀가 아레네스의 사랑을 받고 있다는 것을 새삼 깨달았다. 그렇지 않아도 다른 일행들 역시 조금 전 폭발에 대해 궁금하게 생각하고 있었기에 자신들도 모르게 그녀의 말에 귀를 기울였다.

"지금 이 메탈리언에는 지하르트의 부하 다섯과 그들의 부하들이 많이 있대. 그들의 이름은 몽쿠리아, 베네트리온, 카디에르, 포루자, 르베르발인데 카디에르는 조금 전 아빠가 처치했고… 방금 그 폭발음은 골드 드래곤 카르메이안이 포루자를 처치……."

"뭐? 카르메이안?"

"응, 카르메이안이 포루자란 지하르트의 부하를 소멸시킬 때 발생한 폭발음이라고 아레네스께서 분명히 말씀하셨어."

데미안은 멍한 표정으로 네로브의 얼굴만 바라보고 있었다.

이건 뭐가 잘못된 것이다.

대체 카르메이안이 무슨 이유로 자신을 돕는단 말인가?

그런 데미안의 모습을 본 일행들은 제각기 자신만의 생각에 빠졌다.

드래곤이 이 메탈리언에 나타났다? 그리고 지하르트의 부하를 소멸시켰다? 과연 이것을 어떻게 판단해야 좋을지 쉽게 결론을 내릴 수 없었다.

자신들 편에 서서 지하르트에게 대항을 할 것인가, 아니면 지하르트의 부하가 되어 자신들의 앞을 가로막을 것인가?

일행들이 그런 생각을 하고 있을 때 네로브가 말을 이었다.

"그리고 방금 르베르발이란 이름을 가진 지하르트의 부하가 소멸되었대. 타아르카스라는 그린 드래곤에 의해서 말이야."

"그린 드래곤이라고? 그럼 카르메이안 말고 다른 드래곤들도 이곳에 있단 말이야?"

"응, 아레네스님의 말씀에 의하면 뮤란 대륙에 사는 드래곤들 가운데 천 살이 아직 지나지 않은 드래곤을 제외한 모든 드래곤들이 메탈리언 외곽을 포위하고 있대."

"포위? 그러니까 뮤란 대륙에 사는 천 살이 넘은 모든 드래곤들이 지금 이 메탈리언을 포위하고 있단 말인가?"

"예, 샤드님. 틀림없이 아레네스님께서 그렇게 말씀하셨어요. 그리고…… 아!"

말을 하던 네로브가 갑자기 이마에 손을 대고는 눈을 지그시 감았다. 그리고 그녀의 입에서 한 번도 들어본 적이 없는 아주 생소한 음성이 흘러나왔다. 아니, 데미안은 한 번 들어본 적이 있는 음성이었다.

"조심하도록 하세요. 지금 다른 차원의 문이 메탈리언과 연결이 되었어요. 아마… 아니, 틀림없이 지하르트가 그의 부하들을 데리고 나타날 거예요. 그러니 모두들 조심하세요. 대지의 사랑이 그대들과 함께하시길."

너무나도 포근하고 아늑한 느낌을 주는 음성이었다. 하지만 왜 네로브의 입에서 다른 여인의 음성이 들린단 말인가? 일행들이 어리둥절한 표정을 감추지 못할 때 하늘로 고개를 쳐든 데미안이 설명해 주었다.

"순결과 풍요의 여신이신 아레네스님의 음성입니다."

"아하!"

"아레네스님의 음성을 직접 듣다니… 이런 영광이……!"

"나에게 이렇게 영광스러운 순간이 찾아올 줄이야……!"

신관들 가운데 아레네스를 따르는 신관들은 당장 엎드려 지면에 자신의 입을 맞추며 감격스러워했고, 다른 일행들도 직접 여신의 음성을 들었다는 사실에 신기하단 표정을 짓고 있었다. 하지만 데미안은 그녀의 음성보다는 그녀가 말한 내용 때문에 잔뜩 긴장이 되었다.

드디어 지하르트가 그의 부하들을 이끌고 나타났다.

대체 그는 얼마나 강할까? 자신과 일행들의 힘만으로 과연 상대를 할 수 있을까? 여행을 시작하면서 단 한시도 자신의 뇌리를 떠난 적이 없는 생각이었다.

걱정도 전염이 되는 것일까? 처음 아레네스의 음성으로 들었다고 흥분했던 사람들도 곧 지하르트가 나타났다는 말을 떠올리고는 안색을 굳혔다. 데미안은 일행들의 사기가 떨어질 것을 걱정했지만 뜻밖에도 그들의 태도는 담담했다. 입을 다물고 얼굴 표정을 굳혔지만 그뿐이었다. 어느 누구의 얼굴에도 두려움이나 도망가고 싶은 것을 참는 듯한 표정은 보이지 않았다.

그 모습에 데미안은 안심을 하는 반면 지금이라도 그들이 이곳을 떠나주었으면 하는 상반된 마음이 들었다.

"모두 조심하세요. 상당히 많은 숫자의 마물들이 몰려들고 있어요."

"즉시 방어 대형을 준비하시오."

로빈의 외침에 샤드가 즉시 일행들에게 주의를 주었고, 일행들은 일사불란한 움직임으로 몇 개의 방어 대형을 갖추었다. 그 모습을 본 샤드는 즉시 자신의 검을 뽑아 들고는 전면을 노려보았다.

그러나 어디에도 로빈이 말한 마물들의 모습은 보이지 않았다. 하지만 어느 누구도 로빈에게 뭐라고 하는 사람이 없었다. 일행들 가운데 마물의 존재를 가장 먼저 알아내는 사람이 로빈이라는 사실을 모두들 알고 있기 때문이었다.

"마물들이 넓게 퍼져서 주위를 완전히 포위했어요. 그러니 모두 조심……"

로빈의 외침이 완전히 끝나기도 전 이웃 건물의 옥상에서 뭔가 검은 물체가 일행들을 향해 달려들었다. 너무나 빠른 움직임에 신관들은 미처 상대가 누구인지 확인할 사이도 없이 방어막을 일제히 펼쳤다.

펑!

케에엑—!

귓전을 자극하는 날카로운 소리와 함께 신관들을 덮쳤던 마물의 몸은 산산조각나며 주위로 흩어졌다.

아마도 그것이 시작이었을 것이다, 지루하게 계속될 마물과의 싸움이.

*　　　*　　　*

메탈리언의 중심.

그곳에는 주위의 밝은 분위기와는 전혀 어울리지 않는 검은색의 거대한 궁전이 서 있었다.

검은색의 벽돌로 만들어진 건물. 음산해 보이기는 했지만 또한 아름다운 것도 사실이었다. 독버섯의 화려함이라고나 할까, 아니면 독사의 아름다움이라고나 할까?

바라보는 것만으로도 두려움과 공포가 느껴지기는 했지만 결코 눈을 뗄 수 없게 만드는 기이한 힘이 궁전 전체를 휘감고 있었다.

주위의 건물들이 밝은 색의 대리석이라서 그런지 궁전의 모습은 더욱 눈에 띄었다.

궁전에서 가장 높은 곳에 만들어진 망루.

지금 그곳에선 근육질의 몸매를 가진 용병의 모습을 한 베네트리온이 불안한 모습을 한 채 누군가를 기다리고 있었다. 하필이면 자신의 주인인 지하르트가 이곳을 찾기로 한 오늘 마치 약속이라도 한 것처럼 메탈리언에 침입자가 발생한 것이다. 게다가 적의 숫자도 적지 않은 듯했고, 그들이 가진 능력 역시 상당한 것 같았다.

물론 메탈리언으로 진입하는 네 곳의 성문은 자신들의 동료인 몽쿠리아, 카디에르, 포루자, 르베르발이 담당하고 있었기에 처음엔 대수롭지 않게 여긴 것도 사실이었다. 그런데 믿을 수 없게도 카디에르, 포루자, 르베르발이 차례로 소멸당해 버린 것이다.

이에 놀란 베네트리온은 어떻게 대응해야 좋을지 몰라 황급히 자신의 부하를 소멸당한 동료들이 있던 곳으로 보내 조사해 오도록 했다. 하지만 대체 침입자들이 누구이기에 그들을 소멸시킬 수 있는 능력을 가진 것인지, 또 어떻게 소멸시킨 것인지 짐작조차 가지 않았다.

베네트리온이 어쩔 줄 몰라 하고 있을 때 갑자기 공간의 한 부분이 일그러지더니 마치 드리워진 커튼이 열리듯 두 쪽으로 갈라졌다. 그리고 그 속에서 여전히 어린아이의 모습을 한 지하르트와 피아나, 마브렌시아와 다섯 드래곤들, 그리고 데자베로스가 모습을 드러냈다.

지하르트의 모습을 발견한 베네트리온은 황급히 지면에 머리를 박으며 경배를 올렸다.

"암흑의 지배자이시자 만물의 주인이신 지하르트님께 당신의 종 베네트리온이 경배를 올립니다."

지면에 이마를 붙인 베네트리온은 지하르트에게서 어떤 말이 나오길 기다렸다. 하지만 그의 입에서는 단 한 마디도 흘러나오지 않았다.

베네트리온은 자신의 뒤통수에 무엇인가 작은 물체가 올려지는 것을 느꼈다. 자신의 느낌이 틀림없다면 이것은 지하르트의 발이 확실했다.

자신의 머리에 지하르트가 발을 올려놨다? 그것을 깨닫는 순간부터 베네트리온은 자신의 몸이 부들부들 떨리는 것을 느껴야만 했다. 이제 자신의 목숨은 지하르트의 기분에 달린 것임을 깨닫고 있었기 때문이다.

"카디에르는 어디로 갔느냐? 포루자는? 또 르베르발은?"

퍽!

"피아나, 봤느냐? 네년이 제대로 보고를 하지 않은 것 때문에 어떤 결과가 발생했는지를. 당장 저 도마뱀들을 데리고 침입자들을 모두 죽여라."

"네, 알겠습니다, 지하르트님."

피아나는 부풀어 오른 뺨을 어루만질 사이도 없이 마브렌시아와 다른 드래곤들을 이끌고 그 자리를 떠났다.

여전히 베네트리온의 머리를 짓밟고 있던 지하르트는 메탈리언의 남쪽을 바라보았다.

"흐흐흐, 네가 골드 도마뱀 카르메이안이냐? 흐흐흐, 충실했던 내 노예 이오시스를 소멸시킨 것이 얼마나 건방진 짓이었는지 오늘 내가 똑똑히 가르쳐 주마. 그리고 감히 내 거처(居處)가 될 이곳 메탈리언에 우르르 몰려온 너희들 드래곤을 모조리 몰살시켜 주마."

조용조용 소곤거리는 듯한 지하르트의 음성은 20여 킬로 밖에 있던 카르메이안의 귀에 그대로 전달되었다. 깜짝 놀란 카르메이안이 주위를 살폈지만 보이는 것은 아무것도 없었다.

그런 카르메이안의 모습을 바라보던 지하르트는 사악한 미소를 지으며 궁전의 정원을 향해 손을 뻗었다.

"오픈 디멘션 게이트Open Dimension Gate!"

지하르트의 손에서 뻗어 나간 검은 광선은 정원의 중앙에 검은 구멍을 만들었다. 그리고 그 구멍이 4, 5미터 정도 되자 지하르트는 손을 거두었다.

베네트리온은 비록 지하르트에게 머리를 밟혀 어떤 일이 일어났는지는 모르지만 뭔가가 시작되려 한다는 것만은 분명히 느끼고 있었다. 그리고 그런 베네트리온의 예상을 증명하기라도 하듯 어두운 구멍 안에서 거무스름한 색을 지닌 유동형의 물체들이 기거나 걷거나 뛰거나 혹은 날아서 쏟아져 나오기 시작했다.

그것들은 불과 2, 3초 만에 괴상한 형태의 몸을 만들기 시작했지만 인간들이 알고 있는 생물 중 어느 생물과도 그 모습이 달랐다.

동그란 몸에 거대한 세 개의 다리가 달린 생명체도 있었고, 마치 흐르는 물처럼 바닥을 흘러가는 생명체도 있었다. 간간이 인간처럼 두 개의 다리를 가진 생명체가 보이기도 했지만 그 상반신 어김없이 괴상한 모습이었다.

둥근 공처럼 생겨 통통거리며 돌아다니는 생명체도 있었고 수십 쌍의 날개를 가지고 빠른 속도로 허공을 나는 괴상한 털 뭉치도 있었다.

대부분의 생명체들은 자신들이 나온 곳이 생소한 듯 잠시 주위를 돌아다녔지만 곧 사방을 향해 뿔뿔이 흩어졌다. 잠시 그 모습을 지켜보던 지하르트는 베네트리온의 머리 위에 올려놓았던 발을 치웠다.

"일어서라. 그리고 날 위해 준비한 옥좌로 안내해라."

"이, 이쪽으로……"

죽음의 문턱에서 살아난 베네트리온은 식은땀을 닦을 사이도 없이 지하르트와 함께 궁전으로 향했다.

거대한 중앙 홀에 마련된 화려한 옥좌.

그 앞에 선 지하르트는 만족스러운 듯 고개를 끄덕이고는 홀의 중앙을 향해 손을 뻗었다. 그의 손에서 뻗어 나간 검은 번개는 지면에 거대한 마법진을 만들었다. 그리고 재차 손을 휘두르자 마법진에서 검은 안개 같은 오로라가 마치 불꽃처럼 피어 오르기 시작했다.

마법진에서 피어 오른 검은 오로라는 흩어지지 않고 홀의 천장을 향해 올라가기 시작했고, 커다랗게 뚫려 있는 천장의 구멍을 통과해 하늘 높이 치솟아 올라갔다. 대략 2킬로미터쯤 올라간 오로라는 그제야 주위로 퍼지기 시작했다.

그와 동시에 검은 오로라에서 흘러나온 사악한 기운은 사방으로 퍼지기 시작했다. 그리고 조금씩 그 범위를 넓혀갔다.

*　　　　*　　　　*

혼전도 이런 혼전이 없었다.

사방에서 밀려드는 마물들 때문에 꼼짝할 수도 없을 지경이었다.

신관들은 디바인 마크나 디바인 아티펙트를 가슴 앞에 세우고 필사적으로 방어막을 유지하고 있었다. 신관들 가운데 공격을 하는 신관은 오직 타울을 믿는 신관들뿐 다른 신관들은 공격은커녕 방어막을 유지시키는 것만도 힘이 들었다.

신관들 주위에서 밀려드는 마물들을 향해 검을 휘두르던 소드 마스터들은 비록 겉으로는 아무 표정도 짓지 않았지만 어마어마한 숫자로 밀려드는 마물들의 모습에 질려 버렸다. 특별한 상대를 목표로 검을 휘두르지 않아도 수십 마리의 마물들을 해치울 수 있을 정도로 엄청난 수였다.

그렇기는 데미안 일행도 마찬가지였다.

로빈은 네로브를 챙기기 바빠 제대로 된 공격을 하지도 못했고,

뮤렐이 가지고 있던 신성탄은 이미 바닥이 난 지 오래였다. 헥터와 데보라는 서로 등을 맞댄 채 마물들을 향해 무기를 휘두르고 있었다.

가장 두드러진 활약을 보인 사람은 라일과 데미안, 그리고 레오였다.

라일은 검은 폭풍처럼 마물들을 휩쓸고 있었고, 데미안은 자신의 몸을 셋으로 나눠 마물들을 상대하고 있었다. 그리고 변신을 마친 레오는 파륜느를 마치 대거처럼 휘두르며 마물들을 소멸시키고 있었다.

레오가 휘두른 파륜느에 당한 마물들 가운데 마력이 약한 마물들은 그 자리에서 소멸당해 버렸고, 마력이 강한 마물들이라고 하더라도 상처를 통해 마력이 소실되고 있었다.

어떻게 이런 일이 가능한 것인지 그 이유는 알 수 없었지만 셋으로 나뉜 데미안이 들고 있는 세 자루의 미디아는 원래의 신성력을 그대로 가지고 있는 듯했다. 다만 원래 데미안이 가지고 있던 마나의 7할밖에 사용할 수 없었지만 그것으로도 충분했다.

원래의 검술 실력에 7할의 마나, 그리고 세 명의 데미안과 세 자루의 미디아, 이 정도라면 제아무리 많은 마물들이 몰려들어도 충분히 상대할 수 있을 것 같았다. 또 그런 데미안의 생각을 증명이라도 하듯 세 명의 데미안은 마물들을 사정없이 해치우고 있었다.

다크 문을 휘두르는 라일은 소름이 끼칠 만큼 잔인하고 사정이 없었다. 자신을 향해 달려드는 마물들 가운데에는 여인의 모습이나 아이의 모습을 한 마물들도 있었지만 라일은 검 휘두르기를 조금도 망설이지 않았다.

데미안은 라일이 다크 문을 휘두를 때마다 그의 인간다움이 조금씩 사라져 가는 것을 느꼈다. 마물들을 공격하면서도 라일의 모습을 흘낏거리던 데미안은 그런 라일의 모습이 가슴 아팠다.

하지만 지금 가장 먼저 해결해야 할 일은 밀려드는 마물들을 처리하는 것이었다. 결심을 굳힌 데미안은 일행들을 향해 외쳤다.

"모두 지금의 자리에서 움직이지 마십시오!"

외침과 동시에 지면을 박차고 허공으로 치솟아오른 세 명의 데미안은 세 자루의 미디아로 세 방향을 동시에 공격했다.

"헬 버스터—!"

순간 일행들은 자신들 주위로 세찬 바람이 불어오는 것이 느껴졌다. 바람의 존재는 느껴졌지만 실제로는 옷깃 하나 움직이지 않았다.

고개를 갸웃거리던 신관들의 눈앞에 믿을 수 없는 광경이 펼쳐졌다. 자신들을 공격하던 마물들의 움직임이 일제히 멎은 것처럼 보인 것이다. 그리고 비록 눈에 보이지는 않았지만 뭔가가 아주 빠른 속도로 움직인다는 것을 느낄 수 있었다.

자신들의 몸 주위에서 급격하게 파동 치는 마나의 움직임을 각 종단의 대신관급인 그들이 느끼지 못할 리 없었다. 다만 전해지는 느낌이 너무 살벌해서 움직이려고 해도 몸이 굳어 움직일 수조차 없었다. 그런 그들의 눈에 온몸이 갈가리 찢긴 마물들의 잔해가 마구 날아가는 모습이 보였다.

허공을 날아다니는 마물들의 잔해는 지면에 떨어질 사이도 없이 한줄기 검은 연기가 되어 공기 중에 사라졌다. 수십 마리의 마물들이 불가항력적인 힘에 의해 눈앞에서 전신이 난자되어 사라지는 장면은 끔찍하기 이를 데 없는 것이었다.

그런 심정은 소드 마스터들도 마찬가지였다.

자신들이 한평생 익혀온 검술을 한순간에 쓸모없는 것으로 만드는 데미안의 검술에 기가 막힐 뿐이었다. 게다가 그런 데미안이 셋이라니…….

영원처럼 느꼈던 시간이 끝나 데미안이 지상으로 내려서서 다시 한 명의 데미안으로 돌아왔을 때 일행들 주위 수십 미터 이내에는 단 한 마리의 마물도 없었다.

일행들이 잠시 멍해 있는 사이 라일은 데미안이 공격하지 않은 방향의 마물들을 휩쓸고 있었다.

케에엑―

처절한 마물의 단말마에 일행들은 깜짝 놀라 정신이 현실로 돌아왔고, 데미안의 공격에 마물들도 겁을 먹었는지 더 이상 다가오지 않고 있었다. 하지만 일행들을 노려보는 그들의 눈빛이 살벌한 것을 보면 물러날 생각은 조금도 없는 것 같았다.

자신 곁으로 다가오는 데미안의 안색이 창백한 것을 발견한 데보라가 마물들을 향해 아로네아를 겨눈 채 물었다.

"괜찮은 거야? 안색이 너무 창백해."

"난 괜찮아."

"괜찮긴 뭐가 괜찮아? 지금도 비틀거리면서."

"정말 괜찮아. 잠시만 쉬면 괜찮아질 거야."

데미안의 대답에 데보라는 어금니를 깨물며 안색을 굳혔지만 지금으로써는 그의 말을 믿는 수밖에 없었다. 그사이 소드 마스터들은 다시 전면의 마물들을 향해 달려들었고, 인간과 마물 간의 혈전은 다시 시작되었다.

일행들과 전진을 하던 데보라는 전진하는 속도가 좀 전과는 달

리 조금씩 늦어지는 것을 느꼈다. 곁에서 누바케인을 휘두르고 있
던 뮤렐에게 재빨리 외쳤다.

"뮤렐, 근처에 수맥(水脈)이 있어?"

"자, 잠시만 기다려 주십시오. 곧 찾아보겠습니다."

주위의 마나를 끌어들인 뮤렐은 디텍트 계열의 스펠을 캐스팅
했다.

"디텍트 워터 베인Detect Water Vein!"

잠시 주위를 살피던 뮤렐은 곧 한곳을 가리켰다.

"저곳에 수맥이 있습니다."

재빨리 달려간 데보라는 지체없이 지면을 향해 아로네아를 찔
러 넣었다.

"스파우트— 세이크리드 웨이브—"

아로네아가 박혀 있던 지면이 들썩거린다고 느껴지는 순간 거
센 물줄기가 지면을 뚫고 10여 미터 높이로 솟구쳐 올랐다. 그리
고 지면을 향해 쏟아져 내리던 물줄기는 데보라가 아로네아로 가
리키는 곳을 향해 살아 있는 생명체처럼 날아갔다. 그리고는 마물
들의 머리 위로 사정없이 쏟아졌다.

케액—!

킥킥킥!

온몸에 물벼락을 맞은 마물들은 갖가지 비명을 지르며 지면 위
를 뒹굴었다.

물론 소드 마스터들도 갑자기 자신들의 머리 위에서 쏟아진 물
벼락에 깜짝 놀랐다. 하지만 마물들이 검은 연기를 피워 올리며
녹는 모습에 데보라가 마물들을 공격한 것임을 깨닫고는 더욱 매
섭게 검을 휘둘렀다.

　대체 얼마나 많은 마물들이 쏟아져 나온 것인지 알 수는 없었지만 한 번은 뮤렐이, 다음에는 레오가, 또 다음에는 데보라가 일행들이 위기를 겪을 때마다 나섰다.

　메탈리언의 중심부를 향해 전진하던 일행들은 계속되는 마물들의 공격에 조금씩 지쳐 갔다. 문제는 처음 자신들이 메탈리언에 진입했을 때 보았던 카디에르 정도 되는 마신급의 마물은 나타나지 않았다는 것이었다. 게다가 소드 마스터 같은 체력을 가지지 못한 신관들 가운데 일부는 마물들과의 공격에 적지 않은 부상을 입었다.

　그럴 때마다 소드 마스터들이 재빨리 개입해 신관들이 비록 목숨을 잃지는 않았지만 하나둘씩 부상을 당해가자 일행들의 이동 속도도 늦어질 수밖에 없었다. 또 계속되는 마물들의 공격에 부상자들을 치료할 시간도 제대로 낼 수 없었다.

　제대로 방어막을 치지 못한 탓에 옆구리에 부상을 입은 신관을 치료하기 위해 그에게 다가가던 로빈은 그제야 주위가 상당히 어두워진 것을 발견했다. 고개를 들어 하늘을 바라보니 먹구름이 잔뜩 몰려 있는 것이 한바탕 비라도 쏟아질 것 같았다.

　재빨리 신관을 치료한 로빈은 다시 일행들에게 돌아가기 위해 몸을 돌렸다. 그런 로빈의 눈에 보인 것은 하늘로 이어진 검은 연기 기둥이었다. 연기 기둥은 먹구름 사이로 사라져 보이지 않았지만 왠지 이상한 생각이 드는 것을 떨쳐 버릴 수 없었다.

　연기가 피어 오르는 곳은 지금 자신들이 가려고 하는 메탈리언의 중심, 혹시 그렇다면 지금 보이는 저 연기가 지하르트와 무슨 연관이 있는 것은 아닐까 하는 생각이 들었다. 그런 자신의 생각을 데미안에게 즉시 이야기했고, 고개를 돌려 연기가 피어 오르는 모습을 확인한 데미안 역시 그것이 자연적으로 발생한 일이 아닐 것이란 판단을 내렸다.

일행들은 점점 지쳐 가고 지하르트의 근거지는 더욱 가까워지고 있는데 상황은 갈수록 어려워지고 있었다.

왼손에 끼고 있던 반지형 아티펙트에 자신의 모든 신성력을 불어넣던 중년 신관은 극도로 지친 모습을 보이고 있었다. 신에 대한 믿음을 잊지만 않는다면 영원히 마를 일 없다는 신성력도 서서히 바닥을 보이고 있었다. 신에 대한 자신의 믿음이 이것밖에 되지 않았나라는 생각이 들었다. 그 순간 중년 신관의 방어막이 희미하게 흔들렸고, 그를 공격하던 마물들 가운데 커다란 낫과 같은 앞발을 가진 마물 하나가 힘차게 방어막을 향해 앞발을 내려쳤다.

쾅!

"큭!"

갑작스런 폭음에 놀란 신관은 정신을 차려 아티펙트에 자신의 모든 신성력을 보냈지만 이미 늦었다. 방어막을 뚫고 들어온 마물의 앞발이 신관의 머리를 날려 버리는 순간 그의 영혼은 지상을 떠났고, 그의 몸은 마물들에 의해 갈가리 찢겼다.

그 순간 신관들 전체를 보호해 주던 방어막이 사라져 버렸다. 신관들은 당황해하며 다시 방어막을 만들려 하였지만 마물들 쪽의 동작이 더 빨랐다.

신관들이 만든 방어막 때문에 제대로 공격할 수 없었던 마물들은 방어막이 사라지자 마치 밀물처럼 신관들을 향해 쏟아져 들어왔다. 경험이 적었던 신관들 가운데 몇몇은 당장 마물들에게 비참한 죽임을 당했고, 근처에서 마물들을 공격하던 소드 마스터들은 그 모습에 깜짝 놀라며 신관들을 구하기 위해 달려왔다.

신관들과 조금 떨어진 곳에서 있던 데미안 역시 신관들의 방어막이 갑자기 무너져 마물들에게 공격을 당하는 모습을 발견하고는 깜짝 놀랐다. 하지만 그들을 구하기 위해 달려갈 수도 없는 상황이었다.

조금 전 데미안 일행의 강한 공격 때문인지 데미안들을 공격하는 마물들은 모두 강한 마력을 가진 마물들뿐이었다. 자신을 향해 달려들던 마물을 단숨에 두 쪽으로 만든 데미안이 쿠로얀을 이용해 자신의 몸을 둘로 만들까 생각할 때였다.

잡고 있던 미디아에 희미한 진동이 있었다. 이상한 생각이 들어 주위를 살피던 데미안은 자신들을 공격하는 마물들의 후미가 혼란스러워진 것을 발견했다.

마물들은 갑자기 대항할 수 없는 적을 만난 것처럼 사방으로 도망치기 위해 미친 듯 날뛰기 시작했다. 데미안이 잠시 어리둥절해하는 사이 무엇인가가 그를 향해 눈에 보이지 않을 정도로 빠르게 달려들었다.

미처 상대가 무엇인지 확인할 사이도 없이 데미안은 황급히 방어막을 쳤다.

"피지컬 실드!"

쾅!

붉은 반원형의 막에 무엇인가가 부딪쳐 커다란 폭발을 일으키며 허공으로 퉁겨졌다. 방어막에서 상당한 충격이 전해지는 것을 느끼며 데미안은 방어막에 부딪친 상대를 확인하기 위해 고개를 들었다. 그리고 그런 데미안의 눈에 난생처음 보는 괴상한 모양을 한 생명체가 들어왔다.

1미터쯤 되는 접시처럼 생긴 새까만 몸통의 중앙에는 날카로운 이를 가진 커다란 입이 있었고, 또 몸 둘레에는 10여 개의 날개가 쉴 새 없이 움직이고 있었다. 그리고 그 날개에서는 끊임없이 벌들이 날 때 들리는 '부웅' 하는 소리가 들려왔다.

그 생명체를 발견한 데미안은 어리둥절함을 느끼지 않을 수 없었다. 대체 저 본 적도 없는 생물은 어디에서 나타난 것이란 말인가? 게다가 조금 전 방어막과 부딪쳤을 때 전해진 충격을 생각해 보면 단지 숫자만 많은 마물이 가진 마력과는 비교도 되지 않았다.

눈에 보이지도 않을 정도로 빠르게 날개를 펄럭이던 생명체는 다시 데미안을 향해 날아들었다. 다시금 방어막을 치려던 데미안은 생각을 바꿔 미디아에 마나를 집어넣고는 그대로 휘둘렀다.

쾅!

미디아와 부딪친 괴생명체는 다시 허공으로 퉁겨졌지만 그 움직임은 조금 전과 달라진 것이 없었다. 하지만 데미안은 거의 1미터 이상 뒤로 밀려났다.

어이없어하던 데미안은 미디아를 다시 움켜쥐고는 괴생명체를 향해 달려들었다. 그리고는 그대로 미디아를 뻗었다.

"슬러그스 스타!"

미디아의 끝에서 튀어나온 20여 개의 붉은 마나 조각들이 괴생명체를 향해 날아갔다. 자신의 공격이 성공하리라 생각했던 데미안의 예상과는 달리 괴생명체는 너무도 간단하게 데미안의 공격을 피했다.

그 모습에 데미안이 어이없어할 때 괴생명체는 그런 데미안을 마치 약이라도 올리듯 데미안의 주변을 빠르게 날아다녔다. 빠르게 주변의 상황을 둘러본 데미안은 일행들을 공격하던 마물들이 거의 소멸당해 얼마 남지 않은 것을 확인했다.

그러는 사이에도 괴생명체는 데미안의 주위를 날아다니고 있었다. 그렇지 않아도 공격할 틈만 찾던 데미안은 지체없이 미디아를 휘둘렀다.

"픽싱 타깃! 디솔드 소드!"

괴생명체의 움직임이 잠시 멈칫하는 사이 미디아는 괴생명체의 몸 중앙을 사정없이 꿰뚫었다. 미디아와 부딪쳐도 상처 하나 없던 날개와는 달리 둥그런 몸통은 그리 강하지 않은 듯했다.

미디아가 박힌 곳에서는 암적색의 끈적끈적한 액체가 흘러나왔고, 그 액체가 지면에 떨어지는 순간 바닥에 깔려 있던 포석이 그대로 녹아버렸다.

괴생명체의 움직임이 완전히 멈춘 것을 확인한 데미안은 미디아를 뽑았고, 바닥을 향해 가볍게 몇 번 휘둘러 미디아에 묻은 괴생명체의 체액을 털어냈다.

그 순간이었다.

죽은 줄 알았던 괴생명체의 날개가 경련을 일으키듯 움직였고, 날개의 끝이 데미안의 종아리를 스치고 지나갔다.

"윽."

종아리에 뜨거운 물건이 닿은 듯한 느낌이 들었다. 데미안은 통증을 느낌과 동시에 재차 미디어를 휘둘러 괴생명체를 완전히 산산조각으로 만들어 버렸고, 그 남은 조각들마저 라이트닝의 스펠을 캐스팅해 완전히 소멸시켰다.

잠시의 방심이 부른 상처치고는 상당히 커다란 상처가 생겼다. 입을 쩍 벌린 상처를 보니 검게 물든 것이 독에 당한 것 같았다.

"안티 포이즌! 큐어!"

재빨리 치료 마법의 스펠을 캐스팅해 상처를 치료하려 했지만 상처는 처음 상태와 달라지지 않았다. 몇 번의 시도에도 상처가 낫지 않자 혹시나 하는 생각에 상대에 미디어를 대어보았다. 그러자 상처 부위에서 검은 연기가 피어 올랐고, 곧 이어 아리도록 붉은 선홍색의 피가 흘러내렸다.

그 모습에 데미안은 고개를 끄덕이며 다시 한 번 치료 마법의 스펠을 캐스팅했고, 곧 이어 상처가 아무는 것을 확인했다. 상처 치료가 끝난 것을 확인하고서야 고개를 든 데미안의 눈에 신관들을 향해 떨어져 내리는 괴상한 몰골의 생명체들이 보였다.

"위험합니다! 어서 피하십시오!"

제49장

최후의 결전Ⅲ

데미안의 다급한 말에 일행들은 잔뜩 긴장해서 주위를 둘러보았지만 그들을 위협하는 존재는 전혀 발견할 수 없었다.

이상한 생각이 들어 다시 데미안에게 얼굴을 돌리려는 순간 이상한 낌새에 미나스와 샤드 등 몇몇 소드 마스터들은 황급히 고개를 들어 허공을 바라보았다. 그리고는 깜짝 놀란 얼굴로 외쳤다.

"피해!"

누구의 음성인지 확인할 사이도 없었다. 신관들은 갑작스레 터져 나온 고함 소리에 깜짝 놀라며 어쩔 줄 몰라 하다가 사방을 향해 달려갔다. 그리고 거의 동시에 그들이 서 있던 곳에 무엇인가가 떨어져 내렸다.

쿵쾅—!

포석이 사방으로 날아갔고 자욱한 흙먼지가 허공으로 치솟았다. 대체 무엇이 떨어졌는지는 모르지만 지독하게 무거운 물체인 것만은 확실했다.

지면을 울리는 것이 아니라 지축이 무섭게 흔들리며 그 진동이 주위로 퍼졌고, 신관들 가운데 몇몇은 전해지는 진동을 이기지 못해 중심을 잃고 바닥에 쓰러졌다.

미처 흙먼지가 가라앉기도 전에 흙먼지 속에서 무엇인가가 움직임을 감지한 데미안은 미처 피하지 못해 지면에 쓰러져 있던 신관을 향해 다급하게 소리를 쳤다.

"피하시오! 위험……."

갑작스런 상황을 접했기 때문인지 놀란 얼굴로 데미안을 바라보던 중년 신관은 마치 얼어붙은 듯 꼼짝도 못하고 있었다. 급한 마음에 데미안은 그를 향해 미디아를 휘둘렀다.

"슈팅 스타!"

휘둘러진 미디아 끝에서 날아간 붉은 마나 덩어리는 중년 신관의 바로 앞 지면에 내리꽂혔고 곧 폭발을 일으켰다. 그 충격으로 중년 신관의 몸은 퉁겨지듯 뒤로 날아갔다. 그리고 거의 동시에 무엇인가가 그가 쓰러져 있던 지면의 포석을 훑고 지나갔다.

40센티미터에 달하는 포석들이 마치 비스킷처럼 부서져 나갔고, 그런 모습을 멍하니 보고 있던 신관 하나가 그 기세에 휘말려 전신이 찢겨져 나갔고 사방으로 선혈이 뿌려졌다.

큰 움직임에 휘말린 흙먼지가 허공으로 치솟자 신관의 목숨을 빼앗은 존재가 일행들의 눈에 드러났다. 그리고 그 모습에 일행들은 벌린 입을 다물지 못했다.

일단 그 존재는 10여 미터에 달하는 거대한 네 개의 다리를 가지고 있었다. 하지만 다리의 끝 부분이 10여 미터 높이에서 이어져 있을 뿐 어디에도 몸뚱이는 보이지 않았다.

　방금 신관을 공격한 다리는 거대한 사자의 앞발처럼 생긴 것이
었다.

　괴상하게 생긴 상대의 모습에 일행들이 잠시 멍해 있을 때 신
관들을 노리고 다시 다리가 덮쳤다. 다리에 직격당한 두 신관은
그대로 날아가 벽에 부딪쳤다. 그들의 몸에서 뿜어져 나온 선혈이
벽면을 온통 붉게 적셨고, 지면으로 떨어진 두 신관은 발작처럼
경련을 일으키고는 곧 움직임을 멈췄다.

　그 모습에 가장 먼저 반응을 보인 사람은 역시 데미안이었다.
데미안은 자신 앞에 있던 마물의 다리를 향해 미디아를 세차게
휘둘렀다.

　스윽—

　강철 기둥같이 생긴 모습과는 달리 마물의 다리에는 긴 상처가
났고, 상처에서는 검은 체액이 뿜어져 나왔다. 데미안이 걸치고 있
던 라이트 레더에도 몇 방울의 체액이 튀었지만 데미안은 마물의
다리를 공격하기에 여념이 없었다.

　그러는 사이 라이트 레더에 떨어진 마물의 체액은 라이트 레더
를 맹렬하게 태웠다. 깜짝 놀란 데미안은 황급히 뒤로 물러나 라
이트 레더를 벗어버렸고, 지면에 떨어진 라이트 레더는 계속해서
검은 연기를 피워 올리며 타 들어갔다.

　마물은 다리의 상처에도 아랑곳하지 않고 소드 마스터들과 신
관들을 공격했다. 그때마다 다리의 상처에서는 끊임없이 검은 액
체가 뿌려졌고, 소드 마스터들과 신관들은 마물의 다리 공격과 검
은 액체를 피하기 위해 애를 써야만 했다.

　옆으로 몸을 피한 샤드는 자신 근처에 있던 단테스에게 눈짓을
하고는 마물의 다리를 향해 달려들었다. 그리고는 사정없이 검을

휘둘렀다.

치이익—

마물의 다리에서 뿜어져 나온 체액이 지면에 떨어지자 마치 뜨거운 철판 위에 차가운 물이 뿌려졌을 때처럼 날카로운 소리가 나며 지면이 녹아버렸다. 두 사람은 재빨리 몸을 피하면서도 검을 휘두르기를 멈추지 않았다. 그때마다 검은 액체는 끝없이 뿜어져 나왔고 검은 액체는 닿는 모든 것을 녹여 버렸다.

두 사람의 공격이 성공하는 것을 본 다른 소드 마스터들도 일제히 달려들어 공격을 퍼부었고, 온몸에 상처를 입은 마물은 검은 체액을 뿜으며 무너지듯 그 자리에 주저앉았다.

쾅!

요란한 소리를 내며 마물은 쓰러졌고, 마물의 몸에서 뿜어져 나온 체액 때문에 신관들은 황급히 뒤로 물러서야만 했다. 하지만 조금 전 마물들과의 전투에서 입은 부상 때문에 동작이 느렸던 신관 하나가 마물의 체액을 뒤집어썼고, 처절한 비명과 함께 신관의 몸은 녹아내리기 시작했다.

그 모습을 발견한 로빈이 신관을 구하기 위해 달려가려 했지만 데보라의 제지로 그럴 수 없었다. 자신이 달려간다고 하더라도 이미 늦었다는 것을 모르는 것은 아니었지만 그래도 상대를 위해 뭔가를 해야 한다는 생각 때문에 그냥 서 있을 수만도 없었다.

벌써 신관 여러 명이 목숨을 잃었다. 게다가 새로 등장한 마물들은 조금 전 자신들을 공격했던 마물들과는 전혀 다르게 생겼다.

조금 전 나타났던 마물들은 그래도 인간처럼 두 다리로 걷거나 아니면 동물들처럼 네 개의 다리로 걷거나 날아다니는 것들이었다. 하지만 지금 나타난 것들은 그 생김생김이 조금 전과는 달리 상상을 초월하는 것들뿐이었다.

사람들이 정신을 차리기도 전 또다시 일행들을 향해 마물들이 덮쳐 왔다.

*   *   *

마브렌시아와 함께 동쪽으로 달려간 피아나는 잔뜩 긴장하고 있던 드래곤들을 발견했다. 겨우 저따위 드래곤들 때문에 자신이 충성을 바치는 지하르트에게 혼이 났다는 생각 때문에 피아나는 처음 자신이 직접 드래곤들을 상대하려고 했었다. 하지만 곧 그런 생각을 접고는 자신 곁에 무표정하게 서 있던 마브렌시아와 라이슬렌스에게 명령을 내렸다.

"너희들 손으로 직접 메탈리언의 대지를 더럽힌 저놈들을 죽여라."

싸늘하게 그 말을 내뱉는 피아나의 얼굴에는 비웃음에 가까운 미소가 떠올라 있었다. 그녀의 명령에 라이슬렌스가 무표정하게 걸음을 옮긴 반면 마브렌시아는 좀처럼 움직일 생각을 하지 않았다. 하지만 피아나는 아무 말도 하지 않았다.

드래곤으로 드래곤들을 막는다.

이것이 피아나가 생각해 낸 드래곤 조롱법이었다.

한편 동쪽 성문을 공격하기 위해 모여 있던 드래곤들은 갑자기 피아나가 사라졌던 드래곤들과 나타난 것만 해도 당황스러운 일이었는데 라이슬렌스와 다른 드래곤들이 자신들의 앞을 가로막자 더욱 당황하지 않을 수 없었다.

과연 그들은 지하르트의 부하가 되어 자신들을 막기 위해 나선 것일까?

동쪽 성문 쪽에 모여 있던 드래곤들을 인솔하기 위해 온 블루 드래곤 클루에이어스는 자신들 앞으로 다가오는 라이슬렌스의 모습을 확인하고는 어떡해야 좋을지 알 수 없었다.

라이슬렌스만 하더라도 자신보다 거의 800살은 더 먹은 상대였고, 무표정한 얼굴로 그의 뒤에 서 있는 레드 드래곤 화이베니아만 하더라도 비록 나이는 비슷하지만 그가 가진 브레스의 파괴력이 자신보다 더욱 강했던 것이다.

너무나 긴장한 클루에이언스는 자신도 모르게 뒷걸음질을 쳤고, 그 모습에 다른 드래곤들도 덩달아 뒷걸음질쳤다. 하지만 그들을 향해 다가오는 라이슬렌스들의 발걸음에는 조금의 망설임도 없었다.

클루에이언스들을 향해 다가오던 다섯 마리의 드래곤들은 일렬로 늘어섰고, 마치 약속이라도 한 듯 오른팔을 들었다.

"다크 파이어 오브 헬!"

그들의 손에서 뻗어 나간 검은 불길이 폭풍처럼 클루에이언스들을 향해 몰아쳐 갔다. 설마 하는 마음으로 그들의 모습을 지켜보던 드래곤들은 깜짝 놀라며 자신들 앞에 강력한 방어막을 만들었다.

콰앙!

폭음과 함께 클루에이언스들은 맥없이 뒤로 밀려났다. 라이슬렌스 등의 공격을 막았던 클루에이언스들은 자신들의 예상을 훨씬 뛰어넘는 상대의 강력한 파워에 놀라움을 감출 수 없었다. 그들이 제자리에서 꼼짝도 하지 않은 반면 클루에이언스들은 거의 7, 8미터 이상 뒤로 밀려나 있었던 것이다.

물론 상대들이 자신보다 나이나 능력 면에서 앞서는 것은 사실이었지만 그것은 상당히 미미한 차이일 뿐이었다. 지금처럼 이렇게 큰 차이를 느낄 정도는 아니었다. 하지만 언제까지 놀라고 있을 틈도 없었다.

그들이 잠시 멍해 있는 사이 그들의 머리 위로 다시 한 번 검은 불길이 폭포수처럼 쏟아졌다.

조금 전에는 그들이 나타날 때부터 혹시나 하는 마음에 대비를 하고 있었기에 급하게나마 방어막이라도 칠 수 있었지만 지금은 미처 손쓸 사이도 없었다.

클루에이언스는 겨우 방어막을 만들 수 있었지만 다른 드래곤들은 방어막은커녕 달아나기 바빴다. 하지만 도망치는 것조차도 쉬운 일이 아니었다. 클루에이언스를 공격하는 라이클렌스를 제외한 다른 드래곤들은 도망치는 드래곤들을 한 마리씩 맡아 사정없이 공격을 퍼붓고 있었다.

화이베니아의 공격을 받던 그린 드래곤은 이미 상당한 부상을 입은 채 겨우겨우 화이베니아의 공격을 피하고 있었다. 또 그런 상황은 다른 드래곤들 역시 마찬가지였다.

마브렌시아와 함께 나타난 화이베니아나 세파이얼스가 가진 힘은 남쪽 성문에서 카르메이안의 공격 신호를 기다리고 있던 드래곤들에 비하면 파괴력이나 능력 면에서 월등하게 앞서고 있었다. 화이베니아와 세파이얼스들의 공격을 받은 드래곤들은 대부분 극심한 부상을 입은 채 상대의 공격을 피하기 여념이 없었다.

"깔깔깔, 죽여라. 모두 죽여 버려라!"

"잠깐!"

자신의 눈에 보이는 광경이 만족스러운 듯 웃음을 터뜨리던 피아나를 막은 것은 마브렌시아였다.

"감히 너 따위가 내가 하는 일에 토를 달다니…… 죽고 싶어서 환장했구나."

"저들을 죽이는 것보다는 모두 잡아 지하르트님의 부하로 만드는 것이 그분을 위한 일이 아닐까?"

"하지만 지하르트님께서 내리신 명령은 이곳 메탈리언에 침입한 놈들을 모두 죽이라고……."

"무엇이 진정 그분을 위한 일인가를 생각해 봐."

얼굴 표정도 변하지 않은 채 말을 하는 마브렌시아의 모습에 피아나는 잠시 생각에 빠졌다.

사실 그녀의 말처럼 침입한 드래곤들을 죽이는 것은 너무나 간단하고 쉬운 일이다. 하지만 그 일이 지하르트에게 아무런 도움도 되지 않을 것은 분명한 일이었다. 그렇다면……?

"잠깐 손을 멈춰라."

피아나의 말에 라이슬렌스들의 손은 일제히 멈추었고, 그런 라이슬렌스들에게 몇 개의 검은 수정을 던졌다. 라이슬렌스들이 받아 든 것을 본 피아나가 입을 열었다.

"너희들이 잡은 도마뱀들의 머리 위에서 수정을 부러뜨려라."

뚝— 뚝— 뚝—

수정이 부러지는 소리가 몇 번 들렸고, 부러진 수정에서 흘러나온 검은 연기가 드래곤들의 머리 속으로 순식간에 스며들었다. 그 모습을 본 피아나는 흡족한 미소를 짓고는 그들 드래곤들에게 명령을 내렸다.

"일어나라."

피아나의 명령을 들은 다섯 마리의 드래곤들은 멍한 눈빛을 한

채 자리에서 일어섰다. 그리고는 영혼이 빠져나간 사람처럼 그녀
의 다음 명령을 기다렸다.

"남쪽 성문으로 가자."

말과 함께 그녀는 남쪽 성문을 향해 날개를 펄럭이며 날아갔고,
그 뒤를 10여 마리의 드래곤들이 따랐다.

근처에 서너 마리의 드래곤들이 숨어 있다는 것을 눈치 챈 마
브렌시아는 피아나가 왜 그들을 그대로 내버려 둔 것인지 궁금하
지 않을 수 없었다. 하지만 그 이유는 곧 밝혀졌다.

그녀가 서 있는 곳을 향해 메탈리언의 중심에서 어둡고, 음산하
고, 칙칙한 기운이 밀려들기 시작한 것이다. 마브렌시아가 여태껏
보아왔던 어떤 기운보다 불쾌한 느낌이 들게 하는 기운이었다.

허공으로 몸을 띄운 마브렌시아는 남쪽 성문 쪽으로 날아가면
서 자신이 수천 년 동안 한 번도 본 적이 없는 괴상한 몰골을 한
생명체들이 숨어 있던 드래곤들을 향해 달려드는 모습을 보고는
자신도 모르게 고개를 돌려 버리고 말았다.

앞으로 자신들은 더 이상 지상 최강의 생명체라고 불릴 수 없
을 것이다. 설사 인간이나 다른 종족들이 자신들을 그렇게 생각한
다고 하더라도 오늘 이곳에 왔던 드래곤들은 결코 자신들이 겪었
던 일을 잊지 못할 것이기 때문이다.

숨어 있던 드래곤들과 마물들이 싸우는 소리를 뒤로하며 마브
렌시아는 그 자리를 떠났다.

*　　　　*　　　　*

새롭게 쏟아져 나온 마물들과 혈전을 치르면서 데미안과 일행

들은 메탈리언의 중심을 향해 전진을 계속했지만 그 거리는 겨우 2킬로미터에 불과했을 뿐이었다. 하지만 그 거리를 이동하면서 데미안 일행이 입은 피해는 막대한 것이었다.

뮤렐과 헥터, 소드 마스터 가운데 벨리시아와 미하일이 적지 않은 부상을 입은 상태였고, 다른 사람들도 적어도 하나둘 정도의 상처를 입고 있었다. 하지만 가장 큰 피해를 입은 사람들은 역시 신관들이었다.

데미안 일행이나 소드 마스터들은 육체적인 훈련을 쌓고 있었기에 위험한 상황이 닥치면 피할 능력이라도 있었지만 신관들 대부분은 행동이 민첩하지 못해 피해가 클 수밖에 없었다.

스물네 명의 신관들 가운데 절반이 넘는 열세 명이 목숨을 잃었고, 여섯 명이 크고 작은 상처를 입은 상태였다. 부상을 입지 않은 신관들은 동료 신관들을 치료하면서 목숨을 잃은 신관들의 몸에서 아티펙트를 회수했다. 그리고 언제부터인지는 모르지만 일행들 사이에서 대화가 끊겼다.

물론 마물들과의 혈전이 계속되어 지친 이유도 있었지만 더 큰 이유는 동료들의 죽음 때문이었다. 그들이 비록 오늘 싸움에서 목숨을 잃을 수 있다는 것을 알고 있었다고는 하지만 아는 것과 실제 자신의 눈으로 보는 것은 차이가 있을 수밖에 없었다. 특히 그런 심적인 충격은 신관들이 더했다.

그런 일행들의 모습에 안타까움을 감추지 못하던 데미안은 다시 무엇인가 사악한 힘을 가진 존재들이 자신들 일행을 향해 다가오는 것을 느꼈다.

"조심하십시오."

"뭔가가 다가옵니다."

　데미안과 로빈이 거의 동시에 일행들에게 주의를 주었다. 하지만 조금 전의 전투로 극도로 지친 일행들의 움직임은 당연히 느릴 수밖에 없었다.

　마음이 조급해진 데미안이 라일과 함께 앞으로 나섰고, 다른 소드 마스터들도 주위로 흩어져 혹시 있을지 모르는 마물들의 공격에 대비했다.

　이를 악물고 일어선 신관들은 아티펙트를 들고 주위를 둘러보고 있었고, 데보라 등 일행들도 자신의 무기를 들고 경계를 늦추지 않았다.

　잠시의 시간이 지나고 긴장하고 있던 르네와 벨리시아의 눈에 괴상한 존재들이 자신들에게 다가오는 것이 보였다.

　빠른 속도로 다가오는 그들의 모습은 전체적으로 트롤이나 오거와 비슷해 보였는데, 그들과 다른 점은 온몸이 긴 털로 뒤덮여 있다는 것이었다. 그리고 그들의 손에는 어마어마한 크기의 배틀엑스가 들려져 있었다.

　그들은 피아나의 명령으로 데미안과 일행들을 막기 위해 달려온 데자베로스와 그의 동료들이었다. 그들이 일행들을 향해 달려오자 희미하게 지면이 흔들리는 것을 일행들은 느끼며 잔뜩 긴장했다.

　서로 눈빛을 나눈 단테스와 빈스, 클레어가 앞으로 달려나갔고 다른 소드 마스터들은 그들의 빈자리를 메웠다.

　데자베로스들을 향해 달려든 세 사람의 소드 마스터들은 세 방향으로 흩어져 상대를 향해 힘껏 자신의 검을 휘둘렀다. 하지만 상대는 키가 4미터에 달하는 덩치를 가졌다고는 믿을 수 없을 만큼 빨랐다.

세 사람의 검이 자신들을 덮치기 전에 세 마리를 제외한 나머지 10여 마리가 일행들을 향해 달려갔다. 그 모습을 본 세 사람의 소드 마스터들은 마음이 급했지만 자신들을 향해 날아오는 배틀 엑스를 막지 않을 도리가 없었다.

챙—

귓전을 자극하는 날카로운 소리와 함께 손목에서 전해지는 충격을 느끼고서야 소드 마스터들은 자신들이 상대를 너무 가볍게 생각했다는 것을 느낄 수 있었다.

특히 몸무게가 가벼운 클레어는 부딪친 충격으로 몸이 들썩들썩하는 것을 느낄 수 있었다. 물론 버티려고 마음먹으면 못 버틸 것도 없었지만 무리하게 버티다가 충격이 몸에 남아 있으면 상대에게 반격할 틈을 줄 수 있다는 생각에 오히려 몸을 가볍게 만들어 뒤로 몸을 날렸다.

지면에 내려선 클레어는 수중의 롱 소드를 움켜잡고는 다시 털북숭이 마물을 향해 달려들었다. 이번엔 상대를 경시하는 생각을 버려서인지 그녀의 몸놀림은 경쾌하기 이를 데 없었다. 그녀의 검은 배틀 엑스를 들고 있는 마물의 오른팔을 노리고 힘차게 휘둘러졌다.

퍽!

둔탁한 소리와 함께 그녀의 검은 마물의 털에 가로막혀 버리고 말았다. 그 모습에 클레어는 깜짝 놀라 잠시 멈칫했고, 그 틈을 놓치지 않고 마물의 왼손이 클레어의 몸통을 향해 날아들었다.

클레어가 마물의 주먹을 발견했을 땐 이미 피할 시간이 없었다. 이를 악문 클레어는 황급히 검을 뽑으려 했지만 마물의 털에 휘감겨서인지 뽑을 수가 없었다. 다급해진 클레어는 자신이 걸친 라이트 레더에 마나를 보내고는 충격에 대비했다.

쾅!

클레어의 몸은 거의 10여 미터 밖으로 날아갔다. 다른 마물들과 싸우던 단테스와 빈스는 클레어가 날아가는 모습을 발견하고는 움찔하지 않을 수 없었다.

그들도 클레어처럼 아무리 검을 휘둘러도 상대에게 상처를 입힐 수 없어 당황하고 있던 참이었다. 그런데 클레어가 상대의 공격에 날아가는 모습을 발견했으니 어떻게 평정을 유지할 수 있겠는가?

쾅!

빈스 역시 눈 깜짝할 사이에 클레어와 비슷한 처지에 빠졌다. 클레어의 모습을 확인하기 위해 잠시 눈길을 돌린 사이 그의 옆구리에 마물의 주먹이 틀어박힌 것이다. 바닥을 뒹굴던 빈스와 클레어는 재빨리 일어났지만 그들의 안색은 창백했고 입에서는 끝없이 선혈이 흘러내리고 있었다.

그 모습에 단테스는 조급함을 느끼기는 했지만 현재로써는 방법이 없었다. 하지만 그들이 어떻게 알겠는가? 드래곤들조차 데자베로스를 만나서는 도망치기 바빴다는 사실을.

한편 세 마리의 털북숭이를 제외한 나머지 마물들이 일행들을 공격하기 위해 달려오자 데미안 일행과 소드 마스터들이 신관들의 앞을 가로막고 자신의 무기를 움켜쥐었다. 그리고는 각자 한 마리씩 상대를 정해 공격을 퍼부었다.

데미안은 한 마리의 털북숭이 마물을 맞이해 상대하면서 상대가 보통이 아님을 직감했다. 대체 무엇으로 만든 것인지 알 도리는 없지만 신의 무기인 미디아로도 마물들의 털을 상하게 할 수 없었다. 자신이 이런 상태라면 다른 사람들은 말할 필요도 없는 일이었다.

데미안이 조급한 생각을 할 때 곁에 있던 털북숭이 마물의 몸이 세로로 쪼개지며 지면에 나뒹굴었다. 그 모습에 데미안이 깜짝 놀라 고개를 돌릴 때 그의 앞을 스치고 지나가는 검은 그림자가 있었다. 상대를 확인하고 보니 라일이었다. 그가 가지고 있는 마검 다크 문 때문인지는 모르지만 그의 몸에서 느껴지는 사악한 힘의 강도가 더욱 강해진 것 같았다.

데미안의 곁을 스치고 지나간 라일은 신관들을 향해 달려드는 털북숭이 마물의 허리를 향해 다크 문을 휘둘렀다. 상대의 덩치를 생각하면 깊은 상처는 입힐 수 없을 것 같았다. 하지만 다크 문의 검신(劍身)에서 검은 오로라가 피어 오르는 것 같은 생각이 드는 순간 다크 문은 마물의 허리를 간단하게 두 동강을 내버렸다.

다크 문이 마검이기 때문인지는 모르지만 다른 사람의 무기에 당했을 때처럼 검은 연기로 변하는 것이 아니라 검은 물로 변해 녹아버렸다. 그런 상대의 모습은 확인할 사이도 없이 라일은 다시 다음 상대를 향해 몸을 날렸다.

데미안 일행들과 마물들의 싸움 가운데 가장 치열하게 싸우는 사람은 레오였다. 마물들의 움직임도 빠르긴 했지만 레오의 움직임과는 비교가 안 되었다. 마물이 휘두른 배틀 엑스는 번번이 허공을 가르거나 텅 빈 지면을 공격하기 일쑤였다. 하지만 그렇기는 레오 역시 마찬가지였다.

파륜느에서 쏟아진 압축 공기는 나선형으로 날아가 상대를 공격했지만 마물의 털과 도끼에 번번이 가로막혀 성공하지 못했다.

물론 호인족으로 돌아가 손톱으로 상대의 몸에 상처를 남기려고
도 했지만 마물의 가죽이 너무 두껍고 단단해 도저히 상처를 낼
수 없었다.

상대가 자신의 공격에 아무런 상처도 입지 않자 레오는 잠시
뒤로 물러서 숨을 고르고 있었다. 그때 갑자기 뮤렐의 모습이 나
타났고, 반사적으로 배틀 엑스를 휘두르는 상대의 가슴을 향해 힘
껏 누바케인을 찔렀다.

지금까지 어떤 무기로도 상처를 입히지 못한 것과는 달리 누바
케인은 너무나 쉽게 마물의 가슴에 틀어박혔다.

"라이트닝!"

누바케인에서 환한 빛이 번쩍인다고 느끼는 순간 털북숭이 마
물의 몸은 한 줌의 재로 변해 사방으로 날리고 있었다. 마물이 서
있던 자리에는 바닥에 떨어진 누바케인의 모습과 짐승의 털이 타
면서 나는 노린내뿐이었다.

자신의 생각이 맞다는 것을 확인한 뮤렐은 소드 마스터들을 향
해 힘껏 소리쳤다.

"베기 공격은 안 통합니다! 찌르기 공격으로……!"

"아!"

"그래!"

뮤렐의 음성에 소드 마스터들과 데미안 일행들은 탄성을 지르
고는 즉시 공격의 형태를 바꿨다. 그러자 금방 형세가 역전되었다.

지금까지 자신들을 괴롭혔다는 것을 믿을 수 없을 만큼 무력한
마물들은 곧 소드 마스터들에 의하여 모조리 목숨을 잃었다. 하지
만 그들의 최후만큼은 신의 무기를 써서 소멸시킬 수밖에 없었다.

짧은 시간에 입은 피해치고는 상당한 피해였다.

빈스와 클레어는 갈비뼈가 부러지고 내장이 상하는 중상을 입었다. 게다가 소드 마스터들이 털북숭이 마물들을 상대하기 전까지 방어막으로 자신들을 보호하던 신관들은 마물들의 공격으로 적지 않은 부상을 입어야 했다.

이미 부상을 입은 뮤렐과 헥터, 벨리시아와 미하일에다 빈스와 클레어, 또 신관들까지 포함하면 부상당한 사람이 절반을 넘을 지경이었다. 게다가 더 큰 문제는 부상자들을 치료할 시간적인 여유가 없다는 것이었다. 또 부상이 경미한 사람들도 손을 움직일 힘도 없을 정도로 극도로 지쳐 있었다.

나타나는 마물들은 더욱 강해지는데 희생자는 갈수록 늘어나니 상황은 갈수록 어려워질 수밖에 없었다. 이 상태로 계속된다면 지하르트는 보지도 못한 채 일행들은 모두 목숨을 잃을 것이 분명했다. 게다가 얼마나 많은 마물들이 있는지 확인조차 하지 못한 상태에서 이 이상의 피해를 입을 수는 없었다.

데미안이 그런 생각을 하고 있을 때 저쪽에서 누군가가 자신들을 향해 다가오는 것을 발견할 수 있었다.

지금까지 일행들을 습격했던 마물들이 항상 무리를 지어 있던 것을 생각하면 혼자 나타난 상대는 자신의 능력에 꽤나 자부심을 가진 존재인 듯싶었다.

데미안과 라일이 일행들 앞에 서서 상대가 다가오기를 기다렸고, 상대는 데미안과 라일의 10미터 앞쯤에서 걸음을 멈췄다.

이제껏 나타났던 마물들 가운데 가장 인간다운 모습을 한 존재였다.

2미터 2, 30센티미터의 키에 걸친 것이라고는 사타구니를 가리고 있는 짐승 가죽이 전부였다. 그가 움직일 때마다 마치 살아 있는 생명체처럼 꿈틀거리는 구릿빛 근육은 보기만 해도 상대방에게 위압감을 주기에 충분했다.

양손에 들고 있는 무기는 갈고리처럼 생긴 이상한 무기였다. 무기가 너무나 특이하게 생겨 데미안이 의아함을 감추지 못하자 라일이 무기에 대해 설명해 주었다.

"저 무기는 하르페Harpe라고 불리는 무기다. 생긴 것처럼 안쪽에만 날이 있기에 주로 베기 공격에 알맞은 무기지. 하지만 보통 40에서 50센티미터 정도인데 저렇게 크게 만든 하르페는 나도 난생처음 보는구나. 심상치 않은 느낌이 드니 조심하도록 해라."

라일의 말처럼 상대가 들고 있는 무기는 거의 150센티미터는 족히 되어 보였다. 데미안이 경각심을 높이고 있을 때 상대도 자신의 앞을 가로막은 두 존재에 대해 은근히 신경을 쓰고 있었다.

검은 망토를 걸치고 있는 자는 살아 있는 생명체라고 보기 힘들었고 그의 몸에서 전해지는 사악한 기운은 보통이 넘었다. 게다가 그가 들고 있는 무기에서 풍겨지는 기운은 스나이벤의 기운이 분명했다. 또 곁에 서 있는 붉은 머리를 한 청년에게서는 신성한 기운이 마치 후광처럼 어려 있었다.

어떻게 신의 기운과 마신의 기운이 한자리에 있을 수 있는 것인지는 모르겠지만 자신의 앞을 가로막은 두 존재에게서는 분명 그 두 가지의 기운이 느껴졌다.

"본인은 지하르트님 휘하 29군단장 베네트리온이라고 한다. 그대들이 누구인지는 묻지 않겠다. 지금이라도 이곳 메탈리언을 떠난다면 오늘의 일은 없던 일로 하겠다. 즉시 이곳을 떠나라."

나직하기는 했지만 여태껏 보아왔던 마신급의 마물들과는 다른 분위기를 가진 존재였다. 비록 그의 전신에 음습하고 어두운 기운이 어려 있다고는 하지만 당당한 그의 모습이 상당히 보기 좋았다.

한 걸음 앞으로 나선 데미안은 상대 베네트리온을 분명히 바라보며 고개를 저었다.

"본인은 데미안 싸일렉스라고 한다. 우리는 지하르트를 만나기 위해 갖가지 고난을 감내하면서 이곳까지 왔다. 미안하지만 그대의 말은 들을 수 없다."

"그렇다면 할 수 없군. 덤벼라."

베네트리온은 말과 함께 들고 있던 오른손의 하르페를 하늘로, 왼손의 하르페는 지면으로 내려뜨렸다. 조용한 베네트리온의 움직임에서는 결코 무시할 수 없는 폭풍 전야와 같은 고요함이 숨어 있었다.

조심스럽게 움직이는 데미안과는 달리 라일은 무슨 생각에서인지 방어는 적당히 한 채 베네트리온을 향해 달려들었다. 그리고는 그의 옆구리를 향해 다크 문을 휘둘렀다.

챙—

다크 문은 베네트리온의 왼손 하르페에 날카로운 금속음과 함께 간단히 가로막혔고, 거의 동시에 베네트리온의 오른손에 들렸던 하르페가 엄청나게 빠른 속도로 라일의 목을 향해 휘둘러졌다.

툭.

가벼운 소리와 함께 라일의 목이 허공으로 퉁겨져 올랐다가 지면으로 떨어졌다.

너무나 충격적인 모습에 데미안은 얼어붙은 듯 그 자리에서 꼼짝도 하지 못했고, 그렇기는 일행들도 마찬가지였다. 놀라운 검술 솜씨를 자랑하던 라일이 이렇게 쉽게 목숨을 잃다니, 도저히 믿기 어려운, 아니, 믿기 싫은 일이었다.

그러는 사이에 베네트리온은 다시 오른손을 움직여 라일의 허리를 날려 버렸다. 라일은 삼 등분이 된 채 지면에 쓰러졌고, 거의 비슷한 시간 미디아가 폭발할 정도로 마나를 집어넣은 데미안이 베네트리온을 향해 미친 듯이 미디아를 휘둘렀다.

"슬러그스 스타! 블러드 서클—!"

수십 개의 붉은 마나 덩어리와 함께 붉은 팔지 모양의 마나들이 베네트리온을 향해 엄청난 속도로 날아들었다.

데미안의 공격에 은은하게 신성력이 섞여 있다는 것을 깨달은 베네트리온은 즉시 자신의 앞에 방어막을 만들었다.

"다크 베리어!"

쾅쾅쾅!

폭음과 함께 지독한 흙먼지가 일어났다. 하지만 데미안의 공격은 끝난 것이 아니었다.

조금 전 베네트리온이 서 있던 지역을 떠올리며 힘껏 미디아를 휘둘렀다.

"헬 버스트!"

사방 2, 30미터로 압축된 지역에서 폭발한 헬 버스트는 걸리는 모든 것을 난자했다.

잠시 후 흙먼지가 조금씩 가라앉았고 그 흙먼지 속에서 베네트리온이 걸어나왔다. 비록 두세 곳에 상처를 입었다고는 하지만 거의 멀쩡한 상태로 흙먼지 속에서 걸어나온 것이다.

이제껏 데미안이 헬 버스트를 사용해 단 한 번도 실패한 적이 없었는데 베네트리온은 너무나 간단하게 공격에서 벗어난 것이었다. 너무나 멀쩡한 베네트리온의 모습에 데미안의 눈에서 불꽃이 튀었다.

라일의 목숨을 빼앗은 베네트리온을 당장이라도 죽여야 한다는 생각과 라일보다 더욱 비참한 꼴로 만들어 죽을 때까지 후회하게 만들겠다는 생각이 교차하고 있었다. 그런 데미안의 심정을 반영이라도 하듯 미디아를 휘감고 있는 붉은 마나는 마치 뮤렐의 누바케인을 감싸고 있는 불꽃을 보는 듯했다.

모두들 라일의 죽음에 어떻게 해야 좋을지 몰라 허둥대고 있을 때 로빈이 일행들을 일깨웠다.

"라일님은 쉽게 목숨을 잃을 분이 아니세요. 벌써 잊으셨어요, 라일님이 어떤 신체를 가지셨는지?"

로빈의 말에 사람들이 반신반의할 때 그의 말을 증명하기라도 하듯 난장판이 된 흙 속에서 라일이 걸어나왔다. 그런 그의 손에 다크 문이 굳게 들려 있었다. 하지만 조금 전 베네트리온의 공격 때문인지 가죽으로 만든 그의 의복은 완전히 갈가리 찢겨 붕대에 감겨 있는 앙상한 몸이 드러났다.

가볍게 목을 몇 번 움직인 라일은 다시 베네트리온을 향해 걸음을 옮겼다.

그런 라일의 모습을 발견한 베네트리온의 눈에 잠시 기이한 빛이 어렸다가는 곧 사라졌다. 적어도 베네트리온의 표정에서는 어떤 변화도 찾아보기 힘들었다.

흥분을 감추지 못하던 데미안은 라일의 멀쩡한 모습(?)에 잠시 당황하다가 곧 라일의 특이 체질을 떠올리고는 성급한 자신의 행동을 반성했다.

"자네의 선물은 잘 받았네. 이번엔 내 선물을 받아보겠나?"

미라Mirra처럼 붕대를 펄럭이며 걸음을 옮기던 라일이 갑자기 폭발적으로 움직였다. 그와 동시에 그가 들고 있던 다크 문에서 검은 오로라가 피어 오르기 시작했다.

그런 라일의 행동에 베네트리온은 미동도 하지 않은 채 조금 전과 같은 자세를 취했다. 그 모습에 데미안 역시 신중하게 베네트리온을 향해 다가들었다.

지금 라일은 다크 문을 통해 받아들인 갖가지 마물들의 마력 때문에 몸이 터져 나갈 것 같은 고통을 겪고 있었다. 그런 탓인지 그의 행동은 상당히 거칠었다.

눈 깜짝할 사이에 베네트리온 곁으로 다가온 라일은 다크 문을 매섭게 휘둘렀다. 검은 오로라가 피어 오르는 다크 문의 기세가 심상치 않다고 느꼈는지 베네트리온은 하르페를 움켜쥔 손에 힘을 쥐고는 다크 문을 막았다.

쾅!

다크 문과 하르페에 어려 있는 검은 오로라가 서로 부딪치며 커다란 폭발음이 들렸다. 동시에 돌풍이 사방에서 휘몰아쳤고 흙과 모래가 강풍에 날려 눈을 뜨기조차 힘들 정도였다.

데미안도 눈을 가늘게 뜨면서 흙먼지 속에서 베네트리온과 라일의 모습을 찾았지만 몰아치는 강풍과 흙, 그리고 모래 때문에 쉽게 눈에 뜨이지 않았다. 그러나 데미안의 귀에 그들의 무기끼리 부딪치는 소리가 끊이지 않고 들려왔다.

라일의 안위가 걱정스럽기는 하지만 그가 아무 생각도 없이 베네트리온을 공격한 것은 아니란 생각이 들었다. 물론 베네트리온이 어떤 상대라는 것을 모를 데미안은 아니었지만 그보다는 라일을 믿는 마음이 더 컸기에 일단은 물러나 상황을 지켜보기로 했다.

하지만 일행들의 생각은 다른 것 같았다. 라일과 베네트리온의 결투 장면을 바라보는 사람들의 얼굴은 긴장으로 딱딱하게 굳어져 있었다. 더구나 누구보다 라일의 상태를 잘 아는 로빈조차 굳은 표정으로 대결 장면을 바라보고 있었다.

"로빈, 걱정하지 마. 스승님께서 이기실 테니까."

"라일님께서 승리하실 거라는 것은 저도 잘 알고 있습니다. 하지만 지금만 하더라도 과도한 마력을 가지고 계신데 지금보다 더 많은 마력을 얻게 되신다면 어떻게 되실지……."

"마력을 얻게 돼? 어떻게 스승님께서 마력을 얻는다는 것이지? 어서 말해 봐, 로빈."

다급한 데미안의 질문에 로빈은 여전히 라일에게서 눈을 떼지 않은 채 대답했다.

"라일님의 신체를 유지하는 기본적인 힘은 데미안님도 알고 계시다시피 저주입니다. 다시 말하자면 마력이라고 할 수 있습니다. 그런데……."

"그런데 뭐가 어떻다는 거지?"

"얼마 전 데미안님의 손에 목숨을 잃은 스나이벤이란 마물이 가지고 있던 다크 문은 상대의 생명력을 빼앗는 마력을 가진 사악한 검입니다. 그런데 문제는 라일님께서 지금껏 상대한 존재들이 모두 마물들뿐이지 않습니까? 결론적으로 지금 라일님께서는 몸에 엄청난 마력을 지니고 계신다는 겁니다. 그것이 라일님께 어떻게 작용할지 저로서는 도저히 짐작할 수 없습니다. 다만 더 이상 나빠지지 않기만을……."

듣고 보니 로빈의 말한 대로였다.

한편 라일이 베네트리온과 혈전을 치르고 있을 때 카르메이안은 레이시아드와 함께 메탈리언의 중심으로 향하고 있었다.

*　　　　　*　　　　　*

포루자를 만난 지도 벌써 상당한 시간이 지났다. 하지만 카르메이안과 레이시아드는 텅 빈 거리를 걷고 있을 뿐이었다.

긴장을 풀지 않는다는 것이 말로는 간단하고 쉬운 일이지만 당하는 사람의 입장에서는 별로 유쾌한 일이 아니었다. 레이시아드는 계속된 긴장 상태에 온몸이 굳어지는 것 같았다. 하지만 무표정한 얼굴로 걸음을 옮기는 카르메이안 때문에 투정을 부릴 수 있는 상황이 아니었다.

앞장서서 걷던 카르메이안의 발걸음이 갑자기 멈춰졌다. 레이시아드가 영문을 몰라 어리둥절해할 때 카르메이안의 싸늘한 음성이 들렸다.

"조심하게. 뭔가 사악한 힘이 느껴지는 존재들이 우리 쪽으로 몰려오는 것이 느껴지는군."

"예? 사악한 힘을 가진 존재라니요?"

자신에게 반문하는 레이시아드를 싸늘하게 노려본 카르메이안은 블루 드래곤이라는 것들이 이렇게 멍청하고 형편없는 존재라는 것을 새삼스럽게 깨달았다. 원래부터 멍청한 것인지, 아니면 이곳 메탈리언에서 당한 일이 너무나 충격적이라 당황한 것인지는 알 수 없지만 하는 짓이 한심스럽기 그지없었다.

그러는 사이 데미안 일행을 덮쳤던 마물들과 비슷하게 생긴 마물들이 카르메이안과 레이시아드를 덮쳤다. 물론 그들이 가진 엄청난 마나나 9싸이클의 마법으로 당해낼 수 없는 존재들은 아니

었다. 하지만 개성있게 생긴 상대의 모습에 압도된 것인지 레이시
아드는 변변한 반격 한번 하지 못하고 도망 다니기 바빴고, 때문
에 카르메이안은 혼자서 마물들을 상대해야만 했다.

"파이어 필드! 아이스 블레이드—! 메가 라이트닝! 스피어 오
브 카오스—!"

에인션트 드래곤답게 동시에 네 개의 스펠을 캐스팅해 마물들
을 향해 마법을 난사했다.

쾅! 화르르르— 콰르르르—

섬광과 화염, 그리고 얼음 칼날과 번개가 마물들을 휩쓸었다. 마
물들은 비명을 지를 사이도 없이 얼음에 관통당하고, 불에 타고,
번개에 재가 되었다. 그야말로 압도적인 힘 앞에는 마물들도 상대
가 되지 못했다.

수십 수백 마리의 마물들이 거의 동시에 재로 변해 사방으로
날아가 버렸고, 달아나려던 마물들도 9싸이클의 마법인 '혼돈의
창'에 직격당해 그 자리에서 먼지가 되어버렸다. 또 단순히 마물
들만이 아니었다.

공격 범위에 있던 건물들 역시 마치 모래성처럼 허물어져 내렸
다. 눈 깜짝할 사이에 주위는 완전히 초토화되어 버린 것이다. 허
공에서 그 모습을 발견한 레이시아드는 카르메이안의 마법에 경
탄을 감추지 못하면서도 마물들을 피해 도망친 자신의 수치스런
작태가 생각나 얼굴을 붉히지 않을 수 없었다.

즉시 자신의 본체로 돌아간 레이시아드는 온몸의 마나를 끌어
올려서 지상의 마물들에게 그대로 브레스를 쏟았다.

"크아아앙—!"

몸 길이 300미터에 달하는 레이시아드가 전력을 다한 라이트닝

브레스의 파괴력은 상상을 초월할 정도였다. 그 모습을 발견할 카르메이안은 레이시아드의 공격 범위에서 벗어나면서 고개를 저었다. 이 정도의 공격을 펴부을 수 있으면서 왜 겁을 먹은 것인지 그 이유를 알 수 없었다.

레이시아드가 다시 인간으로 폴리모프를 했을 때 그들 앞에는 폐허만이 자리하고 있었다. 그 모습을 두 드래곤이 잠시 바라보고 있을 때 그들 앞에 모습을 드러내는 존재가 있었다. 피아나와 마브렌시아들이었다.

피아나는 초토화된 주위의 모습을 흘낏 바라보고는 카르메이안을 향해 입을 열었다.

"네가 골드 드래곤 카르메이안이냐?"

"그렇다. 넌 지하르트의 부하냐?"

"지하르트님의 영원한 종 음속의 마녀 피아나라고 한다."

"피아나……."

나직하게 그녀의 이름을 중얼거린 카르메이안은 그녀의 뒤에서 있는 마브렌시아와 라이슬렌스들을 바라보았다. 그들의 몸에서 풍겨지는 사악한 힘 때문인지 알 수는 없지만 마브렌시아의 타오르는 불꽃 같던 붉은 머리도, 라이슬렌스의 황금색 머리도 전부 검게 변해 있어 위화감이 느껴졌다. 게다가 동쪽 성문에서 자신의 공격 신호를 기다리던 클루에이언스와 네 마리의 드래곤들이 멍한 눈빛을 한 채 그들과 함께 서 있는 것만 봐도 어떻게 된 일인지 충분히 짐작할 수 있는 일이었다.

"두 번 묻지 않겠다. 지하르트님께 충성을 바치겠느냐, 아니면 이곳에서 죽겠느냐? 선택을 해라."

"지하르트에게 충성하라고? 하하하, 푸하하하—!"

카르메이안의 음성이 잦아드는가 싶더니 곧 커다란 웃음을, 아니, 미친 듯이 웃음을 터뜨리기 시작했다. 그 모습을 의아하게 쳐다보던 피아나는 카르메이안이 좀처럼 웃음을 그치지 않자 더 이상은 참지 못하고 날카로운 음성으로 말을 내뱉었다.

"닥쳐! 닥치란 말이야!"

그래도 카르메이안의 웃음소리가 그치지 않자 뒤에 서 있던 마브렌시아들에게 명령을 내렸다.

"뭘 보고만 있는 것이냐? 어서 저 도마뱀을 죽여라!"

피아나의 명령에 라이슬렌스나 다른 드래곤들은 잠시 움찔하기는 했지만 그를 향해 발걸음을 내디뎠다. 하지만 마브렌시아가 꿈쩍도 하지 않는 것을 발견하고는 피아나가 표독스럽게 말을 건넸다.

"네년은 왜 그냥 서 있는 것이냐?"

"제아무리 카르메이안이라고 하더라도 10마리의 드래곤은 당해낼 수 없는 일. 난 상황이 불리해지면 돕겠다."

요즘 들어 자신에게 부쩍 반항하는 마브렌시아가 죽이고 싶을 정도로 미웠지만 지금 그녀가 가진 마력은 자신과 거의 비슷하거나 어쩌면 조금 더 많을지도 몰랐다. 그렇기에 분한 마음대로 한다면 그녀를 씹어먹어도 시원치 않을 정도였지만 일단은 참을 수밖에 없었다. 하지만 지하르트에게 말해 지독한 형벌을 내리겠다고 결심하는 피아나였다.

장내의 상황은 마브렌시아가 말한 대로였다.

카르메이안이나 레이시아드가 모두 에인션트 드래곤이라고는 하지만 상대는 10마리, 게다가 그들은 마력까지 지니고 있는 상태였다. 두 드래곤을 포위한 라이슬렌스들은 무자비한 공격을 퍼붓고 있었다. 하지만 본능적으로 치명적인 공격은 피하고 있었다.

처음 피아나가 생각하기에는 쉽게 두 드래곤을 생포할 수 있을 것이라고 생각했었다. 그러나 그런 그녀의 생각을 비웃기라도 하듯 카르메이안과 레이시아드는 쉽지는 않지만 상대들의 공격을 막아내고 있었다.

시간이 지나도 상황이 개선될 조짐이 보이지 않자 피아나는 마브렌시아에게 명령을 내렸다.

"이제 네 솜씨를 보여라."

피아나의 말에 어쩔 수 없이 걸음을 옮기던 마브렌시아가 갑자기 걸음을 멈췄다. 그 모습에 피아나가 막 분노를 터뜨리려고 했다. 하지만 피아나는 곧 입을 다물어야만 했다.

격전이 벌어지고 있는 이곳을 향해 30여 명의 가지각색의 머리를 한 인간들이 날아오고 있었기 때문이다. 그리고 그들을 인간이라고 믿을 정도로 멍청한 피아나는 아니었다.

날아오던 인간들(?)은 검은 머리를 한 열 명에게 공격당하는 두 청년의 모습을 발견하고는 자신이 알고 있는 9싸이클의 마법을 캐스팅해서는 그대로 난사했다.

"기가 라이트닝!"

"파이어 스톰!"

"아이스 토네이도!"

"포이즌 베이퍼Vapor!"

수십 줄기의 마법 공격에 두 드래곤들을 공격하던 10마리의 드래곤들은 물러서지 않을 수 없었다. 황급히 그들이 만든 방어막 위로 성난 드래곤들의 마법 공격이 무자비하게 쏟아졌다.

쾅쾅쾅!

　물론 그들 곁에 서 있던 피아나나 마브렌시아도 예외일 수는 없었다. 말이 좋아 마법 공격이었지 9싸이클의 마법 공격이었다. 드래곤의 본체로 돌아가서 막아낸다고 하더라도 쉽게 막기 힘든 공격인데 하물며 인간으로 폴리모프를 한 상태에서 어떻게 막아낼 수 있겠는가?

　피아나와 드래곤들은 집중 공격에 당장 작지 않은 부상을 입었다. 드래곤들의 공격이 너무나 집중이 되어 있어 피아나는 자신의 특기라고 할 수 있는 속도를 낼 수 있는 상황을 전혀 만들 수 없었다.

　하지만 피아나가 어떻게 알았겠는가? 드래곤들이 지하르트보다는 오히려 자신을 더 무서워하고 있다는 사실을.

　불과 30분이었다. 피아나는 더 이상 견디지 못하고 후퇴를 결정해야만 했다. 재빨리 드래곤들에게 메시지를 전한 피아나는 자신 앞에 있는 비교적 나이가 어린 화이트 드래곤을 향해 전력을 다해 달려들었다.

　깜짝 놀란 화이트 드래곤이 잠시 몸을 뒤트는 순간 드래곤들이 만든 포위망에 구멍이 났고, 마브렌시아와 라이슬렌스들은 그 틈으로 몸을 피할 수 있었다.

　메탈리언의 중심을 향해 날아가던 피아나는 드래곤들에게 한마디 남기는 것을 잊지 않았다.

　"흥! 그렇게 자신있으면 어디 내 뒤를 따라와 봐라!"

　그 모습을 지켜보던 드래곤들은 일제히 지상으로 내려와 카르메이안 곁에 섰다.

　"괜찮으십니까?"

　"괜찮네."

　옷이 찢기고 흙먼지가 조금 묻은 것을 제외하면 별 이상 없다
는 것을 안 드래곤들은 속으로 안도의 한숨을 내쉬었다.
　"이젠 정말 마지막 결전만 남은 듯하군."
　카르메이안의 말에 드래곤들의 얼굴이 일제히 굳어졌다.
　"드래곤 일족의 미래를 위해서, 또 우리 드래곤이 지상 최강의
생명체임을 증명하기 위해서…… 가세."
　말과 함께 카르메이안이 메탈리언의 중심으로 걸음을 옮기자
다른 드래곤들도 일제히 걸음을 옮기기 시작했다.

제50장

최후의 결전 IV

　한편 베네트리온과 라일의 격전은 시간이 지날수록 더욱 치열해지고 있었다.

　마력을 이용한 공격을 하리라고 생각했던 일행들의 예상과는 달리 베네트리온은 괴상한 무기인 하르페를 이용해 공격하고 있었다. 그런 모습에 호응이라도 하듯 라일 역시 붕대 자락을 휘날리며 마검 다크 문을 휘둘렀다.

　라일이 단독으로 베네트리온을 상대하는 것에 대해 일행들의 놀라움은 지대한 것이었다. 일행들 가운데 오직 데미안만이 마신급의 마물들을 상대할 수 있는 줄 알고 있었는데 라일의 능력이 이렇게 뛰어난 줄은 미처 깨닫지 못했다.

　주위는 이미 그들의 대결로 인해 난장판으로 변해 있었고, 일행들은 초조한 마음으로 그들의 대결을 지켜보고 있지만 대결은 좀처럼 끝나지 않았다.

그런 일행들의 마음이 전해졌는지 라일의 공격이 더욱 흉포하게 변했다. 게다가 그가 들고 있던 다크 문에서 뿜어져 나오던 검은 오로라의 양은 시간이 지날수록 늘어 마치 안개처럼 두 사람의 모습을 가렸다.

계속해서 공격을 퍼붓던 라일은 보통 공격으로는 베네트리온이 가지고 있는 두 자루의 하르페를 뚫을 수 없다고 생각하고는 마지막 공격을 준비했다. 그런 라일의 생각을 알아챘는지 베네트리온도 조금 물러서 두 자루의 하르페를 가슴 앞에서 'X' 자 모양으로 교차시켰다.

그 모습을 발견한 일행들은 두 사람이 서로에게 최후의 공격을 시도하려 한다는 것을 깨달았다.

그리고 잠시 후.

"블랙 크로스Black Cross!"

"다크 블레이드 레벌루션Dark Blade Revolution!"

번쩍―

10여 미터 이상의 거리가 떨어져 있었지만 두 사람에게는 전혀 문제가 되지 않았다. 두 사람의 무기가 상대를 향해 휘둘러졌고 무기 끝에서 뿜어져 나온 검은 기류가 무서운 속도로 회전하며 날아갔다.

순간 눈이 멀어버릴 것 같은 섬광이 주위를 휩쓸었다. 일행들은 자신의 얼굴을 돌리면서도 대결의 결과에 대해 궁금해했다. 그들이 다시 고개를 돌리려 했을 때 일행들을 덮치는 충격파와 귀를 날려 버릴 것 같은 엄청난 폭발음이 들려왔다.

쾅! 콰르르르―

일행들은 황급히 지면에 몸을 붙여 몰아치는 충격파에서 자신의 몸을 보호했지만 들리는 소리에 대해서만큼은 막을 방법이 없었다. 폭발음을 들은 신관들 가운데에서 몇몇의 입에서는 선혈이 흘러내렸다. 아마도 내장이 상한 것이 분명했다.

네로브나 로빈은 비록 피를 흘리지는 않았지만 안색이 창백해진 것이 보통 충격을 받은 것이 아닌 것 같았다. 그 모습을 발견한 데미안은 더 이상 참지 못하고 두 사람의 싸움에 개입하려 했다.

하늘 높이 치솟았던 흙먼지가 가라앉고 주위의 전경이 하나둘씩 보이기 시작했다. 그와 동시에 두 사람의 모습이 보였다.

두 사람의 모습을 발견한 데미안은 이런 모습을 뭐라고 표현해야 할지 알 수 없어 자신의 짧은 어휘력을 탓해야 했다.

베네트리온의 오른쪽 하르페는 라일의 왼쪽 어깨에 왼쪽 하르페는 라일의 오른쪽 옆구리에 박혀 있었다. 그런 반면 라일의 다크 문은 베네트리온의 복부에 박혀 있었다. 겉으로 드러난 상황만 보면 철저한 양패구상(兩敗俱傷: 서로 간의 실력이 비슷하여 양쪽 다 패하고 부상을 입어 피해가 같음)이었다. 하지만 대결의 결말을 지은 것은 두 사람의 무기였다.

베네트리온의 복부에 박힌 다크 문이 그의 마력을 빨아들이기 시작한 것이었다. 자신의 몸에서 급격하게 마력이 빠져나가는 것을 느낀 베네트리온은 곧 그 이유가 자신의 복부에 박혀 있는 다크 문 때문이라는 것을 깨달았다.

잠시 후 베네트리온은 한 줌의 검은 액체로 변했고, 곧 지면으로 스며들었다. 라일은 다크 문을 통해 다시 베네트리온의 마력이 자신의 몸으로 스며드는 것을 느꼈다. 그와 동시에 무엇인가를 파괴하고 싶은 충동에 한동안 시달려야만 했다. 이유도 없었다. 그저 뭔가를, 또 무엇이든 파괴하고 싶은 충동이 든 것이었다.

그런 라일의 변화를 가장 먼저 깨달은 사람은 역시 가장 가까운 곳에 있던 데미안이었다.

라일의 움푹 패인 동공에서 뿜어지던 붉은 광채가 더욱 커진 것을 발견한 것이다. 불길함이 느껴지던 광채가 커졌다는 것은 그의 몸에 한층 많은 마력이 쌓였다는 것을 증명하는 것 아닌가? 정말 로빈의 말처럼 다크 문을 통해 얻은 마력이 라일을 변화시킨 것이란 말인가?

그런 데미안의 심정을 아는지 모르는지 라일은 끓어오르는 살기(殺氣)를 억누르기 위해 애쓰고 있었다. 그리고 잠시의 시간을 보내고서야 겨우 그런 충동을 억누를 수 있었다.

라일이 어깨와 옆구리에 박힌 하르페를 뽑아 바닥에 버리고 일행들에게로 몸을 돌렸다. 또 한 번 지하르트의 부하를 물리쳤다는 사실에 안도하던 일행들은 거의 동시에 몸을 부르르 떨었다.

보이거나 들리거나 한 것은 아니지만 분명 느껴졌다.

뭔가 거대한 힘이 주위의 공간을 완전히 비틀고 있다는 것을 말이다.

물론 신관들은 그 힘이 자연스러운 것이 아니라 사악한 마력에 의한 것이란 것을 직감적으로 느끼고 있었다.

조금 전 베네트리온이나 처음 이곳 메탈리언에 도착했을 때 카디에르에게서 느껴지던 마력과는 비교도 할 수 없었다. 지금 느껴지는 것은 마력만으로도 숨이 막히는 것 같았다.

가장 먼저 반응을 보인 사람은 뜻밖에도 네로브였다. 그 자리에서 벌떡 일어선 네로브는 일행들의 전면을 가리키며 떨리는 음성으로 입을 열었다.

"와, 왔어요. 모든 악의 근원인 지하르트가……."

그 말에 데보라와 레오가 네로브의 전면에, 뮤렐과 로빈이 네로브의 좌우에, 그리고 헥터가 뒤편에 늘어섰다. 소드 마스터들은 그런 데미안 일행들을 보호하듯 원형의 대형(隊形)을 만들었고 신관들 역시 아티펙트를 가슴 앞에 세우고 신성력을 끌어올렸다. 그리고 기다렸다, 지하르트가 모습을 드러내는 그 순간을.

불과 수십 초에 불과한 시간밖에 지나지 않았지만 일행들에게는 마치 몇 년이 지난 것처럼 느껴졌다.

초조한 마음으로 자신들의 전면을 바라보던 일행들은 거의 동시에 무엇인가가 나타났다는 감응을 받았다. 그런 사실을 증명이라도 하듯 뒤틀렸던 공간이 일순간 정상으로 돌아왔고 그 공간에서 무엇인가가 허공으로 걸어나왔다.

뜻밖에 공간을 열고 나타난 존재는 나이 어린 소년이었다. 아니, 소년의 모습을 한 너무나 사악한 힘을 지닌 존재였다. 소년, 지하르트의 모습을 발견하는 순간 신관들은 주위에 퍼진 사악한 마력을 느끼고는 격렬하게 몸을 떨었다.

소드 마스터들 역시 추측할 수 없는 마나의 파동에 자신들도 모르게 침을 삼키고 있었다. 대체 그가 지닌 마력이 얼마나 되기에 이렇게 격렬하게 마나가 흔들리는 것인지 상상도 가지 않았다.

그런 반면 데미안과 일행들은 허공에 떠 있는 지하르트의 모습을 보면서 각자 자신의 무기를 움켜잡은 손에 뼈가 부서질 정도로 힘을 주었다.

드디어 만난 것이다.

많은 사람들의 희생과 기나긴 시간을 보내고서야 이곳에 왔고 드디어 지하르트를 만난 것이다. 데미안과 일행들로서는 감회가 각별하지 않을 수 없었다. 하지만 일행들은 그런 감상에 싸일 시간이 없었다.

"누구냐, 나의 노예 베네트리온을 소멸시킨 것이?"

뭐라고 표현해야 할까?

귀를 통해 듣는 것이 아니라 말 한마디 한마디가 마치 살아 있는 쇠사슬처럼 몸속으로 파고들어 온몸을 세차게 조여드는 듯한 음성이었다. 절대 거역할 수 없는 지고지순한 신의 음성처럼 듣는 순간 그의 말에 복종해야 한다는 생각이 저절로 들었다.

그래서일까? 라일이 한 발 앞으로 나섰다.

"나다."

"건방진 놈, 죽어라."

약 10여 미터 상공에 떠 있던 지하르트의 손이 라일을 가리키는 순간 그의 손에서 뿜어져 나온 검은 번개가 눈 깜짝할 사이에 라일의 몸에 작렬했고, 순간 라일의 몸은 완전히 가루가 되어 사방으로 날아가 버렸다.

너무나 갑작스럽게 일어난 일이기 때문일까? 일행들은 아무도 반응을 보이지 못하고 있었다.

"버러지 같은 놈들이 감히 이곳에 발을 들여놓았다는 것만으로도 용서할 수 없는 일인데 감히 내 노예까지 소멸시키다니……모두 죽어라. 다크 선더스트록Dark Thunderstroke!"

말과 함께 휘둘러진 그의 손에서는 다시 한 번 검은 번개가 번쩍였고, 수십 수백 줄기로 방전을 일으키며 검은 번개는 일행들을 향해 날아갔다. 라일이 지하르트의 공격에 가루가 되어버릴 때부터 잔뜩 긴장을 하고 있던 신관들은 자신의 모든 신성력을 가지고 있던 아티펙트에 집어넣고는 일행들 전체를 감싸는 방어막을 필사적으로 만들었다.

소드 마스터들은 지하르트의 공격을 발견하는 즉시 피하려고 했지만 상대의 공격이 너무 빨라 몸을 피할 시간도 없었다. 거의 본능적으로 온몸의 마나를 전신으로 보내 자신의 몸을 보호했다.

번쩍—

쾅쾅쾅! 콰르르르—!

아마 세상에 종말이 찾아온 것이리라.

엄청난 폭발과 함께 일행들이 있던 자리는 깊이 10여 미터에 넓이 4, 50미터에 이르는 엄청나게 커다란 구덩이가 패어졌다. 그리고 폭발이 가라앉았을 때 일행들의 모습은 어디에도 보이지 않았다.

"크윽."

전신에서 이는 통증에 로빈은 자신도 모르게 신음을 토해냈다. 그러다 자신의 곁에 있던 네로브가 생각나 번쩍 고개를 들었다. 황급히 주위를 둘러보았지만 네로브의 모습은 어디에도 보이지 않았다.

급한 마음에 자리에서 일어나던 로빈은 자신의 가슴을 움켜잡고 다시 그 자리에 주저앉았다.

"윽!"

증상으로 보아 아마 가슴뼈에 금이라도 간 것 같았다. 심호흡을 몇 번 한 로빈은 곧 치유의 구슬로 자신의 상처를 치료하고 자리에서 일어섰다. 그리고 보니 주위가 온통 엉망이었다. 그리고 자신 곁에서 그리 멀리 떨어지지 않은 곳에 신관들 중 하나가 피를 흘리며 쓰러져 있는 것이 보였다. 황급히 다가가 상태를 조사해 보니 이미 목숨이 끊어진 지 상당한 시간이 지난 듯했다. 뭐가 어떻게 된 일인지 도무지 알 도리가 없었다.

"로, 로빈……."

희미하게 누군가가 자신을 부르는 소리가 들려 그곳으로 향하고 보니 자신의 스승인 프레드릭이 쓰러져 있었다. 황급히 달려가 그를 발견하는 즉시 로빈은 프레드릭의 처참한 모습에 눈물이 왈칵 솟았다.

프레드릭의 얼굴은 눈과 코, 그리고 입에서 흘러나온 선혈 때문에 피 범벅이었고, 옆구리를 뚫고 나온 갈비뼈가 옷 밖으로 드러나 있었다. 상당한 시간이 지났는지 얼굴과 옆구리에서 흘러나온 선혈이 주위의 지면을 시뻘겋게 물들이고 있었다. 눈물을 감춘 로빈이 황급히 치유의 구슬로 치료하려고 했지만 프레드릭의 제지로 그럴 수 없었다.

"나, 나는… 괜찮아…… 부디… 지하르트를……."

그 말이 끝이었다. 뭐가 그렇게 원통한지 눈조차 감지 못하고 세상을 떠난 프레드릭의 눈을 감겨주는 로빈의 뺨에는 끊임없이 눈물이 흘러내리고 있었다.

"로빈, 괜찮아?"

등 뒤에서 여자의 음성이 들렸지만 로빈은 꼼짝도 하지 않았다. 그런 로빈의 모습이 이상했는지 다가왔던 데보라는 로빈의 가슴에 안겨 있는 프레드릭의 모습을 발견하고는 입을 다물었다.

고개를 돌린 데보라는 곳곳에 쓰러져 있는 신관들의 모습을 발견하고는 그만 눈을 감고 말았다. 지하르트의 공격을 정면에서 막아냈던 신관들 가운데 살아남은 사람은 한 사람도 없는 것 같았다.

신관들의 죽음에 가슴 아파하던 데보라는 갑자기 눈을 뜨고 로빈에게 급하게 질문했다.

"로빈, 네로브 못 봤어?"

조심스럽게 프레드릭의 시신을 지면에 내려놓은 로빈은 치유의 구슬이 박혀 있는 지팡이를 짚고 자리에서 일어났다. 로빈은 그제야 데보라의 모습을 발견했다. 왼쪽 팔이 축 늘어진 것이 어깨를 다친 모양이었다. 군데군데 상처를 입고 있었지만 대부분 경미한 부상이었다.

로빈이 그녀의 상처를 치료하려고 했을 때 데보라는 재차 네로브의 행방을 물었다.

"저도 조금 전에 정신을 차렸기 때문에 아직 네로브를 찾아보지 못했습니다."

"그래?"

가라앉은 로빈의 음성에 데보라는 그를 위로해 주고 싶었지만 지금 그녀에게 무엇보다 급한 것은 네로브를 찾는 일이었다.

"대체 얼마나 날아온 것인지는 모르지만 일단 네로브와 일행들을 찾아보자고."

"예, 데보라님."

두 사람은 곧 일행들을 찾기 위해 주위를 뒤지기 시작했다.

지하르트의 공격이 신관들의 방어막과 부딪치며 엄청난 폭발이 일어난 순간 데미안은 본능처럼 네로브를 껴안고 자신의 몸 주위에 앱솔루트 아머를 펼쳤다. 동시에 전해지는 충격파 때문에 자신과 네로브의 몸이 어디론가 날아가는 것을 느꼈다.

재빨리 레비테이션 스펠을 캐스팅해 허공에서 몸을 멈춘 데미안은 황급히 조금 전 자신과 일행들이 있던 곳을 바라보았다. 하지만 그 자리에는 화산의 분화구 같은 거대한 구덩이만이 패여 있었다.

데미안은 순간 충격으로 머리 속이 하얗게 변했다.

어디에도 일행들의 모습은 보이지 않았다. 데보라들도, 소드 마스터들도, 신관들도……

마침내 올 것이 왔다는 생각과 가슴속 깊은 곳에서 치밀어 오르는 극한 분노를 동시에 느꼈다.

"아빠, 입에서 피가 나."

자신의 가슴에서 들린 소리에 문득 정신을 차린 데미안은 그제야 조금 전 폭발 때문에 자신이 내상을 입었다는 것을 깨달았다. 하지만 내상은 데미안이 굳이 치료하지 않아도 저절로 치료되고 있었다.

지금 데미안은 자신의 부상 따위에 신경 쓸 겨를이 없었다. 없어진 일행들을 찾아야 한다는 생각 때문이었다.

지상으로 내려온 데미안은 네로브를 내려놓고 주위를 둘러보았다. 조금 전 폭발 때문인지 하늘 높이 치솟은 흙먼지가 주위를 뒤덮었고 몇 개의 돌풍이 무법자처럼 거리를 휩쓸고 있었다. 일대의 아름다웠던 건물들은 모두 파괴가 되었고, 일행들의 모습도, 또 지하르트의 모습도 찾을 수 없었다.

마음이 조급해진 데미안은 네로브를 다시 등에 업었다. 그리고는 빠른 속도로 폐허로 변한 주위를 돌아다녔다.

이럴 수는 없는 일이었다.

자신들이 어떤 고생을 하면서 이곳까지 왔는데 장난처럼 휘두른 지하르트의 손짓 한 번에 모든 것이 끝난 것이란 말인가? 게다가 자신들을 돕겠다고 온 소드 마스터들이나 신관들까지?

또, 자신들의 힘과 능력이 그만큼 보잘것없었다는 사실에 데미안은 스스로 미쳐 버릴 것만 같았다. 데미안의 움직임이 더욱 빨라졌다.

*   *   *

피아나의 뒤를 따라 메탈리언의 중심에 도착한 카르메이안과 드래곤들은 최강의 적인 지하르트를 먼저 찾았다. 하지만 어디에도 그의 존재는 찾을 수 없었다.

드래곤들이 그의 위치를 찾기 위해 주위를 샅샅이 뒤지고 있을 때 엄청난 폭발이 얼마 떨어지지 않은 곳에서 일어났다. 그리고 거의 동시에 가공할 충격파가 전해졌다.

웅장하고 아름다운 건물들이 마치 모래처럼 부서져 내렸다.

드래곤들은 갑작스럽게 전해지는 충격파에 놀라 황급히 방어막을 만들었지만 완벽하게 막을 수는 없었다.

카르메이안을 제외한 나머지 드래곤들은 가깝게는 몇 미터에서 멀리는 몇십 미터씩 뒤로 밀려났다. 나이가 어린 드래곤들 가운데 일부는 아예 멀리 날아가 버린 드래곤들도 적지 않았다.

상상할 수도 없는 충격이었다.

자신의 예상을 훨씬 뛰어넘는 충격에 카르메이안은 가슴속이

서늘해졌다. 이 정도의 충격파가 전해지려면 대체 얼마만한 폭발이 있어야 가능하단 말인가? 그리고 대체 누가 일으킨 것이란 말인가?

물론 카르메이안이 짐작하지 못한 것은 아니지만 직접 자신의 눈으로 보기 전엔 믿을 수 없었다. 스스로의 생각을 정리한 카르메이안은 폭발이 발생한 지점을 향해 걸음을 옮겼다.

그런 카르메이안의 모습을 발견한 드래곤들은 찜찜한 표정을 지으면서도 그의 뒤를 따르지 않을 수 없었다. 그들이 약 2킬로미터쯤 전진했을 때 그들은 지금까지 보아왔던 풍경과는 전혀 다른 풍경을 대하게 되었다.

철저하게 파괴된 거리.

제대로 서 있는 건물이 하나도 없었다.

드래곤들이 의아한 생각으로 주위를 살필 때 그들의 눈에 온통 폐허로 변해 버린 곳에서 상당히 떨어진 곳에 무표정한 얼굴로 서 있는 어린 소년의 모습을 발견할 수 있었다.

폐허 속에 서 있는 소년.

이질적인 풍경에 드래곤들은 상당한 위화감을 느꼈다. 그 이유를 생각하던 드래곤들은 계속해서 자신들을 무심한 눈으로 바라보는 소년의 존재가 껄끄러워 곧 걸음을 멈췄다.

그런 드래곤과는 달리 카르메이안이나 몇몇 에인션트 급의 드래곤들은 소년의 몸 주위에서 두려울 정도로 파동 치는 마력을 느끼고 있었다. 그리고 소년의 정체는 카르메이안의 질문에 의해 밝혀졌다.

"그대가 지하르트인가?"

"호호호."

무표정한 얼굴에서 흘러나오는 음산한 웃음소리. 지금까지 살아오며 결코 느껴보지 못했던 기이한 감정을 유발시키는 웃음소리였다.

"지금 그 자리에서 무릎을 꿇고 나에게 경배를 올린다면 오늘 너희가 저지른 모든 무례를 용서하겠다."

지하르트의 말이 끝나는 순간 조금 전 사라졌던 피아나와 마브렌시아들이 모습을 드러내고는 그의 뒤편에 늘어섰다.

그 모습을 발견한 드래곤들은 대부분 치미는 분노를 억지로 눌러 참았지만 나이가 어린 드래곤들은 그들을 향해 노골적으로 경멸의 눈빛을 보냈다.

물론 지하르트에 대한 분노도 있었지만 순순히 그의 부하가 돼버린 마브렌시아나 라이슬렌스에 대한 분노가 더욱 컸다. 머리 색이 바뀌었다는 것을 제외하고는 외견상 변한 것이 없으니 드래곤들의 그런 분노는 어찌 생각하면 당연한 일이었다. 하지만 과거에 이와 같은 일을 경험해 본 적이 있는 카르메이안은 그들의 정신이 지하르트에게 제압되어 그의 명령을 따를 수밖에 없다는 것을 잘 알고 있었기에 별다른 감정의 동요 없이 무심한 눈으로 그들을 바라볼 수 있었다.

"닥쳐라! 오늘 네놈은 네놈이 하찮게 여겼던 우리 드래곤 일족에게 비참하게 일생을 끝내게 될 것이다!"

블랙 드래곤 에로이언스의 말에 반응을 보인 것은 피아나였다. 눈 깜짝할 사이에 그의 곁으로 다가간 피아나는 그의 심장을 향해 날카로운 손톱을 가진 오른손을 찔러 넣었다. 하지만 곁에 있던 카르메이안의 반응이 조금 더 빨랐다.

오른손으로 에로이언스의 뒷덜미를 잡아 끌어당김과 동시에 왼손에 미리 캐스팅해 두었던 메가 라이트닝을 그대로 피아나의 복부를 향해 날렸다. 그러나 피아나의 움직임도 카르메이안의 예상보다 훨씬 빨랐다.

피아나는 이미 지하르트 곁으로 돌아간 뒤였고 메가 라이트닝은 그대로 빈 공간을 관통해 지면에 내리꽂혔다.

쾅!

흙먼지가 수십 미터까지 치솟았다. 마치 그것이 신호탄이라도 된 듯 본격적인 싸움이 시작되었다.

지하르트의 명령을 받은 라이슬렌스 등은 자신들의 동족을 향해 마구 마법을 난사했고, 카르메이안을 따라온 드래곤들은 힘을 합쳐 그들에게 대항했다.

처음 수적인 열세를 보이던 라이슬렌스들은 사방에서 몰려든 마물들이 개입을 하면서 곧 팽팽한 균형을 유지할 수 있었다. 게다가 피아나에게 납치를 당했던 드래곤들은 원래 가지고 있던 뛰어난 능력에 마력까지 소유하고 있어 혼자서 그들을 막는다는 것은 거의 불가능했다.

거의 두세 마리가 한 조를 이뤄 힘을 합쳐 공격해야만 겨우 상대가 되었다.

하지만 상대할 적은 그뿐이 아니었다. 주위에서 몰려든 마물들은 라이슬렌스들을 도와 무차별적인 공격을 했다. 그들이 가진 힘이 비록 드래곤의 파괴적인 힘에는 미치지 못한다고 하더라도 현재 그들은 인간의 몸으로 폴리모프를 한 상태이기에 잠시만 방심해도 큰 위기를 부를 수밖에 없었다.

시간이 지날수록 인간의 몸으로는 방어까지 신경을 써야 했기 때문에 본체로 돌아가는 드래곤의 수가 차츰 늘었다. 그리고 본체로 돌아간 드래곤들은 마물들을 향해 사정없이 브레스를 쏘았다.

그렇지 않아도 폐허 같았던 주변은 엉망으로 변해 버렸다.

타고, 녹고, 얼고, 가루가 되고, 연기가 되고…….

본체로 돌아가는 드래곤의 수가 늘어날수록 폐허로 변하는 면적은 더욱 늘어났다.

조금 떨어진 곳에서 그 모습을 바라보던 지하르트는 곁에 있던 피아나에게 명령을 내렸다.

"모두 죽여 버려라."

"예, 잠시만 기다리십시오."

대답과 함께 피아나의 모습이 사라졌다. 그리고 곁에서 무표정한 얼굴로 드래곤끼리의 싸움을 지켜보는 마브렌시아에게 질문했다.

"네가 생각하기에는 누가 이길 것 같으냐?"

"라이슬렌스들이 비록 마력을 흡수해 엄청난 힘을 지니게 되었다고는 하지만 수적인 열세를 극복하기는 힘들 겁니다."

"호오, 저들이 가진 힘이 그 정도로 강하단 말이냐?"

"이곳 뮤란 대륙에서 저들을 이길 수 있는 존재는 아무도 없습니다. 특히 저들이 믿고 따르는 골드 드래곤 카르메이안의 능력은 얼마나 되는지 아무도 모르고 있습니다. 너무 경시하지 않으시는 것이 좋을 겁니다."

"흐흐흐, 당사자가 나타났으니 직접 확인해 보면 되겠군."

지하르트의 말이 끝나기 무섭게 카르메이안과 레이시아드, 그리고 타아르카스가 모습을 드러냈다. 그런 세 드래곤의 모습을 보면서 지하르트는 음산한 웃음을 터뜨렸다. 소년의 입에서 흘러나온 음성이기 때문일까? 무척이나 혐오스럽게 느껴졌다.

"호호호, 과거 내 모습을 보기만 해도 내 시중을 들기 위해 달려오던 도마뱀들의 모습이 선한데 그 후손들은 감히 나에게 대항하려 하다니……. 네놈들의 조상이 보면 기절을 하겠군."

"닥쳐!"

레이시아드의 얼굴이 시뻘겋게 변해서 외쳤다.

"네놈이 어떻게 지껄이든 오늘 네놈이 이 세상에 있을 마지막 날임에는 변함이 없을 것이다. 우리 드래곤들이 얼마나 위대한 존재인지 뼈저리게 느끼며 죽어갈 것이다."

'휴우, 이 자식은 레드도 아닌데 왜 이렇게 다혈질이지? 나도 말 좀 하자, 말 좀 해.'

생각을 정리한 카르메이안은 지하르트를 향해 입을 열었다.

"만약 그대 외에 그대만한 능력을 가진 존재가 한 명만 더 있어도 우리는 감히 대항할 생각을 포기했을 것이다. 하지만 지상에 나온 마신은 그대뿐. 그대 혼자서 우리들 모두를 막을 수 있다고 생각하는가?"

"호호호, 그렇다면 내가 너희 도마뱀들을 두려워하기라도 해야 한단 말이냐? 건방진 놈. 다크 선더Dark Thunder!"

앞으로 내밀어진 지하르트의 손에서 뻗어 나온 검은 번개가 무서운 속도로 세 드래곤들을 향해 날아갔다. 도저히 피할 시간이 없다고 판단한 드래곤들은 황급히 방어막을 만들었다.

쾅쾅쾅—!

폭음과 함께 세 드래곤은 한참을 밀려났다.

특히 르베르발과의 싸움에서 상당한 부상을 입은 타아르카스는 지하르트의 단 한 차례 공격에 당장 피를 토했다. 또 레이시아드도 비록 피를 토하지는 않았지만 안색이 창백해진 것이 적지 않은 부상을 입은 것 같았다. 그리고 비록 두 드래곤에 비해 낫다고는 하지만 카르메이안이 받은 충격도 그리 약한 것은 아니었다.

자신의 공격을 세 드래곤들이 막아내는 것을 지켜보던 지하르트는 가소롭다는 표정을 지으며 재차 팔을 휘둘렀다. 조금 전보다 파괴력이 더욱 강해진 검은 번개가 다시 세 마리의 드래곤을 향해 날아갔다.

카르메이안은 너무 앞쪽에 있었기에 피할 시간이 없었고, 뒤에 처져 있던 레이시아드와 타아르카스는 부상을 입은 상태라 피할 틈이 없었다.

폭음과 동시에 그들의 몸은 다시 뒤로 쭉 밀려났다.

한 번도 아니고 두 번씩이나 맥없이 밀려나자 레이시아드는 신속하게 본체로 돌아갔다. 그리고는 지하르트를 향해 9싸이클의 기가 라이트닝의 스펠과 전력을 다한 라이트닝 브레스를 지하르트에게 쏟아냈다.

주위를 하얗게 물들이며 굽이치며 번개는 지하르트의 몸에 여지없이 작렬했다. 그 기세가 얼마나 흉포했는지 곁에 있던 마브렌시아의 몸이 날아가 버릴 정도였다.

이번만큼은 제아무리 지하르트라고 하더라도 부상은 피할 수 없을 것 같았기에 레이시아드는 더욱 힘차게 브레스를 뿜어냈다.

그렇지만 카르메이안은 그렇게 생각하지 않은 모양이었다. 즉시 세 개의 브레스 스피어를 만들어 라이트닝 브레스가 사라지기만을 기다렸다. 잠시 후 레이시아드의 브레스 공격이 끝나고 모습을 드러낸 지하르트는 몸 어디에도 상처를 입지 않은 멀쩡한 모습이었다.

그 모습에 카르메이안은 이를 부드득 갈고는 즉시 왼손으로 지하르트를 가리켰다.

"홀리 젬 바인딩!"

날아가는 일곱 가지 색의 보석들 사이에서 황금색 방전이 일어나며 마법진을 형성하는 것을 본 카르메이안은 지체없이 오른손을 뻗었다.

"트리플 스피어 익스플루젼!"

카르메이안의 손짓에 따라 세 개의 황금색 구가 지하르트를 향해 날아가 엄청난 폭발을 일으켰다. 그 모습을 보면서도 카르메이안은 재차 브레스 스피어를 만들었다. 혹시 지하르트에게 타격을 줄 수 있을지는 모르지만 그를 소멸시킬 수는 없을 거란 생각 때문이었다.

역시 본체로 돌아간 타아르카스는 계속해 폭발을 일으키고 있는 곳에 전력을 다한 포이즌 브레스를 연속해서 뿜어냈다. 그의 행동은 거의 본능적인 것이었다. 지금이라도 당장 흙먼지를 뚫고 지하르트가 뛰쳐나올 것만 같았기에 당연히 그의 행동은 필사적일 수밖에 없었다.

라이트닝 브레스에 익스팅션 브레스, 거기에 다시 포이즌 브레스까지 쏟아지니 지하르트가 있던 곳은 엉망이 됨은 물론 거대한 구덩이가 패었다.

하늘 끝까지 치솟아 사방으로 몰아치고 있는 흙먼지와 자욱하게 깔린 독 안개, 간간이 흰 뱀처럼 모습을 드러내는 번개의 모습을 보면 지하르트가 흔적도 없이 녹아버렸다고 믿고 싶은 세 드래곤이었다.

그들이 초조한 마음에 구덩이를 바라보고 있을 때 구덩이의 중심에서 무엇인가가 번쩍이는 것을 발견했다. 빛을 발견함과 동시에 카르메이안은 몸을 뒤로 피하면서 자신 앞에 황급히 방어막을 만들었다. 하지만 레이시아드와 타아르카스는 반응이 늦어 지하르트의 공격에 당하고 말았다.

퍼퍼퍼퍽—!

거의 300여 미터에 가까운 몸집을 가진 두 드래곤은 갑작스런 공격에 미처 방어막을 만들지 못했고, 그런 그들의 전신에 날카로운 얼음 칼날이 사정없이 틀어박혔다. 지상에서 가장 단단하다고 알려진 드래곤의 비늘이 마치 바싹 마른 낙엽처럼 부서져 나갔고, 그 자리엔 어김없이 길이 10여 미터에 이르는 검은 얼음 칼날이 박혀 있었다.

잠시 비틀거리던 두 드래곤은 그대로 바닥에 쓰러졌고 발작 같은 경련을 몇 번이나 일으키다 곧 잦아들었다. 그들의 몸에서 쏟아져 나온 비릿한 피 냄새가 주위로 퍼졌다.

그 모습을 본 카르메이안의 얼굴이 어두워졌다. 그렇다고 두 드래곤의 죽음을 슬퍼해서가 아니라 셋이 상대를 해도 당해낼 수 없었던 지하르트를 혼자서 막아야 한다는 부담감 때문이었다.

주위를 둘러보니 지하르트의 부하가 되어버린 드래곤들과 그렇지 않은 드래곤들의 싸움도 거의 끝나가는 중이었다.

역시 수적인 열세는 어쩔 수 없었는지 라이슬렌스와 화이베니아, 그리고 드라이어스만이 살아남았지만 그들의 몸에 생긴 상처를 보니 그들의 생명도 얼마 남지 않은 것 같았다. 또 그들을 상대로 했던 드래곤들도 거의 10여 마리 이상 목숨을 잃은 것 같았다.

그렇지만 살아남은 드래곤들을 향해 달려드는 마물의 수는 조금도 줄어들지 않았다. 이미 쓸 수 있는 브레스를 다 사용했는지 대부분의 드래곤들이 마법을 이용해 마물들을 상대하고 있었다. 이 상태로 계속 간다면 그 드래곤들 역시 목숨을 부지하기 힘들 것 같았다.

"호호호, 대단한 공격이었어. 하지만 겨우 이 정도 힘을 가졌다고 나에게 대항하려 한 것은 너희들의 오판이라는 것을 확실하게 가르쳐 주마. 락 온Lock On! 다크 뱁티즘 오브 데스Dark Baptism Of Death(죽음의 검은 세례)―!"

순간 카르메이안은 눈에 보이지 않는 무엇이 자신의 방어막을 뚫고 들어오는 것을 느꼈다. 깜짝 놀라 다시금 방어막을 만들었지만 소용이 없었다. 그것이 자신의 어깨를 스쳐 지나갔다고 느끼는 순간 어깨에 깊은 상처가 생겼고, 다시 옆구리에, 다리에, 팔에, 얼굴에 상처를 남기고 사라졌다.

눈에 보이지 않는 것이 공격을 하니 막을 방법도 피할 방법도 없었다. 그렇다고 함부로 본체로 돌아갈 수도 없는 것이, 폴리모프를 해제하는 그 순간을 노린다면 자신으로서는 속수무책이기 때문이었다.

카르메이안이 전전긍긍하고 있을 때였다.

"죽어라! 블랙 크로스―!"

어디선가 십자형의 거대한 검기가 지하르트를 향해 갑자기 날아들었다.

카르메이안을 공격하던 중이었기 때문에 지하르트는 어쩔 수 없이 손을 거두고 몸을 피해야만 했다. 그런 그의 앞에 나선 것은 해골(?)이었다. 그런 해골의 손에는 마검 다크 문이 들려 있었다. 해골의 동공에서 붉은빛이 더욱 커진다고 느끼는 순간 나직한 음성이 들렸다.

"조금 전 아주 화끈한 선물 잘 받았다. 이번엔 내가 화끈한 선물을 해주지."

말과 함께 라일은 미친 듯이 다크 문을 휘두르며 달려들었다. 그리고 그 틈을 타 카르메이안은 겨우 한숨을 돌릴 수 있었다. 재빨리 물러난 카르메이안은 안도의 한숨을 쉬면서 지하르트와 라일의 결투를 눈여겨보았다.

그 해골의 정체가 데미안의 동료라는 것을 알고 있는 카르메이안으로서는 충격이 아닐 수 없었다. 데미안의 성장도 경악할 일이었지만 지금 눈앞에서 지하르트를 향해 미친 듯이 설쳐 대는 저 해골도 분명 자신이 알고 있던 것보다는 훨씬 뛰어난 실력을 가지고 있었다. 자신의 눈이 잘못된 것이 아니라면 그의 실력은 소드 마스터 상급의 실력을 상회하고 있었다. 게다가 그가 들고 있는 검에서 풍겨지는 기운은 자신이 느끼기에도 섬뜩한 것이었다.

그런 카르메이안과는 달리 지하르트는 어이가 없었다.

아까 자신의 손에 박살이 난 녀석이 분명한데 어떻게 부활을 한 것인지 영문을 알 수 없었다. 라일의 검을 막으며 그의 상태를 살핀 지하르트는 그제야 그가 부활할 수 있었던 이유를 알 수 있었다.

저주의 근원적인 바탕이 되는 것은 지하르트를 탄생시킨 암흑의 힘, 그러니 비록 자신의 공격에 당해 박살이 났다고 하더라도 암흑의 힘이 세상에서 사라지지 않는 한 그는 영원히 부활을 할 수 있었던 것이다. 게다가 더욱 기가 막힌 것은 그가 자신과 대결을 하면서 들고 있는 마검을 통해 계속해서 마력을 흡수해 점점 강해지고 있다는 점이었다.

"체인 블랙 크로스Chain Black Cross!"

다크 문을 통해 나온 블랙 크로스가 공간을 마치 체스판처럼 나누며 지하르트를 향해 쏟아졌다.

극도의 분노가 치민 지하르트는 즉시 마력을 끌어올렸다. 그리고는 라일을 향해 손을 뻗었다.

"다크 뱁티즘 오브 데스!"

눈에 보이지 않는 수십 개의 암흑의 힘이 자신의 몸으로 쏟아지는 것을 느꼈지만 라일은 피하지 않고 지하르트를 향해 힘껏 다크 문을 휘둘렀다.

"다크 크로스 로테이션Dark Cross Rotation!"

다크 문의 검끝에서 뿜어져 나온 거대한 십자형 검기가 무서운 속도로 회전을 하며 지하르트를 향해 날아갔다. 그러는 사이에도 눈에 보이지 않는 무엇인가가 라일의 옆구리를 스치며 갈비뼈를 박살 내었다. 또 오른쪽 넓적다리뼈와 무릎뼈가 박살났다. 하지만 라일은 꿈쩍도 하지 않았다.

라일의 공격은 지하르트의 방어막에 막혀 엉뚱한 방향으로 퉁겨져 버렸다. 하지만 라일은 계속해서 공격을 퍼붓고 있었고, 그러는 동안 부서져 주위로 날아갔던 뼛조각들이 날아와 라일의 몸에 다시 붙고 있었다.

그런 라일의 모습을 언제 나타난 것인지 안타까운 눈으로 바라보는 사람들이 있었다. 그들은 지하르트와 카르메이안들이 싸우는 소리를 듣고 모인 데미안 일행들이었다.

그들이 도착했을 때엔 이미 라일이 지하르트에게 덤벼들고 있는 상태였다. 일행들은 사방에서 몰려드는 마물들 때문에 지하르트를 공격할 틈을 좀처럼 잡지 못하고 있었다.

라일을 공격하던 지하르트는 이미 죽은 줄 알고 있던 데미안 일행이 멀쩡한 모습으로 마물들을 해치우는 모습을 발견하고는 눈살을 찌푸렸다.

그 모습을 본 지하르트가 마브렌시아에게 명령을 내렸다.

"저들을 죽여라."

마브렌시아의 얼굴에 갈등을 일으키는 표정이 역력하기는 했지만 그녀는 선 자리에서 조금도 움직이지 않았다.

지하르트는 마브렌시아의 생각지도 않았던 항명에 어이가 없었다.

"다시 한 번 명령한다. 저 인간들을 죽여라."

"지하르트, 우리 드래곤들은 결코 너의 노예가 아니다. 드래곤을 우습게 보지 마라."

마브렌시아는 그 말을 남기곤 눈을 감아버렸다. 어차피 자신의 능력으로는 지하르트에게 조금의 상처도 입힐 수 없기 때문이었다. 그럴 바에야 차라리 카르메이안이나 데미안이 자신의 복수를 해주기만 바랄 수밖에 없었다.

"이 도마뱀이 감히……!"

번쩍—!

지하르트의 손에서 뿜어진 번개가 마브렌시아의 머리와 심장으로 날아갔고, 마브렌시아의 육체는 일순간에 재가 되어 바람에 날려갔다. 너무나 허망한 죽음이었다. 그 틈을 노리고 라일이 재차 다크 문을 휘두르려고 할 때였다.

"스승님, 비키세요."

뒤에서 들린 데미안의 음성에 라일은 재빨리 옆으로 몸을 피하면서 데미안 쪽으로 고개를 돌렸다.

그곳에는 가장 앞쪽에 데미안이, 그리고 뒤쪽에 데보라와 레오가, 한 걸음 뒤에 헥터와 네로브, 뮤렐이, 그리고 네로브 뒤에 로빈이 각자 자신이 가진 신의 무기를 들고 있었다. 그리고 그들이 서 있는 지면에는 보기에도 눈부신 빛을 뿌리는 마법진이 새겨져 있었다.

재빨리 눈짓을 주고받은 일행들은 자신이 알고 있는 최강의 공격 주문을 일제히 외쳤다. 그와 동시에 마법진의 중심에 있던 네로브는 다섯 사람들에게 자신의 모든 신성력을 전해주었고, 로빈은 네로브에게 자신의 신성력을 필사적으로 보냈다.

"파이어 오브 솔!"

"익스플루젼 오브 솔라―!"

"레이지 오브 아쿠아―!"

"발칸 토네이도 샷―!"

"블러드 라이트닝―!"

다섯 사람의 모든 신성력을 담은 공세가 무섭게 소용돌이치며 지하르트를 향해 날아갔다.

뮤렐의 누바케인에서는 수백 송이의 불꽃이,

헥터의 블레이즈에서는 눈이 멀 것 같은 광선이,

데보라의 아로네아가 박힌 지면에서는 눈이 아린 물줄기가,

레오의 파륜느에서는 수백 발의 압축된 공기가,

데미안의 미디아에서는 피처럼 붉은 광선이 지하르트를 향해

날아갔다.

콰콰콰콰―!

처음 데미안 일행의 하는 행동을 가소롭게 여기던 지하르트는 자신을 향해 날아오는 어마어마한 공세에 그만 안색이 변하고 말았다. 자신의 예상치를 훨씬 웃도는 신성력이 포함된 공격이었다. 지하르트는 재빨리 자신이 가진 마력으로 몇 겹의 방어막을 만들었고, 그사이 다섯 사람의 공세는 무자비하게 지하르트가 만든 방어막에 부딪쳤다.

번쩍―

콰앙―!

눈이 멀 것 같은 섬광과 함께 엄청난 폭음, 그리고 충격파가 사방으로 퍼졌다.

근처에서 혈전을 치르고 있던 드래곤들의 거대한 몸뚱이도 갑자기 몰아닥친 충격파를 견디지 못하고 날아가 버리고 말았다. 또 그들과 대결을 벌이던 마물들은 신성력이 충격파가 전해지는 순간 재로 변해 사방으로 날아갔다. 그뿐이 아니었다. 주변에 서 있던 건물이 충격파를 견디지 못하고 모래로 변해 날아가 버린 것이다.

급격한 폭발 때문인지 주위는 일순간 진공 상태로 변해 버렸고 순식간에 모든 소음이 사라져 버렸다.

데미안은 자신이 한 번도 경험해 본 적 없는 가공할 압력이 자신의 온몸을 짓누르는 것을 느꼈다. 호흡조차 할 수 없는 지금 상황에서도 데미안은 일행들의 안전을 걱정했다.

자신이 이렇게 괴로울 정도라면 네로브나 로빈들이 이 충격을 견딜 리 만무하기 때문이었다. 필사적으로 고개를 돌린 데미안은 어디에도 일행들의 모습이 보이지 않자 갑자기 불안한 생각이 드는 것을 느꼈다.

조금 전 지하르트의 공격에 사방으로 날아가 부상을 입었던 일행들이 그때보다 몇 배나 강한 지금의 충격을 감당했을 것이란 생각을 결코 할 수 없었다.

잠시 후 진공 상태가 사라지고 겨우 다시 호흡을 하게 된 데미안은 조급한 심정을 이기지 못하고 재빨리 자리에서 일어섰다. 적지 않은 내상을 입은 것 같았지만 데미안은 황급히 주위를 먼저 둘러보았다.

온통 폐허뿐이었다.

조급한 마음 탓인지 좀처럼 일행들을 발견할 수 없었다.

그런 그의 눈에 로빈의 모습이 발견된 것은 조금의 시간이 지나서였다. 로빈을 향해 달려가던 데미안의 발걸음이 그와 가까워질수록 점점 늦어지더니 로빈의 몇 미터 앞에 도착했을 때 완전히 멎었다.

데미안의 눈길이 머무는 곳에 누워 있는 로빈의 시신은 검술을 익히지 않아 단련되지 못한 때문인지 처참하기 이를 데 없었다. 복부가 파열되어 있었고, 눈, 코, 입, 귀를 통해 뿜어져 나온 선혈이 그의 얼굴을 온통 뒤덮고 있었다.

지하르트에게 죽임을 당한 것이 원한에 사무쳤는지 부릅떠진 눈이나 이미 반 토막이 되어버린 치유의 구슬이 박힌 지팡이를 움켜잡고 있는 모습이 데미안의 동공 속으로, 아니 심장으로 사정없이 파고들었다.

천천히 무릎을 꿇은 데미안은 그런 로빈의 눈을 조용히 감겨주었다.

"로빈, 나를 용서해 줘… 미안해, 정말 미안……."

나직하게 중얼거린 데미안은 로빈의 시신이 있는 곳에서 그리 멀리 떨어지지 않은 곳에 마치 자는 것처럼 누워 있는 헥터를 발견할 수 있었다.

처음 헥터를 발견한 데미안은 그가 기절해 있는 줄로만 알았다. 기절한 헥터를 깨우기 위해 데미안이 그의 얼굴에 손을 대보았을 때 데미안의 헥터의 얼굴에서 전해지는 차가움에 몸서리를 쳤다.

"이봐, 헥터? 헥터, 장난하지 말고… 일어나란… 말이야. 헥터… 제발… 눈을… 떠. 제발… 제발……."

이미 차갑게 식은 헥터는 그저 데미안이 흔드는 대로 흔들릴 뿐이었다.

언제부터인지 데미안의 뺨은 눈물에 젖어 있었다.

자신만 살아남았다는 죄책감에 치미는 격한 감정을 도저히 참을 수 없었다. 억지로 데미안이 감정을 억누르며 자리에서 일어났을 때였다. 그의 귀에 가느다란 신음 소리가 들렸다.

그 자리에서 벌떡 일어선 데미안은 황급히 신음 소리가 들린 곳을 향해 달려갔다. 그리고 그곳에서 데미안은 깊은 신음을 흘리고 있는 뮤렐을 발견할 수 있었다. 그런데 뮤렐의 상태가 이상하게 느껴졌다.

양쪽 팔은 도저히 꺾일 수 없는 각도로 꺾여진 채 주저앉아 있었는데 데미안이 이상하게 여긴 것은 그의 표정 때문이었다. 입에서는 분명 신음 소리가 흘러나오고 있었지만 그의 얼굴에는 아무런 표정도 없었다. 마치 백치처럼 말이다. 게다가 그의 눈은 초점이 없는 상태에서 그저 멍하니 하늘만 바라보고 있었다.

데미안은 불안한 마음을 억누르며 조용히 입을 열었다.

"뮤렐, 나 데미안이야. 날 알아보겠어?"

하지만 뮤렐은 여전히 빈 하늘에서 눈을 떼지 않았다.

"뮤렐, 정신 차려. 날 봐. 뮤렐, 뮤렐……."

데미안이 안타깝게 뮤렐의 이름을 부를 때였다.

"데미안, 빨리 이리……."

라일의 음성이었다. 그의 음성을 듣는 순간 데미안은 조심스럽게 뮤렐을 업고는 소리가 들린 곳으로 달려갔다. 도착하고 보니 그곳에 데보라와 레오, 그리고 네로브를 돌보고 있는 라일이 있었다. 하지만 그들의 처참한 모습에 데미안은 또 한 번 충격을 받았고, 순간적으로 멍해지는 것을 느꼈다.

데보라는 왼쪽 어깨가, 레오는 왼쪽 다리가 완전히 뒤틀려 있었고, 내상 또한 심각한 상태였다. 그리고 네로브는 로빈과 거의 비슷한 상태였다. 다만 데보라와 레오의 필사적인 보호 탓인지는 모르지만 아직 목숨이 끊어지지는 않은 상태였다.

전신에서 느껴지는 고통 때문에 아름다운 네로브의 얼굴이 잔뜩 찌푸려져 있는 것을 본 데미안은 가슴이 찢어지는 것 같았다. 멈췄던 눈물이 어느새 다시 흐르고 있었다.

불과 단 한 번의 공격을 했을 뿐인데 두 사람은 목숨을 잃고, 한 사람은 백치가, 그리고 나머지 세 사람은 목숨이 위태로울 정도의 중상을 입을 수 있단 말인가?

데미안은 지금 자신의 눈앞에서 벌어진 모든 일들이 전부 비현실적으로만 느껴졌다.

조심스럽게 네로브의 곁에 데미안이 앉으려는 순간 갑자기 세찬 바람이 불어오기 시작했다. 바람은 지면의 흙먼지를 빨아올려 주위를 온통 뿌옇게 만들었다.

데보라와 네로브들에게 뿌려지는 흙먼지를 막아주기 위해 몸을 틀던 데미안은 흙바람 속에 스며 있는 사악한 마력을 발견하고는 잔뜩 긴장한 채 주위를 살폈다.

라일 역시 느껴지는 것이 있는지 데미안 곁에서 주위를 둘러보고 있었다.

그런 두 사람의 눈에 주위의 모든 것을 빨아들이는 태풍의 모습이 보였다. 그리고 그 태풍 속 30미터 상공에는 갈아 마셔도 시원치 않을 지하르트가 떠 있었다. 태풍은 시간이 지나면 지날수록 세력을 확장하면서 주위의 모든 것을 바스러뜨리며 빨아들이고 있었다.

조금만 지나면 데보라들이 쓰러져 있는 곳도 위험할 지경이었다.

데미안이 미디아를 잡은 손에 힘을 주었을 때 지하르트의 음성이 들렸다.

"크크크, 비록 내가 방심을 했다고는 하지만 정말 대단한 공격이었어. 멍청한 드래곤들보다는 너희들이 훨씬 뛰어나다는 것을 인정하마."

그런 지하르트의 말은 거짓이 아니었는지 간간이 보이는 지하르트의 피부가 쩍쩍 갈라져 있었다.

"하지만 나에게 대항한 죄가 얼마나 큰 것인지 똑똑히 가르쳐주마."

지하르트가 공격하려는 것을 보고 데미안이 달려나가려 했다. 하지만 라일의 제지로 데미안은 멈춰야 했다.

"지하르트는 내가 맡을 테니 넌 어서 저들을 피신시키도록 해라.”

그리고는 데미안이 미처 말릴 사이도 없이 지하르트를 향해 달려들었다.

“체인 블랙 크로스―!”

라일이 휘두른 다크 문에서 뻗어 나온 검기가 단숨에 태풍을 쪼갤 것처럼 날아갔다. 그 모습을 발견한 지하르트가 그냥 두고볼 리 만무했다.

“우선 네놈부터 죽여주마. 블레이즈 오브 뎀네이션(Blaze of Damnation:저주의 불꽃)!”

지하르트의 오른손에서 뿜어져 나온 검은 불길이 라일을 향해 순식간에 날아갔다. 라일은 그것을 보면서도 피할 생각을 하지 않았다. 이유는 지하르트의 시선을 끌기 위함이 첫 번째였고, 두 번째는 신성력만 아니면 결코 파괴되지 않는 자신의 신체를 믿었기 때문이었다.

그렇지만 이번은 라일의 판단 착오였다.

라일의 신체를 휘감은 검은 불꽃은 라일의 몸에 깃든 마력을 연료로 해서 더욱 거세게 타올랐다. 그제야 당황한 라일은 자신의 몸에 붙은 불을 끄려고 했지만 지하르트의 마력에 의해 붙은 불이 쉽게 꺼질리 만무했다.

“크아악!”

비명 소리와 함께 검은 불길에 의해 전신의 뼈들이 녹아내리는 모습을 발견한 데미안은 지체없이 라일을 향해 달려갔다. 그런 데미안의 모습에 지하르트의 입에서는 스산한 웃음이 흘러나왔다.

“흐흐흐, 네놈도 이제 그만 죽어줘야겠다. 다크 레인 오브 헬 Dark Rain of Hell―!”

순간 데미안을 향해 하늘에서 검은 비가 쏟아지기 시작했다. 검은 비를 발견한 데미안은 황급히 몸을 피했지만 소용이 없었다. 데미안이 어디로 피하든 지하르트의 마력에 의해 조종되는 검은 비는 데미안을 쫓아 쏟아졌다.

지하르트의 공격이 자신에게 집중되는 것을 발견한 데미안은 될 수 있으면 데보라들에게서 멀리 떨어지려고 했지만 그런 데미안의 생각을 짐작하지 못할 지하르트가 아니었다. 그리고 그런 생각은 곧 행동으로 나타났다.

"락 온! 다크 뱁티즘 오브 데스―!"

정신없이 지하르트의 공격을 피하던 데미안은 갑자기 자신에 대한 지하르트의 공격이 멈춰지자 잠시 의아해했다. 그러다 깜짝 놀라 데보라들이 누워 있던 곳으로 고개를 돌리는 순간 데미안의 눈에서는 불꽃이 피었다.

"안 돼―!"

데미안은 피를 토하는 심정으로 절규했지만 상황은 이미 늦었다.

데보라와 레오, 그리고 네로브와 뮤렐.

네 사람은 단 한 번 반항도 해보지 못하고 눈에 보이지도 않는 날카로운 무엇인가에 전신이 난자되어 목숨을 잃었다. 찢어질 듯 부릅떠진 데미안의 눈에 허공에 뿌려지는 그들의 붉은 선혈이 너무나 선명하게 보였다.

"안 돼, 이건 말도 안 돼. 어떻게 이런 일이… 어떻게……."

번쩍!

퍽!

너무나 충격적인 장면에 데미안이 잠시 방심하고 있을 때 섬광

이 번쩍였고, 그 순간 데미안은 자신의 옆구리에서 타는 듯한 통
증을 느껴야만 했다.

고개를 숙여 살펴보니 옆구리의 한 부분이 뭉턱 날아가 버려
내장의 모습이 보였다. 하지만 워낙 충격적인 장면을 보았기 때문
일까? 통증은 별로 심하지 않았다.

무슨 일이 있어도 일행들을 지켜주겠다고 했는데…….

모두 죽어버렸다.

소드 마스터들도, 신관들도.

라일, 헥터, 데보라, 레오, 뮤렐, 로빈, 그리고 네로브.

살아남은 사람은 오직 자신뿐이었다.

데미안의 눈에서는 피가 흘러내리고 있었지만 자신은 전혀 느
끼지 못하고 있는 것 같았다.

극도의 혼란스러움에 데미안은 본능적으로 지하르트를 죽여야
한다고 느끼고 있었다. 언제부터인지 데미안은 지옥재림의 구결대
로 온몸으로 마나를 보냈다가 마나 홀로 받아들이기를 반복하고
있었다.

마나가 세 번을 반복해서 흐르자 데미안이 걸치고 있던 의복이
금방이라도 찢어질 듯 펄럭이기 시작했다. 그리고 다섯 번을 반복
하자 결국 의복은 산산이 찢겨 사방으로 날아갔고, 데미안의 귀와
입에서도 피가 흘러내리기 시작했다.

전신의 마나가 여섯 번째 마나 홀로 들어갔을 때 데미안은 동
료들의 무기를 회수하기 시작했다. 자신을 집어 든 사람이 원래의
주인이 아니라는 것을 알았을까? 무기를 회수하는 데미안의 손은
맹렬하게 타 들어갔다. 하지만 데미안은 아무것도 느끼지 못하는
사람처럼 신의 무기를 회수했다.

그 모습을 본 지하르트는 데미안을 희롱하려던 생각을 버리고 그를 단숨에 죽여 버리기로 했다.

"죽어라! 다크 라이트닝 레이Dark Lightning Ray—!"

지하르트의 오른손에서 뻗어져 나간 검은 번개가 데미안의 가슴을 향해 날아갔다. 하지만 데미안은 미처 지하르트의 공격을 알아채지 못했는지 바닥에 떨어져 있던 파륜느를 집어 들고 있었다.

그야말로 절체절명의 순간이었다.

"드래곤스 스케일Dragon's Scale! 매직 베리어!"

쾅!

"크아악!"

요란한 폭음과 함께 카르메이안의 오른쪽 어깨가 통째로 날아갔다. 그러나 지하르트의 공격도 카르메이안의 방어막에 부딪쳐 궤도가 꺾여 엉뚱한 곳으로 날아가 버렸다.

자신의 공격이 성공할 것을 의심치 않았던 지하르트는 갑자기 나타난 카르메이안 때문에 실패를 하자 이를 부드득 갈았다.

"감히 도마뱀 따위가……."

검은 방전을 일으키는 지하르트의 손을 보면서도 카르메이안은 조금도 움직일 수 없었다. 방금 지하르트의 공격을 막아내느라 자신이 가진 마나의 대부분을 소모한 탓도 있었지만 더 큰 이유는 따로 있었다. 통째로 날아가 버린 어깨의 상처를 통해 지하르트의 마력이 스며들고 있어 꼼짝도 할 수 없었던 것이다.

카르메이안은 자신이 왜 데미안을 위해 지하르트의 공격을 가로막은 것인지 스스로 생각해 봐도 그 이유를 알 수 없었다. 그냥 이 자리를 떠나 애초에 계획했던 대로 화산을 폭발시켰다면 설사 지하르트에게는 이기지 못한다고 하더라도 지하르트를 제외한 모든 것들은 멸망시킬 수 있었을 텐데 말이다.

그러는 사이 신의 무기를 모두 회수한 데미안은 지옥재림의 구결대로 마나를 움직여 모두 일곱 번의 증폭을 마쳤다. 지금 그의 몸속에 있던 마나가 마치 화산처럼 들끓고 있었고, 근육과 혈관들도 파열되기 일보직전이었다.

어느새 자신의 몸을 다섯으로 늘린 데미안은 마법진을 만든 후 각자 하나씩 신의 무기를 나누어 들고는 지하르트를 노려보았다.

환한 빛을 뿌리는 마법진 위에는 미디아를 든 데미안이 중심에 섰고, 파륜느와 누바케인을 든 데미안이 왼쪽에, 아로네아와 블레이즈를 든 데미안이 오른쪽에 늘어섰다. 그리고는 지하르트를 향해 손에 들고 있던 무기를 힘차게 휘둘렀다.

"파이어 오브 솔—!"

"익스플루젼 오브 솔라—!"

"레이지 오브 아쿠아—!"

"발칸 토네이도 샷—!"

"블러드 라이트닝—!"

순간 주위의 모든 소리가 사라졌다. 아니, 그뿐만이 아니었다. 다섯 가지의 공세가 회전을 일으키며 보이는 주위의 모든 것을 왜곡시키고 있었다.

조금 전 데미안 일행이 펼친 공격과는 비교도 안 될 정도로 가공할 공세가 날아오는 것을 본 지하르트는 잠시 갈등하지 않을 수 없었다.

공격을 막자니 공세에 포함된 가공할 신성력이 신경 쓰였고, 피하자니 마신인 자신이 한낱 인간의 공격을 두려워해 피한다는 사실이 너무나 수치스러웠다. 재빨리 결심을 굳힌 지하르트는 주위의 모든 마력들을 최대한 끌어 모아 자신이 알고 있는 최강의 공격을 펼쳤다.

"다크 플레어 오브 카오스Dark Flare of Chaos―!"

지하르트의 손에서 엄청난 마력을 포함한 검은 불기둥이 치솟아올랐고, 그 불기둥은 데미안들이 쏟아낸 공세를 향해 날아갔다.

번쩍― 쾅! 콰르르르―!

섬광과 함께 일순간 주위는 짙은 어둠에 휩싸였다.

곧 이어 전해진 충격파는 주위, 아니, 5킬로미터 내에 있는 모든 것들을 모조리 먼지로 만들어 버렸고, 또한 2킬로미터 상공까지 치솟은 흙먼지를 십여 킬로미터 밖으로 날려 버렸다. 한 치 앞도 볼 수 없는 흙먼지 속에서 데미안은 지하르트가 있을 것으로 예상되는 곳을 향해 미디아를 휘둘렀다.

"블러드 버스트Blood Burst―!"

번쩍―!

미디아 끝에서 뿜어져 나간 수백 줄기의 붉은 광선이 지하르트의 몸을 관통하는 것을 데미안은 똑똑히 확인할 수 있었다. 데미안은 그 순간을 놓치지 않고 다른 네 명의 데미안과 동시에 들고 있던 신의 무기를 던졌다.

"지옥으로 떨어져라, 지하르트. 앱솔루트 실Absolute Seal(절대봉인)―!"

데미안의 시동어에 날아가던 다섯 개의 신의 무기가 거대한 황금색 마법진과 결합을 하는 순간, 도저히 눈을 뜰 수 없는 엄청난 섬광과 함께 순간 공간 왜곡 현상이 일어났다.

지하르트 주변의 공간이 무섭게 팽창했다가는 순식간에 줄어들기 시작했다.

"안 돼—!"

처절한 지하르트의 외침은 신의 무기들이 만든 결계와 함께 공간 속으로 완전히 사라졌다.

그 모습을 끝까지 노려보던 데미안은 지하르트의 모습이 완전히 사라지고서야 조금은 허탈한 눈으로 주위를 돌아보았다. 하지만 주위엔 아무것도 없었다.

건물도, 도시도, 그리고 사람들도.

살아 움직이는 것은 오직 자신뿐이었다.

쿠로얀의 힘이 어느새 사라졌는지 데미안은 하나로 돌아와 있었다. 걸음을 옮기려던 데미안은 발작처럼 기침을 해댔고, 그때마다 몇 모금의 선혈을 계속해서 토해냈다.

잠시 후 고개를 든 데미안의 안색은 백지장처럼 창백했다.

과도하게 지옥재림의 구결을 사용한 탓에 온몸의 혈관과 근육이 견디지 못하고 대부분 파열된 모양이었다. 게다가 내장의 상태도 엉망이었다. 지하르트에게 입은 옆구리 상처로 조금 삐쳐 나온 내장도 벌써 괴사를 일으키고 있었다.

서서히 호흡이 가빠오는 것을 느낀 데미안은 자신이 지상에 있을 시간이 얼마 남지 않았다는 것을 직감했다. 마지막으로 하늘을 보고 싶었는데 벌써 시력까지 약해진 것인지 아무것도 보이는 것이 없었다.

"이제 모든 것이 끝난 것인가? 후후후……."

데미안은 왠지 웃음이 터져 나오는 것을 참을 수 없었다. 나직하게 웃음을 터뜨리던 데미안은 천천히 앞으로 쓰러졌다.

　털썩―

　쓰러지는 충격으로 지면에서 자욱하게 흙먼지가 일었고, 마치 데미안의 죽음을 애도라도 하듯 수의처럼 조용히 그의 몸을 감싸며 내려앉았다.

EPILOGUE

EPILOGUE I

간간이 불어오는 바람이 흙먼지를 감아 올리고 있었다.

어떤 변화도 없을 것 같았던 메탈리언에 어떤 변화가 생긴 것
은 주위가 짙은 어둠에 싸였을 때였다.

반딧불만큼이나 작은 형형색색의 빛이 하늘에서 내려와 잠시
주위를 밝히다가 곧 하나로 뭉쳐 회전을 하기 시작했다.

잠시 후 섬광과 함께 한 명의 여인이 모습을 드러냈다. 여인의
몸에는 보라색 기운이 마치 후광처럼 어려 있었다.

폐허로 변해 버린 주변을 둘러본 여인은 나직하게 한숨을 내쉬
었다.

"휴우~"

그녀가 한숨을 내쉬자 갑자기 주위의 분위기가 침울하게 가라
앉는 것 같았다.

다시 고개를 든 그녀는 가슴 높이까지 손을 쳐들었고 그녀의

손에서 부드러운 보라색 광채가 뿌려졌다. 그리고 그 광채가 사라졌을 때 그녀 앞에는 자신의 피로 범벅이 된 데미안과 일행들이 누워 있었다.

그녀의 손에서 다시 한 번 보라색의 광채가 번뜩이자 일행들의 몸에 묻은 피가 깨끗하게 지워졌다. 마치 눈에 집어넣기라도 할 듯 한 사람 한 사람 바라보는 여인의 눈에는 고마움과 안타까움, 미안함과 연민이 가득했다.

"원래는 우리 신들이 해야 할 일이었는데……. 자신의 모든 것을 바쳐 스스로를 희생한 당신들을 위해 제가 해줄 수 있는 것이 무엇일까요?"

여인의 음성에는 안타까움이 진하게 묻어 있었다.

한동안 생각에 골몰하던 여인은 결심을 굳힌 듯 주먹을 쥐었다.

"설사 이 일로 아버지이신 주신 아란라이트께 질책을 받는 한이 있다고 하더라도 꼭 하고 말겠어."

나직하게 중얼거리던 여인은 데미안과 일행들을 따스한 눈길로 바라보았다.

"이것이 당신들에게 좋은 선물이 되었으면 좋겠군요. 꿈속에서 행복한 시간이 되길……."

주위는 곧 그녀의 몸에서 뿜어져 나온 보라색 기류에 휩싸였다.

EPILOGUE Ⅱ

"뭘 그렇게 생각하고 있어?"

"어? 잠깐 네로브를 생각했어. 잘 지내고 있는지 궁금하기도 하고."

"잘 지내고 있겠지. 아마존에 있는 사람들은 모두 친절한 사람들뿐이니까. 그건 그렇고 헥터 소식은 들었어?"

"헥터? 왜, 무슨 일이라도 있어?"

"못 들은 모양이구나. 드디어 왕자가 태어났대."

"그래? 그럼 축하하러 레토리아 왕국을 한번 찾아야겠네."

"그러는 것이 좋겠지? 이런 날 축하하러 안 가면 레베카 왕비한테 두고두고 미움을 받을 테니까."

"뮤렐은 황궁 마법사가 되었고 로빈은 젊은 나이에도 불구하고 대신관으로 임명을 받았다니까 모두 잘된 거지?"

"응, 그리고 난 라일님이 그렇게 멋지게 생긴 분인지 처음 알았어."

"나도 설마 스승님께서 그런 호쾌한 인상의 소유자이실 줄은 꿈에도 몰랐어. 남자인 내가 봐도 반할 정도로 멋진 분이셨어. 그래도 마지막엔 웃고 떠나셨으니까 다행이었어."

"그래, 정말 다행이었어, 그때는. 그건 그렇고 대체 지금 어디로 가는 거야?"

"바이샤르 제국의 하르곤이란 곳에 이상하게 생긴 괴물이 출몰한대. 제국에서도 몇 번이나 조사를 했지만 그때마다 큰 피해만 입고 제대로 조사를 못했대. 미나스 공작께서 도와달라고 황제 폐하께 마법 통신으로 연락을 해왔대. 조금 전 뮤렐이 연락을 해줘서 알았어."

"그랬구나. 미나스 공작께서는 우리 결혼식에도 참석을 해준 분이시잖아. 그분께서 부탁을 하셨다면 당연히 도와드려야지."

"금세 출발할 거니까 레오부터 깨워."

"알았어."

〈 大尾 〉

정말 긴 시간이었습니다.

2000년 5월부터 작품을 시작했으니까 꼭 22개월 만이군요.

항상 머리에서 떠나지 않았던 작품이었습니다.

친구를 만날 때에도 휴식을 취할 때에도 머리 속을 떠나지 않았던 작품이었는데, 이제 후기를 쓰려니 홀가분한 기분보다는 왠지 모르게 아쉬운 마음이 드는군요.

힘들고 어려울 때마다 힘을 주시던 독자 여러분들 덕분에 무사히 작품을 마칠 수 있었던 것 같습니다.

나이에 비해 강력한 추진력으로 카페를 운영하던 정솔잎님, 힘들 때마다 E-mail을 보내주시던 ☜카☆프☞님, 묵묵히 맡은 바 자신의 일을 충실히 해오신 엘리온님, 누구보다 예리하게 오자를 찾아내시는 地獄魔帝님, 엉뚱하지만 누구보다 카페 활동이 많으신 天顔血雷 大美顔님, 요즘엔 활동이 조금 뜸하신 「☆밀크러브☆」님, 가입하신 지 얼마 되지 않았지만 누구보다 활동이 많으신 jjang-a님.

그 외에도 마브렌시아님, 아세니아님, 외계인간님, 샤니블러스님, 카르메이안님 등등 많은 분들이 성원과 힘을 주셨기에 작품을 무사히 마칠 수 있었던 것 같습니다. 지면을 빌어 그분들께 감사를 드립니다.

잠시의 휴식을 취하면서 지금 구상 중인 작품 『S.I.R』로 독자 여러분들을 찾아뵙겠습니다.

『드래곤 체이서』에 보여주신 독자 여러분의 사랑에 진심으로 감사를 드립니다.

감사합니다.

새해 복 많이 받으십시오.

최영채.

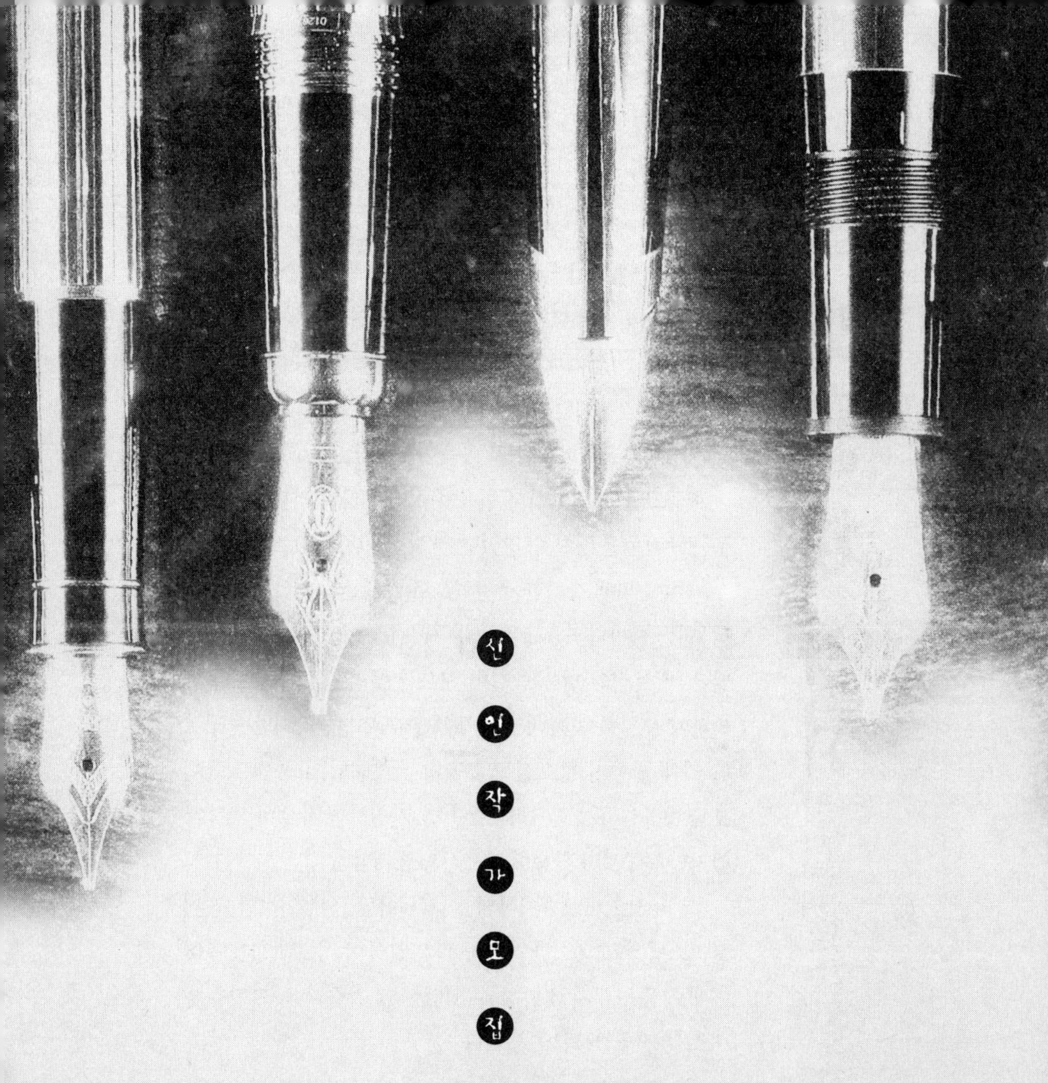

신
인
작
가
모
집

시작이 반이라고 했습니다.
작가의 길에 대한 보이지 않는 벽을 과감히 깨뜨리십시오!
청어람은 작가 지망생 여러분들의
멋진 방향타가 되어드리겠습니다.

저희 도서출판 청어람에서는
소설 신인 작가분들을 모집합니다.
판타지와 무협을 사랑하시는 분들의 많은 참여를 바랍니다.
소정의 원고(A4용지 150매)를 메일이나 우편으로 보내주시면
검토 후 출판 여부를 알려드리겠습니다.

주소:경기도 부천시 원미구 심곡1동 350-1 남성B/D 3F 우편번호420-011
TEL:032-656-4452 · FAX:032-656-4453
http://www.chungeoram.com
e-mail:chungeoram@chungeoram.com

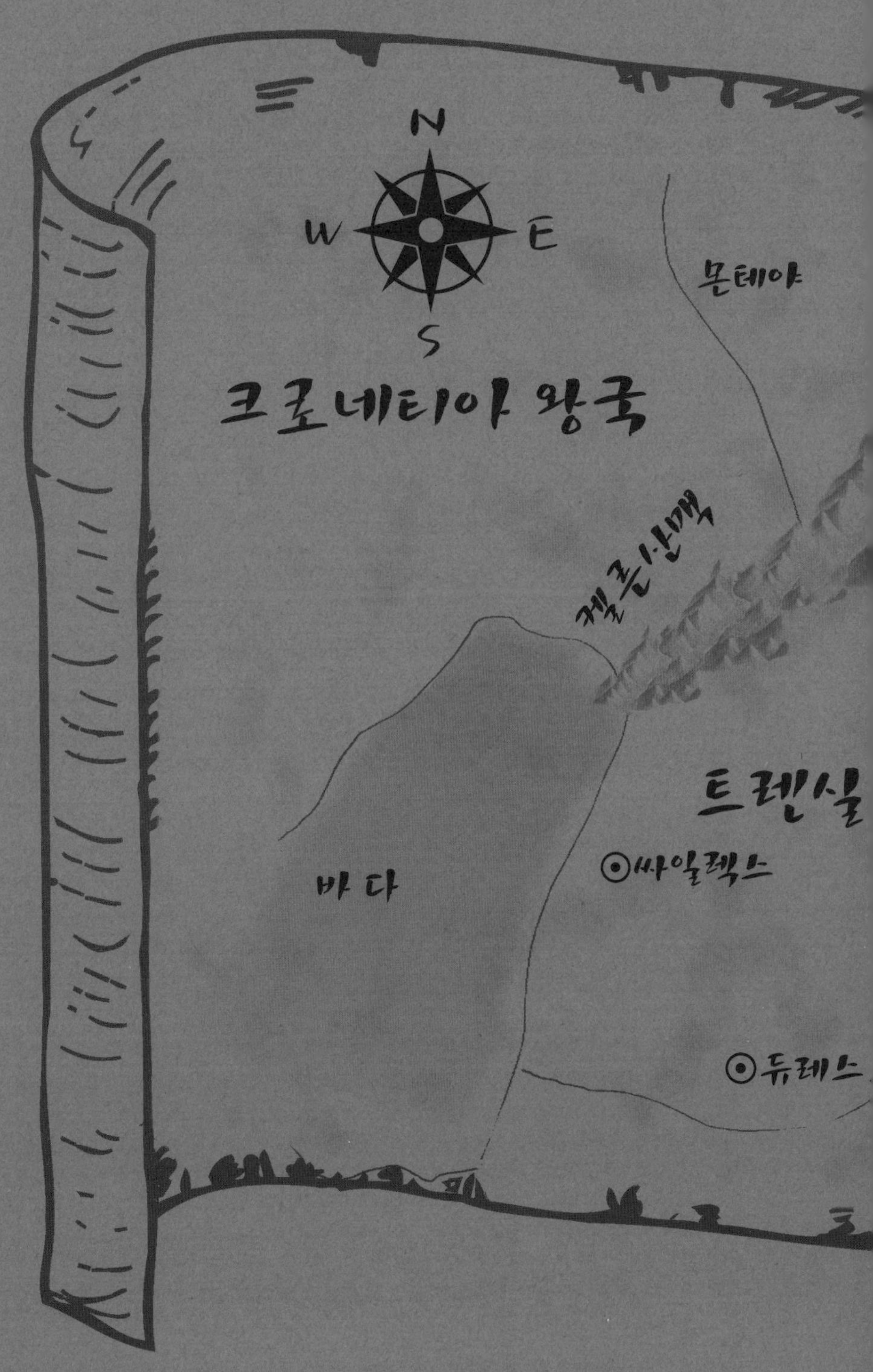

N
W
E
S
크로네티아 왕국
몬테야
켈르반맥
트렌실
바 다
⊙싸일렉스
⊙듀레스

◉월라인
◉토바실
루벤트 제국
◉밀턴
후로슘
◉페인야드
갈리온 산맥
침묵의 숲
아 왕국
바이샤르 제국